Der beste Freund
meines Bruders

Der beste Freund meines Bruders

Roman

1. Auflage

Das Buch

Vorlaute High School-Schülerin trifft auf smarten College-Studenten.

Die 17-jährige Ariana hat alles, was man sich wünschen kann. Gute Noten, tolle Freunde und einen verständnisvollen großen Bruder. Nur mit der Liebe will es nicht so recht klappen und daran ist nur Caleb Ferguson schuld. Der beste Freund ihres Bruders ist genauso gutaussehend wie unerreichbar. Zumindest solange, bis er eine spontane Entscheidung trifft und Ariana damit zur Zielscheibe der ganzen Schule macht. Doch den besten Freund seines Bruders sollte man nicht zu oft um Hilfe bitten …

Miranda J. Fox

Der beste Freund meines Bruders

Roman

1. Auflage, Februar 2017

Cover: Casandra Krammer Buchdesign
Lektorat: Lilian R. Franke
Korrektorat: Andreas Kolodzyck

ISBN-13: **978-1543030983**
ISBN-10: **154303098X**

Impressum:

Thomas Wiens, Leipziger Straße 120, 10117 Berlin
mirandajfox@outlook.com
Facebook: Miranda J. Fox
www.mirandajfox.com

Herzbube

1

Meiner Meinung nach gab es drei unratsame Wege, um seine Zuneigung auszudrücken: Entweder, man schubste das Objekt seiner Begierde wie im Kindergarten herum, man sprach es niemals an, weil man zu schüchtern oder zu feige war, oder man überspielte sein Interesse mit übermäßigem Sarkasmus und frechen Kommentaren. Gestatten? Mein Name ist Ariana White und ich gehörte nicht nur zur letzten Gattung, ich war sogar die Vorstandsvorsitzende.

Immer wenn mein Traummann in der Nähe war, musste ich ihn provozieren oder verspotten. Das war wie ein Zwang, den ich nicht unterdrücken konnte, der seine Nähe aber erst erträglich machte. Und ich war gut darin, meine Gefühle zu verbergen. So gut, dass Caleb und mein Bruder bis heute nichts davon ahnten – zum Glück! Mein Bruder würde mich in meinem Zimmer anketten, wenn er wüsste, dass ich in seinen besten Freund verschossen war.

Wobei *verschossen* nicht das richtige Wort war. Vielmehr himmelte ich Caleb seit dem

Kindergartenalter an. Ich weiß auch nicht, was das für ein weit verbreitetes Phänomen war, sich ausgerechnet in die Freunde der älteren Geschwister zu vergucken, aber auch ich war davon betroffen. Als wäre es nicht schon schwer genug für eine 17-Jährige, mit ihren aufbrausenden Hormonen klarzukommen. Nein, ich musste auch noch jemandem hinterher sabbern, der für mich praktisch unerreichbar war.

Mom sagte immer, dass ich die geborene Abenteurerin war, und ich fand, dass diese Aussage auch wunderbar auf meinen Männergeschmack zutraf. Oder was war abenteuerlicher, als dem heißesten Kerl der Uni dabei zuzusehen, wie er sich von einer Mädchenclique zur nächsten knutschte?

Calebs Liebesleben war wie eine Seifenoper, die sich seit dem Kindergarten durch seine gesamte Schullaufbahn zog und sich ausschließlich darum drehte, welche Glückliche als nächste in seinen Armen liegen würde. Es wurden sogar regelmäßig Wetten darüber abgeschlossen.

Noch abenteuerlicher wäre es natürlich, wenn ich Teil dieser Soap wäre, aber da er keinerlei Notiz – in sexueller Hinsicht – von mir nahm, sah ich mich mehr als Beobachterin … oder wie meine Freundinnen mich nannten: *Stalkerin.* Damit konnte ich leben, immerhin war ich nicht die Einzige, die den braunhaarigen Schönling anhimmelte. Gefühlte fünfzig Prozent der Schülerinnen und Studentinnen standen entweder auf Caleb oder auf meinen Bruder und die, die es nicht taten, mussten lesbisch oder blind sein.

Mit ihrem Kumpel Rodney bildeten die drei so etwas wie den Club der begehrtesten College-Junggesellen. Und wenn ich *begehrt* sagte, meinte ich damit vollkommen verrückte Fangemeinden, die wirklich alles taten, um die Aufmerksamkeit der Jungs zu erlangen. Öffentliche Facebook-Fangruppen und ein eigens gegründeter Groupie-Verband waren nur die Spitze des Eisbergs.

Wahrscheinlich sollte ich froh sein, dass es in *Wickville* keine wichtigeren Themen als das Trio gab. Wobei sich unsere im Bundesstaat Ohio befindliche Kleinstadt in den letzten Jahren mehr und mehr zur Partymeile entwickelt hatte. *Darüber* sollten die Leute mal diskutieren.

Immer mehr jugendliche Touristen pilgerten an den Wochenenden her und überschwemmten unsere Clubs. Das wäre an sich nicht schlimm, wenn sie nicht so die Sau rauslassen und damit nur noch mehr Party-Touristen herlocken würden. Der Spruch *„Was in Vegas passiert, bleibt in Vegas“*, hatte sich längst auch in *Wickville* eingebürgert. Und das – laut Google – vor allem wegen des vielen Grüns und der Seen, die sie anschließend zum Auskurieren besuchten.

Für die Wirtschaft war der Touristenzuwachs sicher toll, aber wenn die Betrunkenen anfingen rumzupöbeln – und das taten sie, wie die vermehrten, gewaltsamen Zwischenfälle zeigten – dann hörte der Spaß auf. Ich bevorzugte die Insider-Locations, wie den Strand und den *Wickville Mountain.* Dort waren wir von den feierwütigen Touristen abgeschirmt und konnten unser eigenes

Ding durchziehen.

Während mein Bruder Blair mit seinen sportlichen Leistungen nicht nur reihenweise Trophäen, sondern auch Damenunterhöschen abstaubte, wartete Caleb mit seinem dreisten Charme und – wie man munkelte – verdammt guter Kusstechnik auf.

Rodney war der Rüpel der Bande – ein echter Bad Boy – und so breit gebaut, dass ich mich darüber wunderte, dass er es überhaupt noch frontal durch die Türen schaffte. Als müsste ich das Dreiergespann nicht schon fast täglich bei mir zu Hause ertragen, teilten sich die *Wickville* High School und das *Wickville* College zu allem Überfluss auch noch dasselbe Gelände.

Ich musste Caleb also ständig dabei beobachten, wie er Studentinnen um den Finger wickelte, während wir minderjährigen High School-Schülerinnen ihn von der anderen Seite sabbernd und neidvoll beobachteten. Nicht, dass unsere Lehranstalten durch Hochsicherheitszäune getrennt waren, aber man blieb doch eher unter sich.

Außerdem interessierten sich die volljährigen Studenten nicht für uns junge Küken. Warum sollten sie auch? Wir durften offiziell keinen Alkohol trinken, mussten umständlich in die Clubs geschmuggelt werden und meistens vor Mitternacht wieder zu Hause sein.

Da nahm man doch lieber eine Studentin, die tun und lassen konnte, was sie wollte. Wenn ich doch bloß schon 21 wäre und Caleb nicht der beste Freund meines Bruders, dachte ich seufzend. Dann würde *ich* jetzt vielleicht auf der anderen Seite des Campus‘ stehen und mich von Caleb um den Verstand küssen lassen.

„Seht mal. Ary hat schon wieder diesen verträumten Geschichtsausdruck“, holte meine Freundin Piper mich in die Wirklichkeit zurück. Leider war ich in der Realität weder 21 noch besonders groß oder aufreizend und damit sicher uninteressant für Caleb. Ich saß mit meinen Mädels in der Cafeteria unserer High School und ließ mir die triefenden Fritten schmecken.

„Was für dreckige Gedanken ihr wohl gerade durch den Kopf gehen?“, überlegte sie höhnisch.

„Ich kann's mir denken“, sagte Myra – ein rothaariges, hochgewachsenes Mädchen, das so clever war, dass man sich in ihrer Gegenwart so schlau wie eine Eintagsfliege fühlte. Sie hob die Hand, als wäre sie im Unterricht und müsste sich melden, um ihre Meinung kundzutun.

„Bestimmt fantasiert sie wieder über Caleb.“

„Oder“, gab die Dritte namens Hazel ihren Senf dazu, „sie kann euer langweiliges Gelaber über Rechnungswesen nicht mehr ertragen. Falls ihr es noch nicht gemerkt habt, ist der Unterricht seit zehn Minuten vorbei und es gibt noch eine reale Welt, außerhalb vom *Bilanzrecht* und *passiver Rechnungsabgrenzungsposten*!“

Die Angesprochenen wechselten einen kurzen Blick.

„Sie hat von Caleb geträumt, ganz klar“, waren sich Myra und Piper einig, ohne auf Hazels Einwand einzugehen. Durfte ich an dieser Stelle anmerken, dass es wirklich anstrengend sein konnte, drei Freundinnen zu haben, die so unterschiedlich wie Tag und Nacht waren? Da war zum einen Piper, meine bessere Hälfte, die nur drei Straßen weiter wohnte, gern Anime-Filme schaute, ein großer Footballfan war und so pechschwarzes Naturhaar hatte, dass Schneewittchen vor Neid erblasst wäre … also noch blasser, als sie es ohnehin schon war.

Dann hatten wir unseren Rotschopf Myra, Genie und Besserwisserin, die darauf hinarbeitete, Professorin an der Uni zu werden und – wie eklig war das denn bitte? – eine Affinität für Insekten und Reptilien hegte.

Sie besaß eine Schlange, ein Chamäleon und eine Wüstenechse, die den ganzen Tag nichts anderes tat, als sich zu sonnen, und damit noch langweiliger war als Myras dauernde Reptilien-Schwärmereien. Die dritte im Bunde war Hazel, vom Aussehen her ganz klar *America's Next Topmodel*, Schülersprecherin, Gewinnerin diverser Schulauszeichnungen und High School Männerschwarm.

Meine Wenigkeit vollendete unseren ungleichen Trupp. Ich war blond, blauäugig, hatte ein loses Mundwerk, Hobbit-Maße und war eine absolute Anfängerin, was Jungs betraf.

Wenn wir vier zusammen waren, endeten die Gespräche fast immer in unmöglichen Diskussionen, die meistens von mir und meinen nicht vorhandenen Beziehungen handelten. Wirklich, mein Single-Leben war ihr Lieblingsthema. Als würde ich mit meinen 17 Jahren demnächst in die Wechseljahre kommen und als alte Jungfer sterben!

Nicht, dass meine Freundinnen viel älter als ich waren – Myra war die einzige 18-Jährige von uns und damit die Oma der Clique – aber sie waren erfahrener, was Jungs betraf, und das rieben sie mir ständig unter die Nase.

Ich redete mir gern ein, dass ich deshalb partnerlos war, weil meine Anwärter zu große Angst vor meinem *berühmten* Bruder hatten und sich niemand mit ihm anlegen wollte. Schließlich betonte er immer wieder, dass er sich denjenigen vorknöpfen würde, der seine kleine Schwester um den Finger wickeln wollte.

Wahrscheinlich lag es aber einfach daran, dass ich mit meinen Minirock tragenden, Brüste puschenden und Make-up ins Gesicht klatschenden Mitschülerinnen einfach nicht mithalten konnte. Beziehungsweise, es auch gar nicht wollte. Ich war doch kein billiger Lockvogel, der in der Schule auf Beutefang ging. Mein *Prinz Charming* würde schon noch auf seinem weißen Schimmel angeritten kommen und mich ganz ohne dramatisches Make-up und gepuschte Brüste nehmen.

„*Sie* ist vor allem anwesend und kann euch hören!“, ließ ich meine Freundinnen wissen und tunkte zwei Pommes in die Mayonnaise. Wenn es eines gab, was ich an der High School mehr als alles andere liebte, dann war es das fettige Essen, das wir in den Pausen in uns reinstopften. Es gab doch nichts Besseres als frittierte Pommes und triefende

Burger zum Mittag.

Und ja, mir war durchaus bewusst, dass ich damit nicht gerade den gesündesten Lebensstil führte. Aber welche 17-Jährige tat das schon? Es war gefälligst Aufgabe meiner Eltern, sich um die Gesundheit ihrer minderjährigen Tochter zu kümmern. Was konnte ich dafür, dass sie fast das ganze Jahr über auf Geschäftsreise waren und ich sie vielleicht zwei Monate im Jahr zu Gesicht bekam?

Wie erwartet, wurde mein Protest gar nicht ernst genommen. Meine Mädels diskutierten einfach weiter über mich und Caleb, als wäre ich nicht anwesend. Also tat ich das, was ich am besten konnte: Ich gab mich meinen Tagträumen hin.

Piper sagte immer, dass ich eines Tages noch von einem Auto überfahren werden würde, weil ich ständig in Gedanken war. Dabei konnte ich gar nichts dafür. Meine Gedanken schweiften eben öfter ab als die anderer Menschen. Deshalb war ich aber noch lange keine Gefahr für die Allgemeinheit.

„Schlag ihn dir endlich aus dem Kopf, Süße", sagte Piper irgendwann zu mir. Wie immer zu einem denkbar schlechten Zeitpunkt. Ich war gerade dabei gewesen, Caleb zu küssen. Die Szene in meinem Kopf zerplatzte, und ich blickte sie verärgert an. Konnten sie mir nicht wenigstens meine Fantasien lassen? Was sollte ich denn in der Realität? Da bekamen Normalos wie ich sowieso keine heißen Typen ab.

„Könnt ihr jetzt mal damit aufhören, ständig über Caleb zu reden? An ihn habe ich überhaupt nicht gedacht“, log ich. Gott, und wie das gelogen war. Der Tagtraum hatte sich so real angefühlt, dass ich geglaubt hatte, Calebs warmer Atem würde mein Ohr kitzeln.

„Zu viel lügen ist schlecht fürs Karma“, ließ Myra mich amüsiert wissen. „Du hast schon heute Morgen gelogen, als Mr. Kingsley dich gefragt hat, was du mit dem Handy unter dem Tisch machst, oder als Hazel dich auf die zwei Kilos angesprochen hat, die du zugenommen hast.“

„Wofür ich ihr immer noch die Haut abziehen könnte!“, sagte ich mit einem zuckersüßen falschen Lächeln. „Schließlich baut einen zwischen all diesen Barbiepuppen nichts mehr auf, als gesagt zu bekommen, dass man nicht nur ein Hobbit, sondern auch ein *fetter* Hobbit ist!“

„Ich hab nie gesagt, dass du fett bist“, verteidigte sich Hazel und stahl mir eine knusprige Pommes. Ich wollte ihr auf die Finger hauen – die Krossen schmeckten mir nämlich am besten und das wusste sie auch – doch sie war zu schnell und ließ die Pommes grinsend in ihrem Mund verschwinden.

„Stimmt, du hast mich korpulent genannt. Das ist natürlich *viel* aufbauender.“

„Herrgott, das war ein Scherz. Merkst du nicht, dass du schon wieder total frustriert bist? Das liegt daran, weil du Caleb ständig beim Knutschen zuguckst. Ich sag‘s dir, das macht schlechte Laune.“

Okay, das reichte! Energisch stand ich auf und schob meinen Stuhl zurück.

„Wisst ihr was? Diskutiert doch ohne mich weiter. Ich muss aufs Klo. Wir sehen uns nach dem

Unterricht.“

Ich ließ meinen Freundinnen keine Chance, mich aufzuhalten oder mir zu folgen. Zack, war ich schon aus der Cafeteria geflüchtet und tauchte in den überfüllten Gängen der High School unter. Ich war nicht wirklich sauer auf sie und das wussten sie auch.

Bei uns ging es oft ruppig zu, aber wir stritten uns fast nie. Vielmehr war ich sauer auf *mich*. Ich wusste doch am besten, wie sinnlos es war, Caleb in meine Träume zu lassen. Er war tabu, die verbotene Frucht aus dem *Garten Eden*, und sah mich höchstens als kleine Schwester. Hazel hatte recht. Es frustrierte nur, Caleb anzuhimmeln, und machte nichts als schlechte Laune.

Als es zum Pausenende klingelte, stoben die Schüler der staatlichen *Wickville* High School wie Ameisen auseinander. Da wir keine festen Klassen hatten, liefen die Pausen immer sehr hektisch ab.

Jeder wollte sich mit seinen Freunden treffen, auf die Toilette gehen oder einen Happen essen, um dann 15 Minuten später wieder ans andere Ende des Campus zum nächsten Kurs zu hetzen. Die Kurse stellten sich die Schüler zu Beginn eines jeden Schuljahres individuell zusammen.

Es gab drei Pflichtfächer, der Rest wurde frei gewählt, was dazu führte, dass ich mit meinen Mädels nur an zwei Tagen und für jeweils nur eine Stunde im selben Klassenraum saß. Dann gab es da noch die beliebte *Study Hall,* die Freistunde, die man fest in seinen Stundenplan integrieren konnte. Offiziell war sie für Hausaufgaben und zum Lernen gedacht, doch wozu sich mit zähem Lehrstoff beschäftigen, wenn man auch quatschen konnte?

Alles, was wir den Tag über so erlebten, wurde in der *Study Hall* oder den Pausen besprochen – auch wenn die Zeit dafür nie wirklich reichte. In der nächsten Pause hatte sich meistens wieder so viel ereignet, dass wir es uns angewöhnt hatten, die wichtigen Themen für den Unterrichtsschluss aufzuheben, der immer exakt um 15 Uhr war.

Mit dem Läuten der letzten Schulglocke brach die spaßige Ära des Tages an. Nur die wenigsten Schüler gingen nach der Schule direkt nach Hause. Die meisten aßen mit ihren Freunden zu Mittag, besuchten die Theater- und Cheerleader AGs oder – und solche Freaks gab es wirklich – lernten.
Meine Mädels und ich gingen wie üblich zu *Gold Busters*, ein Fastfood-Geschäft, das eine Vielzahl an Burgern und Salaten anbot. *Schon wieder Burger?*, denkt jetzt bestimmt der eine oder andere.

Aber zu meiner Verteidigung konnte ich sagen, dass mein Bruder – um es mal höflich auszudrücken – nicht besonders gut kochte und ich schlichtweg zu faul dazu war. Mein tägliches Mittagessen bestand daher meistens aus einem großen Salat und Burgerfleisch, was für meine Ernährungsverhältnisse einer Vitaminbombe gleichkam.

Zwei Stunden später verabschiedete sich Hazel in ihren außerschulischen Tanzkurs, Myra war mit ihren insektenfressenden Freunden verabredet und Piper und ich gingen gemeinsam nach Hause. Dort fand ich meinen Bruder am Küchentisch vor, den Mund voller Cornflakes und den Blick konzentriert auf seinen Laptop gerichtet.

Ich war richtig eifersüchtig auf Blair. Seitdem er aufs College ging, war er fast immer vor mir zu Hause. Außerdem konnte er sich die freien Tage legen wie er wollte und – was ja wohl am abgefahrensten überhaupt war – ausschlafen! Mann, ich konnte es kaum erwarten, die High School abzuschließen und das Luxusleben einer Studentin anzufangen. Leider musste ich noch ein halbes Jahr durchhalten, und das bedeutete Pauken und Bangen, denn es würden noch massenhaft Hausarbeiten und Prüfungen auf uns zukommen.

Unser Haus war groß, aber bescheiden eingerichtet. Hell- und dunkelbraune Möbel trafen auf sandfarbene Fliesen und helle Wände. Das Wohnzimmer war weiträumig, der Eingang von zwei Säulen flankiert und die großen Fenster im Erdgeschoss sorgten für großzügigen Lichteinfall. Auf den bequemen Ledersofas im Wohnzimmer waren schon etliche Partygäste weggenickt, und der große Flachbildfernseher hielt mehrmals im Monat für Filmabende her.

Vom Sofa aus hatte man einen direkten Blick auf die weiße Landhausküche mit der dunkelbraunen Arbeitsplatte. Das Besondere war die Essecke in der verglasten Nische. Die Sitzbank stand in einem Halbkreis um den Esstisch, dahinter befanden sich übergangslose Fenster. Wenn man sich an den runden Esstisch setzte und einen Blick über die Schulter oder zur Seite warf, war es, als würde man direkt in unserem Garten sitzen. Der Ausblick war fantastisch, vor allem im Winter.

„Wie war die Schule, Sweetheart?", fragte Blair und klappte den Laptop zu. Er war nicht nur mein Bruder, sondern gleichzeitig auch mein Vater- und Muttterersatz. Da unsere jetsettenden Eltern nur selten in *Wickville* waren, lebten Blair und ich praktisch allein in dem riesigen Haus. Das hatte durchaus seine Vorteile. DVD-Abende und Home-Partys veranstalteten wir hier bis zum Abwinken, und damit wir uns beim Feiern nicht in die Quere kamen, hatten wir das Wochenende in Scheibchen geschnitten und untereinander aufgeteilt.

Der Freitag gehörte mir und meinen Mädels, der Samstag Blair und der Sonntag war zum Ausnüchtern, Lernen oder einfach zum Faulenzen. Unsere Eltern bekamen davon natürlich nichts mit. Als Reiseveranstalter verdienten sie genug Geld, um sich ein Jetsetter-Leben leisten und unser Überleben, die Schule und die Instandhaltung des Hauses finanzieren zu können.

Ich schätzte meine Freiheit, die ich dadurch ausleben konnte, musste aber auch auf vieles verzichten. Grill– oder Familienabende fielen genauso weg wie besuchte Schulveranstaltungen. Doch das war nicht immer so gewesen. Vor drei Jahren waren meine Eltern noch ganz normale Vormunde gewesen, die Elternversammlungen und Blairs Footballspiele besucht hatten. Dann hatte Mom plötzlich diesen Gesundheits- und Reisetick bekommen, ausgelöst durch einen Artikel ihrer Lieblingszeitschrift. Das hatte alles verändert.

Mit einem Mal gab es kein Fastfood und Fleisch mehr auf den Tellern, und sie wollte immer öfter wandern und verreisen. Es war ein schleichender Prozess gewesen, der anfangs sogar ganz lustig gewesen war – besonders meine Wanderungen mit Mom zum *Wickville Mountain*. Doch ihre Wander- und Reiselust nahm immer extremere Formen an.

Bis sie entschied, dem scheinbar langweiligen Kleinstadtleben *adieu* zu sagen und mit Dad die weite Welt zu bereisen. Heute glaube ich, dass sie an einem Punkt im Leben angelangt war, an dem sie befürchtet hatte, etwas zu verpassen. Grandma war immerhin sehr strukturiert und streng gewesen und Mom hatte in ihrer Kindheit vieles nicht machen dürfen.

Ich hieß zwar nicht immer gut, dass unsere Eltern sich jetzt mehr auf sich selbst konzentrierten, aber ich konnte sie verstehen. Wenn es eines gab, das ich von Mom geerbt hatte und was ich ihr deshalb nicht vorwerfen konnte, dann war es die Abenteuerlust.

Und es war ja nicht so, dass wir nicht behütet aufgewachsen wären. Unsere Eltern hatten uns mit aller Liebe großgezogen, die sie hatten aufbringen können, waren immer für uns da gewesen und hatten anständige Kinder aus uns gemacht. Es war nur fair gewesen, sie loszulassen, damit sie ihr eigenes Ding durchziehen konnten.

„Heute läuft ein Footballspiel auf dem Campus“, ließ Blair mich wissen. „Lust, mitzukommen?“

Das war das Tolle an meinem Bruder. Obwohl ich vier Jahre jünger war als er, nahm er mich überall hin mit. Er untersagte mir weder Clubbesuche, noch das Trinken von Alkohol – solange er dabei war und ein Auge auf mich haben konnte.

Blair schämte sich auch nicht für mich, so wie es vielleicht andere Brüder in seinem Alter getan hätten, und bezog mich in seine Ausflüge und Partys meistens mit ein – unter der Voraussetzung, dass ich die Klappe hielt, wenn er auf Beutefang war, und ich ihm nicht die Tour vermasselte. Praktischerweise war er beim Feiern meistens viel zu hacke, um mich im Auge zu behalten, womit ich nahezu tun und lassen konnte, was ich wollte.

„Spielst du schon wieder?", fragte ich und setzte mich zu ihm an den runden Tisch. Aus dem Augenwinkel konnte ich die schwingenden Baumkronen im Garten sehen. Er schüttelte den Kopf, wobei ihm blonde Strähnen ins Gesicht fielen.

Ich kannte Mädchen, die jetzt in Ohnmacht fallen würden, so eine große Faszination übte Blair auf weibliche Wesen aus. Das einzige, was *mich* an meinem Bruder faszinierte, war die Tatsache, dass er das ganze Wochenende feiern konnte und am Montagmorgen pünktlich und frisch ausgeruht im Lesesaal seines Colleges saß.

Viele behaupteten, dass Blair und ich uns wie aus dem Gesicht geschnitten wären, ja, sogar als Zwillinge durchgehen könnten – was für mich überhaupt nicht nachvollziehbar war. Wir hatten beide blondes Haar, eine kleine Nase, volle Lippen und himmelblaue Augen. Aber da hörten die Gemeinsamkeiten meiner Meinung nach auch schon auf.

Blair hatte einen viel größeren Kopf als ich und unsere Gesichtsformen waren auch verschieden. Wo mein Bruder muskulös war, war ich schlaff wie eine Nudel, und neben seiner hochgewachsenen Gestalt sah ich wie ein Gartenzwerg aus.

Wahrscheinlich war das so ein Geschwisterding, dass die offensichtlichen Unterschiede für Außenstehende nicht sofort erkennbar waren.

„Erst nächste Woche. Der Coach sagt, ich soll mein Bein noch ein bisschen schonen. Aber wir spielen heute gegen *Pittsburgh*, das darf ich natürlich nicht verpassen“, sagte er und schob einen weiteren Löffel Cornflakes in seinen Mund.

„Wann geht's los?“, fragte ich und schaute zur Wanduhr.

„Um 18 Uhr fängt das Spiel an. Vorher treffen wir uns bei Caleb.“

Mein Herz machte einen Satz. Dass Caleb mitkommen würde, war mir fast klar gewesen – Blair und er unternahmen nur selten etwas getrennt – zu Caleb nach Hause zu fahren, war dagegen ein seltenes Vergnügen. Ich fühlte mich dann immer so privilegiert, sein privates Reich betreten zu dürfen. Etwas, wovon viele Studentinnen nur träumen konnten.

Seine Eltern waren wohlhabend und sehr eigensinnig, weswegen er nur selten Besuch mit zu sich nahm. Dass er Blair für heute grünes Licht gegeben hatte, konnte nur bedeuten, dass sie auf einer Gala oder bei einem schicken Essen waren. Ich denke, sein familiärer Finanzstatus war ein zusätzlicher Grund für Calebs Beliebtheit. Gut aussehend, charmant *und* reich.

Wer konnte da widerstehen? Mich faszinierte weniger sein Wohlstand, sondern die tollen Dekostücke, die sein Heim schmückten. Calebs Mom war Kunsthändlerin und genauso sah ihr Domizil auch aus – wie ein einziges gewaltiges Kunstwerk.

Ich fand die Gemälde und Vasen im Eingangsbereich ungemein faszinierend. Vor allem, da Mrs. Ferguson es schaffte, trotz der alten Stücke Moderne und Luxus zu vereinen. Weniger luxuriös, dafür umso fesselnder war Calebs Zimmer, ein 45 qm großer Raum, der so ein großes Bett beherbergte, dass dort eine komplette Cheerleader-Mannschaft Platz gefunden hätte.

Dass ich schon wieder in den Fan-Girl-Modus abgedriftet war, merkte ich erst, als ich schon in mein Zimmer gehetzt war, um mich umzuziehen. Ich konnte es einfach nicht lassen, sobald ich Aussicht auf ein Treffen mit Caleb hatte, setzte mein Selbstbewusstsein aus. Ich wollte mich dann immer auftakeln und ihm um jeden Preis gefallen. Armselig, oder?

Mein privates Reich lag direkt gegenüber von Blairs, was bei weiblichem Besuch nicht immer … äh, praktisch war. Ich hatte seinen Namen schon in so vielen Stimmlagen schreien gehört, dass ich für den Rest meines Lebens traumatisiert war. Am Ende des Flurs lag ein großes Bad, das wir uns teilten. Auf der anderen Seite befanden sich eine Abstellkammer und die Treppe zum Dachgeschoss. Ich ging nie dort hoch.

Dank diverser Horrorfilme war ich mir sicher, dass sich dort entweder eine ominöse Videokassettensammlung befand, die, wenn ich sie ansah, mich mit einem toten Mädchen mit schwarzen, nassen Haaren konfrontieren würde, oder dass dort eine verhexte Mörderpuppe auf mich wartete. Außerdem war der Dachboden natürlicher Lebensraum von allen möglichen Ekelviechern, die nur darauf warteten, mich zu Tode zu krabbeln. Nein, danke!

Ich trat achtlos die Zimmertür hinter mir zu und hielt nach meinem Lieblingsrock Ausschau, der hier irgendwo liegen musste. Mein Blick wanderte über das weiße Himmelbett, das künstliche Fell darunter und den mittelgrauen Teppich, der im ganzen Zimmer auslag. Ein weißes Nachtschränkchen stand neben dem Himmelbett, genau wie eine Kommode, die ich als Schminktisch umfunktioniert hatte.

Die weißbraun-gemusterte Tapete war ein warmer Kontrast zu den weißen Möbeln. Die rot-lila Tagesdecke und die gleichfarbigen Kissen sorgten für farbliche Abwechslung. Gegenüber vom Bett standen noch mein Schreibtisch und der Kleiderschrank. Das war's.

Für andere war mein Zimmer vielleicht nichts Besonderes, aber für mich war es mein ganzer Stolz. Ich entdeckte meinen Rock auf der Lehne des Bürostuhls und nahm ihn an mich. Ich wusste, dass Caleb auf Beine stand – okay, welcher Junge tat das nicht? – und wollte deshalb etwas Haut zeigen. Gleichzeitig war ich mir aber bewusst, dass mein Rock nicht kurz genug war, um für ihn reizvoll zu sein.

Wie gesagt, ich würde mich niemals dazu herablassen, mich billig anzuziehen – selbst für Caleb nicht –, aber schickmachen war ja nicht verboten. Nachdem ich mir das Outfit auf dem Bett zurechtgelegt hatte, band ich meine Haare zu einem Zopf und ging duschen.

Keine Ahnung, womit ich das verdient hatte, aber ich war mit einer dicken, langen Haarpracht gesegnet, die mich von vielen Mitschülerinnen abhob und mir immer wieder neidische Blicke einbrachte. Früher hatte ich mich deswegen schlecht gefühlt, doch Hazel hatte mir beigebracht, mich nicht dafür zu schämen und meine Haarpracht mit Stolz zu tragen. Heute konnte ich über Kommentare wie *Rapunzel* nur lächeln und verstand die Missgunst manch hartnäckiger Hater sogar. Wer wollte schon mit strähnigem, lichtem Haar herumlaufen, das an Lametta erinnerte?

„Was soll *das* denn werden?", fragte Blair und starrte auf meinen Rock, als ich eine Stunde später ins Wohnzimmer kam. Wie es aussah, hatte er sich in der Zwischenzeit gerade mal vom Küchentisch zur Couch bewegt.

Ich schaute an mir herab und konnte an dem dunkelblauen, ausgestellten Rock, der mir fast bis zu den Knien reichte, und dem weißen Top nichts Ungewöhnliches finden. Okay, da ich normalerweise in Jeans und Shirts herumrannte, war das für meine Verhältnisse schon Festkleidung, aber nicht aufreizend genug, als dass es Blairs missbilligenden Blick rechtfertigen würde.

„Warum? Was ist daran verkehrt?“, fragte ich und drehte mich einmal um mich selbst.

„Vielleicht die Tatsache, dass wir zum Footballspiel und nicht auf einen Ball gehen?“

„Du sagst es, ein *Footballspiel.* Und wovon wimmelt es bei einem Footballspiel üblicherweise?“, fragte ich und kam zur Couch. „Von heißen, gut gebauten Jungs.“

Blair schnaubte. „Träum weiter! College-Typen sind viel zu alt für dich.“

„Ich weiß, und das ist *mega*-sexy.“

Angewidert sah er mich an, als könnte er das Wort aus meinem Mund nicht ertragen, stand auf und streckte sich ausgiebig.

„Solange du mit mir unterwegs bist, wird hier gar nichts sexy gefunden, und du wirst auch keine Typen aufreißen, die vier Jahre älter sind als du, klar?“, sagte er nicht ganz ernsthaft.

„Werden wir sehen“, säuselte ich und stolzierte mit meiner Handtasche an ihm vorbei. Blair ließ mir wirklich viel durchgehen, aber wenn es um Jungs ging, war er verständlicherweise sensibel. Es war nicht so, dass er mir eine Beziehung verbot – ich hätte ihm sowieso den Vogel gezeigt – dafür hatte Blair das Talent, sie mir zu vermiesen.

Immer, wenn ich in seiner Gegenwart von jemandem schwärmte, checkte er denjenigen am nächsten Tag ab und zählte mir dann ganz beiläufig dessen Schwächen und Makel auf.

Und wenn das nicht wirkte, erzählte er mir, was für ein intelligentes, hübsches Mädchen ich doch wäre und dass ich meine Jungfräulichkeit bestimmt nicht auf der Rückbank eines Volvos verlieren wollte.

Das war echt ätzend, besonders, weil er fast immer die gewünschte Wirkung erzielte und ich schnell das Interesse an besagten Jungs verlor. Wenn das nicht die raffinierteste Taktik ever war, dann wusste ich auch nicht. Blair musste mir überhaupt keinen Freund verbieten. Er wartete einfach, bis seine Worte Wirkung zeigten.

Wer mich jetzt für leicht manipulierbar hielt, dem konnte ich ruhigen Gewissens sagen, dass es nur Blair gelang, mir solche Flausen in Bezug auf Männer in den Kopf zu setzen, und das vermutlich auch nur, weil mein Herz in Wahrheit längst für einen anderen schlug.

Mich würde mal interessieren, was er an Caleb auszusetzen hätte, wenn ich es ihm beichten würde. So hoch wie Blair seinen besten Freund in den Himmel lobte, müsste er mir ohne zu überlegen seinen Segen geben.

Wir fuhren mit dem silbernen Jeep – Blairs Immatrikulationsgeschenk – den er wie seinen Augapfel hütete. Da *Wickville* von großen Wäldern und teilweise hügligen Flächen umgeben war, war ein Jeep quasi ein Must-have, um hier zu überleben.

Die Straßen waren auch nicht immer die ebenmäßigsten, deshalb hatten viele Touristen ohne Geländewagen so ihre Probleme mit der mobilen Fortbewegung.

Ich kurbelte das Fenster runter, lehnte meinen Ellenbogen raus und ließ meine Haare vom Wind umherpeitschen. Der Sommer stand zwar noch nicht vor der Tür, aber die gelegentlich milden Tage deuteten darauf hin, dass er sich zumindest schon mal in aller Ruhe einen Parkplatz suchte.

Als wir in Calebs Einfahrt rollten, war ich wie immer geflasht. Ich war eindeutig zu selten hier, um mich an diesen atemberaubenden Anblick zu gewöhnen. Ich hatte auch meine Zweifel, ob sich jemals etwas daran ändern würde, selbst wenn ich hier einziehen würde. Allein die Einfahrt mit ihren gestutzten Hecken, den wunderschönen Blumen und dem penibel gepflegten Rasen war ein Hingucker. Von der länglichen Backstein-Villa mit ihrer verwinkelten Konstruktion ganz zu schweigen.

Blair parkte hinter Calebs Wagen, der so schwarz war, dass er fast schon wieder leuchtete. Dann sprang ich aus dem Jeep und folgte Blair mit erhöhtem Puls zur Haustür. Ob mein Körper jemals aufhören würde, so heftig in Calebs Nähe zu reagieren?

Das war total nervig. Mein Herz musste es doch irgendwann leid sein, ständig auch nur bei der Erwähnung seines Namens zu beschleunigen. Doch immer, wenn ich Caleb sah, war es, als lächelten seine karamellfarbenen Augen, die niedlichen

Grübchen und geschwungenen Lippen mich zum ersten Mal an.

So auch jetzt, als er die Tür öffnete und uns hereinbat. Meinen Bruder begrüßte er mit einem gewohnten Handschlag, mich nahm er kurz in den Arm und trat dann beiseite. Musste ich erwähnen, wie unglaublich toll sich eine Umarmung von Caleb anfühlte?

Er musste sich zu mir herunterbeugen und hüllte mich mit seinem vertrauten Parfum und dem Geruch frisch gewaschener Haare ein. Ich sollte seinen Duft in einem Flakon aufbewahren und abendlich etwas davon auf mein Kissen träufeln. Das wäre zwar total krank, würde mir aber die himmlischsten Träume bescheren, da war ich mir sicher. Leider war die Umarmung viel zu schnell vorüber und sein warmer, fester Körper rückte von mir ab.

„Wie lange hast du sturmfrei?“, fragte Blair und steuerte das Wohnzimmer an. Meistens hingen die beiden im Poolhaus oder in Calebs Zimmer rum. Da wir Caleb heute aber nur abholten, blieb mir das Vergnügen – in seinem Gemach rumzuschnüffeln – leider verwehrt.

„Theoretisch den ganzen Tag. Meine Eltern sind beim Geschäftsessen und kommen vor Mitternacht bestimmt nicht zurück. Wenn du Bock hast, können wir nach dem Spiel wieder herkommen und ‘ne Runde zocken.“

„Wenn du bei *Tekken* wieder fertig gemacht werden willst, klar“, sagte Blair und ließ sich auf das hellgraue Sofa fallen. Ich trödelte beim

Reinkommen und begutachtete die antiken Stücke auf den Hochglanzkommoden. Manche sahen so zerbrechlich aus, dass ich vorsichtshalber einen Sicherheitsabstand zu ihnen einhielt. Ich wollte mir gar nicht ausmalen, was geschah, falls eines dieser Exemplare zerbrach. Für Mrs. Ferguson waren die seltenen Stücke wie Haustiere. Caleb hatte als Teenager mal zwei Monate Stubenarrest bekommen, weil er eine Vase umgestoßen hatte.

„Ich glaube, du hast dir neulich beim Football nicht nur den Fuß, sondern auch den Kopf verletzt! Wann hast du mich bitte jemals bei *Tekken* besiegt?“, schnaubte Caleb und steuerte das Bad an, aus dem er bei unserem Eintreffen scheinbar gekommen war.

„Hast du Gedächtnisschwund? Jedes Mal“, behauptete Blair lachend und schaute zu mir. „Oder, Ary?“

„Keine Ahnung. Bei diesem bescheuerten Spiel schalte ich jedes Mal ab“, meinte ich und setzte mich neben meinen Bruder. Caleb sagte nichts dazu. Das brauchte er auch gar nicht, denn wir wussten alle, dass er Blair ständig besiegte.

„Wo ist eigentlich Rodney? Sollte er nicht längst hier sein?“, fragte Blair mit erhobener Stimme und legte den Kopf in den Nacken, sodass er auf der Sofalehne ruhte.

„Du weißt doch, wie er ist. Die *Pünktlichkeit* in Person!“, kam es aus dem Bad. Nicht mal eine Minute später läutete es an der Tür.

„Macht jemand auf?“, rief Caleb durch die offene Badezimmertür. Ich stieß Blair mit dem Ellenbogen an, doch der Faulpelz bewegte sich nicht, also stemmte ich mich in die Höhe und ging zur Tür.

„Welch *freudige* Überraschung!“, begrüßte ich den schwarzhaarigen Riesen und hielt ihm übertrieben freundlich die Eingangstür auf. Rodney maß mich mit einem genervten Blick und sagte mit erhobener Stimme: „Ich wusste gar nicht, dass eure Gartenzwerge jetzt schon im Haus rumlaufen, Caleb.“

Ein Lachen drang aus dem Bad.

„Du bist heute wieder so selten lustig, Rodney. Hast du ‘nen Clown gefrühstückt?“, fragte ich, nicht im mindesten beleidigt. Ich musste den Kopf in den Nacken legen, um ihm in die Augen sehen zu können, doch das hinderte mich nicht daran, ihm die Stirn zu bieten. Ich glaube, wenn ich nicht Blairs Schwester wäre, hätte Rodney mich längst mit seinen Riesenfüßen in den Boden gestampft. Zu seinem Pech war es öffentlich verpönt, Frauen gegenüber handgreiflich zu werden, und das nutzte ich bei jeder Gelegenheit aus.

„*Zwei*“, antwortete er und lief mit einem bedrohlichen Zwinkern an mir vorbei. Wie beschrieb ich mein Verhältnis zu Rodney am besten? Ich denke, das Wort *Hassliebe* traf es ganz gut, denn wir hatten grundlegend verschiedene Ansichten, wie man eine Frau behandelte, und gerieten deshalb ständig aneinander.

Er mochte ja für Caleb und Blair ein toller Kumpel sein, der sich in jeder Hinsicht für sie einsetzte, und er war auch total lustig, aber wie er seine Freundinnen behandelte, ging gar nicht. Und da ich eine Frau war, die nicht auf den Mund gefallen war, waren Streitereien zwischen uns natürlich vorprogrammiert.

Rodney schleppte eine Sporttasche mit sich, in der es verdächtig klimperte, und stellte sie im Eingangsbereich ab. Wenn das kein Alkohol war, den er zum Footballspiel schmuggeln wollte, sollte mir auf der Stelle ein Ringelschwanz wachsen. Was war bitte schlimmer, als ein Mann, dessen einzige Achtung vor einem weiblichen Wesen seiner Mutter galt? Richtig, ein *betrunkener* Mann!

Und Rodney trank gern und oft. Er gesellte sich zu Blair auf das Sofa und philosophierte mit ihm über das bevorstehende Spiel. Ich blieb wieder bei meinen Kunstgegenständen und wartete darauf, dass Caleb endlich fertig wurde. Zehn Minuten später stiegen wir in Calebs Auto, wobei Blair auf dem Beifahrersitz Platz nahm und Rodney und ich uns die Rückbank teilen mussten.

„Ich setze fünfzig Mäuse auf Harpers Team“, verkündete Rodney und erntete einen missbilligenden Blick von Blair. Als Hobby-Footballer nahm mein Bruder das Thema natürlich etwas ernster als andere. Von seinem Kumpel zu hören, dass er auf den Gegner setzte, war deshalb nachvollziehbarerweise nur bedingt lustig. Aber so war Rodney nun mal, Unruhestifter durch und durch.

„Weißt du was? Ich bin dabei. Wir machen *Pittsburgh* sowieso platt“, sagte Blair und schob Caleb einen 50-Dollarschein in die Jackentasche. „Und weil du es wagst, gegen mein Team zu wetten, geht die nächste Runde im Club bei einer Niederlage auf dich."

Damit war Rodney einverstanden, beugte sich vor und schob Caleb seinen Einsatz zu. Caleb schloss nie Wetten ab, wohingegen Blair und Rodney um jeden Müll knobelten. Er war auch nicht der größte Footballfan, sondern schaute lieber Basketball. Seine geringe Begeisterung für Football hielt ihn jedoch nicht davon ab, seine Kumpels regelmäßig zu den Spielen zu begleiten. Ich vermutete, er tat es der Gesellschaft wegen.

Um halb sechs erreichten wir den Uni-Parkplatz, der wegen des bevorstehenden Spiels natürlich hoffnungslos besetzt war. Dass wir in weiser Voraussicht nur mit einem Auto gefahren waren, wurde mit einem überraschend frei werdenden Parkplatz belohnt. Wir stiegen aus und schlenderten über das große Campusgelände zur Tribüne.

Laute Stimmen, Trompetenmusik und Trillerpfeifengeräusche wurden vom Wind zu uns rüber getragen. Egal ob auf der High School oder dem College, wenn ein Footballspiel stattfand, wurde es nicht nur ausgetragen, es wurde *zelebriert*.

Lehrer und Schülervertretung waren schon Tage vorher mit der Organisation beschäftigt. Der Rasen musste vorbereitet und die Tribüne geschmückt werden. Die riesigen Wasserflaschen für die Spieler mussten herbei geschleppt, Essens- und Fan-Artikel-Stände aufgebaut und möglichst viele

Zuschauer auf die Tribüne gelockt werden, um Eindruck auf die gegnerische Mannschaft zu machen. Als würde die Schule am besagten Tag nicht längst im Footballrausch sein, wurden vor jedem Spiel auch noch Flugblätter in der Schule verteilt, die dann auf jeder freien Wandfläche klebten und den Fußboden bedeckten.

Aber ich mochte die Abende, an denen die High School oder das College – je nachdem, welche Mannschaft spielte – auf dem Gelände zusammenkam, um unsere Spieler anzufeuern. Als Blair noch die High School besucht hatte, war er ein Top-Footballer gewesen – sein Bild hing sogar in der *Hall of Fame*.

Klar, dass das College sofort mit einem Stipendium gewinkt hatte, das er später angenommen hatte. Heute spielte er College-Football in der besten Mannschaft der Stadt. Die Spiele wurden regelmäßig im Fernsehen übertragen. Und wie bei jedem Spiel üblich, durfte natürlich das Schulmaskottchen nicht fehlen, das in unserem Fall gleichzeitig auch das Schulwappen war.

Auf meiner High School war es eine Bärentatze. Sie galt als gutes Omen und symbolisierte die richtige Richtung. Das Maskottchen war überall zu finden: an den dreieckigen Fahnen über dem Schuleingang, auf dem Sportplatz, den Tellern in der Kantine, auf dem Linoleumboden und natürlich den Titelblättern der Schülerzeitschrift.

An Blairs College war es ein Adler. Er stand für Mut, Freiheit und Visionen. Jener Adler begegnete uns nun auf den Flaggen, die auf dem gesamten

Gelände für das Spiel gehisst worden waren. Das *Wickville* Footballteam hatte zwei große Gegner: *Columbus* und *Pittsburgh*. Heute spielten sie gegen *Pittsburgh*, Calebs persönliche Hassmannschaft, was das Spiel besonders nervenaufreibend machen dürfte.

Ich weiß, als brave *Wickville*-Bürgerin sollte es anders sein, aber mir persönlich war es egal, welches Team gewann. Ich schaute Football nur des Spieles wegen und nicht, weil ich das Bedürfnis hatte, mich hinterher mit der gegnerischen Mannschaft zu prügeln. Es gab manche, die so einen Hass auf feindliche Teams schoben, dass sie wegen zurückliegender Massenschlägereien Tribünenverbot hatten. Abgesehen von den wenigen Ausnahmen liefen die Spiele aber meistens friedlich ab, und ich schaute sie mir gern an.

Auf unserem Weg zur Tribüne begegneten wir einer Menge Leute, die uns aufhielten und in kurze Gespräche verwickelten. Also nicht mich, ich war nur das Anhängsel des berühmten Trios und quasi unsichtbar.

Hauptsächlich waren es Frauen, die bis zum geht-nicht-mehr aufgetakelt und so dermaßen aufgesetzt freundlich waren, dass ich mich nach der Schleimspur umsah, die sie auf dem Boden hinterlassen mussten. War ich auf die Mädchen eifersüchtig, die sich lächelnd an Calebs Brust warfen und ihn mit ihren Miniröcken und langen Beinen um den Finger wickelten?

Definitiv.

Gleichzeitig beruhigte mich aber das Wissen, dass ihre Liaison vermutlich nicht lange halten würde. Genau wie mein Bruder befand sich Caleb in den besten Jahren seines Lebens und in denen war *Mann* meistens weniger an festen Beziehungen, sondern mehr an Abenteuern interessiert.

Mich störte gerade vielmehr, dass wir den Anpfiff verpassen würden, wenn wir uns nicht langsam sputeten. Als hätte er meine Gedanken gelesen, sagte Caleb sich freundlich, aber bestimmt von seinen Anhängerinnen los, und wir gingen weiter. Dabei warf ich einen Blick über die Schulter und sah die enttäuschten Blicke der Mädchen. Ich konnte genau nachempfinden, wie sie sich fühlten. Für mich war Caleb genauso nahe wie fern.

Wegen der freien Platzwahl bekamen wir nur noch Sitze in den oberen Reihen, was aber nicht weiter schlimm war, weil wir von dort aus einen Überblick über das ganze Spielfeld hatten.

Die Tribüne – die abwechselnd vom High School- und College-Team genutzt wurde – war großzügig mit dem Adlerwappen geschmückt, das mir auch von Kopfbedeckungen, Jacken, Bechern und diversen anderen Utensilien zulächelte.

Wenn es um Football ging, waren die Schüler wirklich verrückt. Bei keinem anderen Event herrschte so ein starker Zusammenhalt und Harmonie. Es war, als wären wir eine große Familie, die zusammen siegte oder scheiterte.

Rodney setzte sich ans Ende der Sitzreihe, Blair nahm zwischen Caleb und mir Platz, womit er eine natürliche Barriere bildete. Ein Junge in meinem

Alter in typischer Verkäufer-Montur verkaufte kalte Getränke und wurde prompt von den Jungs herangewunken. Blair kaufte mir mein Lieblingsgetränk – Cranberry-Schorle – und eine große Cola für sich, die er auf seinen Schoß bettete.

Rodney und Caleb holten sich jeder einen 2-Liter-Becher und Caleb gab dem Jungen noch ein saftiges Trinkgeld. Dann marschierten die Teams ein – begleitet von Musik und Paukenschlag – und das Spiel begann.

Während ich das Match in gemäßigter Stimmung verfolgte, sprangen die Jungs bei jedem Punktesieg auf oder warfen bei Rückschlägen mit Kraftausdrücken um sich. Blair fieberte so sehr mit, dass er jedes Mal sein Getränk verschüttete und ich – leider nicht immer erfolgreich – den Spritzern ausweichen musste. Ich hatte zwischenzeitlich sogar mit den Gedanken gespielt, mich einfach wegzusetzen – bei so viel Feuereifer musste ich ja befürchten, versehentlich eine gewischt zu bekommen.

Leider war die Tribüne restlos belegt und ich musste neben meinem irren Bruder sitzen bleiben. Dann kam die Halbzeit und die Gemüter beruhigten sich etwas. Wegen des Gleichstands war nicht absehbar, wer das Spiel am Ende gewinnen würde. Was gut war, denn wenn es schlecht für Blairs Team ausgesehen hätte, hätte er jetzt furchtbar schlechte Laune gehabt und ich müsste bis zum Ende des Spiels sein Gemecker ertragen.

Die Tribüne lichtete sich, als die Zuschauer von der Plattform strömten, um die Fressstände zu überfallen. Von Hotdogs, über Smoothies und Popcorn, war für jeden Geschmack etwas dabei. Auch die Jungs verließen ihre Plätze und ich schloss mich Rodney an, der sich zielstrebig einen Weg durch die Menge bahnte.

Ich versuchte, dicht an ihm dranzubleiben, kam aber nicht halb so schnell voran wie er. Es war, als bewegte ich mich in einem Fluss zäher Gummimasse fort. Bei dem Tempo konnte ich froh sein, wenn ich den Popcornstand überhaupt vor Beginn der zweiten Halbzeit erreichte!

Anders als ich, schien Rodney keine Probleme zu haben, sich in der Menschenmasse fortzubewegen. Seine breiten Schultern schoben die Leute einfach beiseite, sodass ich schon nach wenigen Sekunden den Anschluss verlor. Zack, hatte mich die Menge verschluckt und ich wurde von fremden Körpern herumgeschubst. Ich bildete mir ein, Blair nach mir rufen zu hören, doch als ich mich umdrehte, ragten nur Fremde hinter mir auf, die mich vorwärtsdrängelten.

Das war das Blöde am Kleinsein, man wurde von den Menschen gar nicht wahrgenommen und ging in der Menge einfach unter. Auf einmal packte jemand von hinten meinen Arm und zog mich aus dem Strom heraus. Überrascht stolperte ich hinter ihm her und trat dabei wiederholt auf fremde Füße. Ich erntete böse Blicke und entschuldigte mich, dann brachen wir aus der Menge heraus, und ich blickte zu meinem Retter auf.

„Wo wolltest du denn hin?“, fragte Caleb amüsiert und zog mich zu meinem Bruder, der am Treppengeländer lehnte und nicht den Eindruck machte, als wäre er besorgt um mich gewesen. Typisch. Wenn Caleb dabei war, ging er immer automatisch davon aus, dass sein Freund mich im Auge behalten würde. So würdevoll wie möglich strich ich mir die losen Haarsträhnen aus dem Gesicht und glättete meinen Rock. Caleb hatte mich buchstäblich davor bewahrt, überrannt zu werden.

„Runter von der Tribüne. Ich dachte, ihr wolltet was essen.“

„Machen wir auch … wenn das Gedränge nicht mehr so groß ist. Hatte ich doch gesagt“, meinte Blair und stützte die Ellenbogen auf die Brüstung.

„Muss ich überhört haben.“

Ich versuchte, das Kribbeln zu ignorieren, das durch Calebs Berührung auf meinem Arm verursacht worden war, und wünschte mir, er würde mich nicht so spöttisch angucken. Im Laufe der Jahre hatte er es sich angewöhnt, immer dann die Rolle des großen Bruders zu übernehmen, wenn Blair gerade beschäftigt war. Früher hatte ich das toll gefunden, heute wünschte ich mir, er würde mich ernster nehmen und mit anderen Augen betrachten.

„Haben wir gesehen. Du bist in dem Menschenhaufen fast ertrunken. Vielleicht sollte Blair dir nächstes Mal ein Halsband anlegen, damit du nicht mehr verloren gehst“, witzelte Caleb. Ich zog die Brauen hoch. Dabei hatte ich mich gerade für seine Hilfe bedanken wollen!

„*Vielleicht* sollte ich dir für diesen dämlichen Spruch auch einfach in die Eier treten“, schlug ich vor. „Wobei … hab gehört, dass das deine Ex schon übernommen hat. Wäre doch ungünstig, wenn deine Kronjuwelen *noch* weiter schrumpfen, oder?“

Caleb lachte fassungslos und sagte zu meinem Bruder: „Vergiss das mit der Leine. Ich hab mich soeben für einen Maulkorb entschieden.“

Blair grunzte nur, war aber klug genug, für keinen von uns Partei zu ergreifen.

„Apropos Maulkorb“, ging ich auf seine Spitze ein. „Da fällt mir die Story mit deiner Ex-Ex-Ex-Freundin ein …“

Doch weiter kam ich nicht, denn Caleb nahm mich in den Schwitzkasten und zog mich abrupt zu sich heran. Ich wollte überrascht aufschreien, doch der Aufprall unserer Körper raubte mir die Luft. Mein Gesicht landete an seiner Brust, nur der dünne Stoff seiner Übergangsjacke zwischen uns.

Er presste meinen Kopf gegen seinen Oberkörper, indem er eine Hand auf meinen Hinterkopf legte, und ich musste die Hände auf seinen Bauch legen, um mich weg zu stemmen. Der Widerstand, auf den ich traf, war faszinierend. Als würde ich ein warmes, lebendiges Waschbrett anfassen.

Calebs Reaktion darauf? Er drückte mich nur noch fester an sich, nahm meinen Protest überhaupt nicht wahr und zerzauste zu allem Überfluss auch noch meine Haare. Körperlich hatte ich Caleb nichts entgegenzusetzen, und ich konnte mich wirklich nicht entscheiden, ob ich das aufregend oder beunruhigend finden sollte.

„Weißt du, Ary, ich muss mich zwar immer wieder daran erinnern, aber ich mag deine rotzfreche Art. Du bist die einzige Frau, die mir keinen Honig ums Maul schmiert."

„Dafür schmier *ich* dir gleich was ums Maul. Lass gefälligst meine Schwester los, bevor sie erstickt", warf Blair ein. „Du hast genug Frauen, mit denen du kuscheln kannst."

„Aber keine ist so niedlich wie Ary. Sie ist wie die Puppe, die ich nie hatte", entgegnete Caleb, lockerte seinen Griff aber. Grunzend verschränkte Blair die Arme vor der Brust, und da man es sicher von mir erwartete, befreite ich mich entschieden aus Calebs Griff. Mein Gesicht glühte und war vor Anstrengung bestimmt ganz gerötet.

Caleb sah dagegen nicht so aus, als hätte er auch nur die Kraft seines kleinen Fingers aufgewandt, um meinen zappelnden Körper zu fixieren. Meine Haare wollte ich gar nicht erst sehen. Schon das Abtasten ließ mich vermuten, dass ich wie eine aufgeschreckte Vogelscheuche aussah. Wobei die Betonung auf *aufgeschreckt* lag, es gab schließlich für alles eine Steigerung.

Ich kämmte mein Haar – so gut es mir ohne Bürste und Spiegel möglich war – zu Recht, dann verließen wir die Tribüne. Unten waren schon die ersten dabei, ihre Hotdogs und Steaks zu verspeisen. Zu meiner Verwunderung steuerten die Jungs aber keinen der Stände an, sondern stellten sich abseits des Geschehens. Ich trottete wie ein gehorsamer Vierbeiner hinter ihnen her – ich hatte sowieso keinen großen Hunger – und sah dann Rodney mit drei Bechern auf uns zukommen.

Er reichte sie an Caleb und Blair weiter, sie stießen an und kippten das Zeug runter. Aha! Jetzt war mir klar, wohin Rodney so schnell verschwunden war.

Während sie tranken, erzählte Rodney von einem Mädchen, dem er auf dem Hinweg begegnet war, oder besser gesagt von ihrem – und ich zitiere – *geilen Arsch*. Allein diese beiden Worte reichten aus, um mich die Augen rollen zu lassen und mich aus dem Gespräch auszuklinken. Dabei störten mich häufig nicht mal seine Ausdrücke, sondern die Betonung.

Genau diese Art war es, die ich an ihm nicht leiden konnte, und sie wurde schlimmer, je mehr Alkohol er getrunken hatte. Mein Blick wanderte zu dem unscheinbaren weißen Becher in seiner Hand, der schon von Weitem *ich bin harmlos, hier ist ganz bestimmt kein Alkohol drin* schrie und damit erst recht auffällig war.

Ich hatte ja nichts dagegen, Alkohol zu trinken – auch nicht, sich hin und wieder die Kante zu geben –, aber Rodney wurde dann immer zum Proll und behandelte die Frauen, als wären sie Endprodukte, die man innerhalb von zwei Wochen ohne Angabe von Gründen umtauschen konnte. Ich weiß, so dachten viele Männer, aber es war ein Unterschied, ob man nur von ihnen hörte oder unmittelbaren Kontakt mit ihnen hatte. Ich konnte gar nicht mehr sagen, wie oft ich mich mit Rodney schon in den Haaren gehabt und wie oft ich mir geschworen hatte, nie wieder mit ihm abzuhängen, wenn Alkohol im Spiel war. Wir waren wie Feuersteine, rieben mit unserer Meinung ständig aneinander, und wenn die Funken einmal sprühten, konnten wir schon mal ganze Wälder in Brand setzen.

Vernünftig wie ich war – oder besser gesagt, einfach nicht in Stimmung – drehte ich mich zur Leinwand und blendete Rodneys Stimme aus. Für diejenigen, die sich in der Pause die Beine vertreten wollten, wurde die Cheerleader-Performance auf der Leinwand übertragen und die war wirklich gut.

Irgendwann tippte Blair mir auf die Schulter und fragte mich, ob ich etwas essen wollte. Ich bat ihn, mir eine kleine Portion Popcorn mitzubringen, und er verschwand mit Rodney und den Bechern in Richtung Parkplatz, wo sie sie vermutlich auffüllten. Mein Herzbube und ich blieben zurück.

„Scheiße!“, hörte ich Caleb plötzlich sagen und wandte den Blick von der Leinwand ab.

„Was ist?“, fragte ich und sah, dass er sich ruckartig zu mir gedreht hatte und die Schultern straffte.

„*Monica*! Und so wie sie rüber guckt, kommt sie jeden Moment her“, murmelte er wenig begeistert und spähte zum Smoothie-Stand. Vorsichtig schaute ich an ihm vorbei und entdeckte eine hochgewachsene Brünette, die von drei Frauen umringt war und ausgelassen plauderte. Zuerst wollte ich ihm sagen, dass er sich irrte, denn sie amüsierte sich ganz offensichtlich nur, doch dann sah ich, dass sie bei jedem Auflachen verstohlen zu uns rüber schaute. Außerdem klang ihr schrilles Lachen fürchterlich gekünstelt. Wie das einer hölzernen Puppe, als wollte sie Calebs Aufmerksamkeit um jeden Preis erregen.

„Deine Exfreundin, oder?“, fragte ich. Caleb nickte und starrte mich an, als suchte er fieberhaft nach einer Möglichkeit, unbeschadet aus der Situation rauszukommen. Mein Mitleid für ihn hielt sich in Grenzen. So war das nun mal, wenn man unmenschlich gut aussah und permanent von Anwärterinnen und Exfreundinnen umgeben war – Stress vorprogrammiert.

„Oh oh, sie verabschiedet sich von ihren Mädels. Ich glaube, sie kommt gleich her“, informierte ich Caleb mit einem weiteren verstohlenen Blick zu Monica. „Das ist mein Stichwort.“

„Warte. Du kannst mich doch jetzt nicht allein lassen“, sagte er und packte meinen Arm. Ungläubig starrte ich erst seine Hand und dann ihn an. So groß und kräftig wie Caleb war, sollte er sich vor nichts und niemandem fürchten. Und schon gar nicht vor einer Verflossenen. Andererseits war Monica keine gewöhnliche Exfreundin. Sie ging ziemlich schnell an die Decke. Seine Kronjuwelen konnten das sicher bestätigen.

„Und ob ich das kann. Wenn ihr Rosenkrieg habt, will ich nichts damit zu tun haben. Lässt du mich jetzt los?“

Doch stattdessen fragte er: „Weiß du noch, wie ich

dich damals vor Blair gerettet habe, als wir schwimmen waren und er dich ertränken wollte?“

Der Themenwechsel kam unerwartet, doch ich erinnerte mich.

„Ja, und?“

„Das ist deine Chance zur Wiedergutmachung.“

Ohne Vorwarnung zog er mich an sich und das viel zärtlicher als vorhin. Seine Hände wanderten gezielt unter meine offene Jacke und legten sich dort besitzergreifend auf meinen Rücken. Da ich nur ein dünnes Top drunter trug, konnte ich die Wärme seiner Handflächen spüren und schnappte nach Luft.

Der Körperkontakt traf mich wie eine Ohrfeige – mit voller Intensität – und ich war mir sicher, dass er den Stromschlag spüren konnte, der durch meinen Körper zuckte. *Was zum Teufel …?*

„Spiel mit“, raunte er mir ins Ohr und verursachte mit seinem kitzelnden Atem beinahe einen Ohnmachtsanfall. Seine Stimme lief wie warmer Honig meinen Rücken hinunter und sickerte in meine Beine, die eine ähnliche Konsistenz annahmen. Das musste ein Traum sein! Noch nie hatte Caleb mich auf diese Weise gehalten und er hatte mir definitiv noch nie etwas ins Ohr geflüstert.

Bisher war ich es nur gewohnt gewesen, von ihm in die Seite geknufft oder in den Schwitzkasten genommen zu werden. Aber nicht so eine zärtliche, viel zu intime Liebkosung. Zum ersten Mal erlebte ich am eigenen Leib, wie sich die Frauen in seinen Armen fühlen mussten. Ich schwöre, ich würde mich nie wieder darüber lustig machen, dass sie wie Butter zerliefen!

„Hat ja nicht lange gedauert, bis du dir eine Neue angelacht hast!"

Monicas Stimme war wie ein Eimer Eiswasser, den man mir ins Gesicht schüttete. Ich lag immer noch in Calebs Armen und das vor Publikum! Caleb tat, als bemerkte er Monica erst jetzt und drehte uns beide zu ihr um. Seine Hände verschwanden von meinem Rücken und sein rechter Arm legte sich um meine Schultern. Das war keine zärtliche Geste. Er merkte, dass mir die Situation unangenehm war, und hielt mich an Ort und Stelle, damit ich nicht abhauen konnte.

Gleichzeitig war ich aber froh über die Stütze, denn die Konsistenz meiner Beine war immer noch instabil. Monicas sonst so wunderschöne Augen hefteten sich nun kalt und berechnend auf meinen Körper. Ihrem Blick nach zu urteilen suchte sie nach etwas Besonderem, das Caleb dazu veranlasst hatte, mich ihr vorzuziehen. Und sie suchte und suchte und suchte … scheinbar ohne fündig zu werden. Ihr Blick wanderte schließlich zu meinem Gesicht. Sie stutzte.

„Ariana?"

Doch bevor ich Stellung zu dieser misslichen Lage beziehen konnte, ergriff Caleb das Wort, wobei er nicht so wirkte, als wäre ihm die Situation unangenehm.

„Kann ich was für dich tun, Monica?"

Sein Ton implizierte genau das Gegenteil, nämlich, dass sie die Fliege machen sollte, und das schmeckte ihr überhaupt nicht. Angesichts ihrer langen Beine kam ich mir wie ein Gartenzwerg vor, dem man die Glieder abgehackt hatte. Während Monica strahlend schönes Wahrzeichen in den Himmel ragte, kroch ich wie ein Insekt auf dem Boden herum, und genauso beäugte sie mich auch.

Calebs Exfreundin war Klassen über mir, sowohl was Bildung als auch Aussehen anbelangte, das sah ein Blinder mit 'nem Krückstock. Vielleicht erfüllte es mich deshalb mit Genugtuung, dass er ihre straffen Beine keines Blickes würdigte.

Es war zwar nur gespielt, aber in diesem Moment war ich Calebs *Neue* und dazu stand er. Anstatt auszurasten oder etwas Beleidigendes zu äußern, machte sie auf dem Absatz kehrt und stolzierte davon. Ich wartete, bis sie außer Hörweite war, dann befreite ich mich von Calebs Arm.

„Sag mir bitte, dass du mich *nicht* benutzt hast, um eine Frau abzuservieren!“, bat ich, klang aber nicht annähernd so verärgert, wie ich sollte. Die Tatsache, dass ich zehn Sekunden lang seine Freundin gewesen war, dämpfte meinen Ärger enorm. Stattdessen sprang mein bescheuertes, naives Herz Trampolin.

„Ich hab sie nicht abserviert. Ich hatte schon vor Wochen mit ihr Schluss gemacht, nur offenbar nicht nachdrücklich genug“, erklärte er und schaute Monica mit verengten Augen nach. Ich nutzte seine Unachtsamkeit und hing einen Moment wie gebannt an seinem Gesicht. Manchmal fragte ich mich, ob Caleb überhaupt eine Ahnung hatte, wie umwerfend er aussah und dass er damit eine Gefahr für die Allgemeinheit darstellte. Frauen mussten doch ständig Verkehrsunfälle bauen oder vor fahrende Autos laufen, wenn sie seine Wege kreuzten.

Es war wirklich nicht fair, dass er ständig in meiner Nähe war, ohne mich als das wahrzunehmen, was ich gern für ihn wäre. Und ich sollte sehr wohl wütend auf ihn sein, denn diese kleine Aktion eben machte mich nur noch besessener von ihm.

„Ary?“, holte seine Stimme mich wie aus weiter Ferne zurück. Ich blinzelte und stellte fest, dass Calebs Blick längst wieder auf mir ruhte. Verdammt! Wie lange starrte ich ihn schon an?

„Du erzählst doch Blair nichts davon, oder? Normalerweise ist das nicht mein Stil, Mädchen so abzuwimmeln, aber diese Frau tickt nicht richtig. Wenn wir ihr nichts vorgespielt hätten, würde sie mir noch ewig hinterherrennen.“

Ach, weißt du. Von mir aus kannst du mich jederzeit wieder als Vorwand benutzen. Das stört mich gar nicht, dachte ich. *Und ich hätte auch nichts dagegen, wenn wir es nächstes Mal etwas glaubwürdiger machen – mit knutschen und so.*

„Nein, ich bin nicht sauer. Aber wir müssen das auch nicht unbedingt wiederholen“, log ich. Gott, und wie wir das mussten! Jeden Tag!

„Gut, ich hatte nämlich keine Lust, dass diese Verrückte mir weiter auflauert.“

Bei seinen Worten wanderten meine Brauen wie von selbst nach oben. Ich konnte nicht anders, ich *musste* einfach meinen Senf dazugeben.

„Was für ein schweres Leben du doch hast. Es muss hart sein, von den heißesten Mädchen der Schule angehimmelt zu werden. Wirklich bemitleidenswert“, schnaubte ich. Grübchen bildeten sich auf seinem Gesicht, als Calebs Mundwinkel zuckten.

„Wirst du etwa wieder frech? Ich glaube, ich muss meine Aussage von vorhin zurücknehmen. Dein loses Mundwerk ist überhaupt nicht lustig.“

„Ich hab eine bessere Idee: Wie wäre es, wenn du mir nachher deinen Becher Alkohol gibst und zwar so, dass Blair es nicht mitkriegt? Dann behalte ich auch für mich, dass du mich für deine Spielchen missbraucht hast. Das würde ihm nämlich gar nicht gefallen.“

Die Lippen schürzend sah er mich an. „Meinetwegen, du Erpresserin. Aber damit sind wir quitt. Und kein Wort zu Blair!“

Zickenalarm

2

Als es am nächsten Morgen an der Haustür läutete, war ich schon wieder viel zu spät dran. Die Haare standen mir ungekämmt zu Berge, der linke Ärmel meines Pullovers hing schlaff herunter und der Reißverschluss meiner Jeans stand auch offen. Keine Ahnung, wie ich das immer fertigbrachte, aber morgens war es immer hektisch.

Immer! Egal, wann ich am Vorabend schlafen gegangen war. Mein Glück, dass ich eine überpünktliche Freundin namens Piper hatte, die nur drei Straßen weiter wohnte und mir mit ihrer Zuverlässigkeit jedes Mal den Arsch rettete.

Während ich den zweiten Arm in den Pullover schob, öffnete ich die Tür und begrüßte meine Freundin mit einem Lächeln. Ihr pechschwarzes Haar war zu einem strengen Dutt frisiert und zu ihrer schwarzen Jeans trug sie ein kariertes Shirt.

Es war immer die gleiche Kombination: Entweder trug Piper eine schwarze Hose oder einen schwarzen Rock. Sie sagte, dass das Schwarz ihre überzähligen Pfunde kaschierte, die ich jedoch vergeblich an ihr suchte. Nicht jeder konnte so gertenschlank wie Hazel sein und nicht jedem stand es. Ich fand Piper perfekt, genauso wie sie war. Ihr Freund Andrew stimmte mir sicher zu.

„Dir ist klar, dass ich ohne dich mehr Verspätungen hätte, als es überhaupt Schultage gibt, oder?“, fragte ich und gab ihr einen Schmatzer auf die Wange.

„Klar weiß ich das, aber eigentlich mache ich das nur, um einen Blick auf Blairs nackten Oberkörper zu erhaschen“, sagte sie und lugte mit langem Hals an mir vorbei.

„Und da ist ja auch schon meine Belohnung“, murmelte Piper grinsend, als Blair just in dem Moment mit einer dampfenden Kaffeetasse aus der Küche kam. Er trug nichts weiter außer einer hellgrauen Jogginghose, seine nackten Füße machten Geräusche auf dem Boden. Ohne zu ahnen, dass wir über ihn sprachen, winkte er Piper zu und ging in sein Zimmer.

„Gott, er ist *sooo* heiß, oder?“

Angewidert verzog ich das Gesicht. „Das ist mein Bruder, du Schwein! Kannst du bitte aufhören, in meiner Nähe so angetörnt zu sein? Das ist verstörend!“

Sie machte eine wegwerfende Handbewegung, zwang mich mit einem Vorwärtsschritt zum Rückwärtsgehen und schloss die Tür hinter sich.

„Sieh lieber zu, dass du deinen Hintern aus dem Haus schaffst. Ich bin nicht früher losgegangen, um dann zu spät zu kommen.“

Ich eilte in mein Zimmer, packte meine Schultasche und lief fünf Minuten später mit Piper die Straße hinunter. Da wir beide keinen Führerschein besaßen, mussten wir mit dem Bus fahren oder zu Fuß zur Schule gehen, was aber nicht schlimm war, weil ich die Spaziergänge und Busfahrten mit Piper sehr schätzte.

Kaum sprach ich meine gestrige Kuschelaktion mit Caleb an, bekam sie fast einen Herzinfarkt und wollte dann jedes kleinste Detail wissen. Wie hatte Caleb sich angefühlt? Wie hatte er gerochen? Und war sein Bauch wirklich so stahlhart, wie er von Weitem aussah? Ich konnte alles bejahen, allerdings fühlte ich mich angesichts ihrer ungewöhnlichen Begeisterung dazu verpflichtet, sie daran zu erinnern, bereits einen Freund zu haben.

„Ganz locker, Sweetie. Man wird ja wohl noch fragen dürfen", ruderte sie zurück und zupfte im Vorbeigehen ein Blatt von einer penibel gestutzten Hecke.

„Du klingst aber nicht, als wolltest du nur fragen. Eher, als suchst du eine *Wichsvorlage*! Was ist los bei euch?", fragte ich. Dass sie nicht losprustete, sondern nur die Schultern zuckte, war ungewöhnlich. „Keine Ahnung. In letzter Zeit ist irgendwie die Luft raus."

„Sex- oder gefühlsmäßig?"

„Beides und das ist eine *ganz* schlechte Kombination", sagte sie und spreizte die Finger, worauf das Blatt durch die Lücke fiel.

„Vielleicht liegt's am Stress", überlegte ich. „Die Abschlussprüfungen rücken näher und ihr müsst euch verstärkt auf die Schule konzentrieren."

Piper zog eine Grimasse. „*Daran* liegt es ganz sicher nicht."

„Okay, woran dann?" Wir blieben an der roten Ampel stehen. Den Blick, den Piper mir zuwarf, hatte ich bereits befürchtet.

„Ich glaube, wir passen nicht zusammen. Ich entdecke immer mehr Eigenschaften an ihm, die mich tierisch aufregen. Ich glaube nicht, dass ich das noch lange aushalte. Wir zicken uns nur noch an."

Nun ja, zumindest hatte ihre Beziehung länger gehalten als die meisten anderen auf der Schule. Piper und Andrew waren seit knapp einem Jahr zusammen, was im ersten Moment vielleicht nicht lang erschien, wenn man bedachte, dass beide erst 17 Jahre alt waren, wiederum schon. High School-Beziehungen hielten normalerweise nicht länger als drei Monate. Hazel konnte das bestätigen – mehrfach.

In der Schule angekommen, trennten sich unsere Wege sofort. Die anderen Mädels bekam ich gar nicht erst zu Gesicht. Ich sah sie üblicherweise erst in der ersten Pause. Nach einer zähen Mathematikstunde folgte eine Doppelstunde Englisch und – weil ich mir das Beste immer bis zum Schluss aufhob – Kunst und Sport.

In der letzten Stunde begegnete ich Blair und seinem Team auf dem Sportplatz. Sie waren gerade auf dem Weg zur Tribüne. Wir wechselten ein paar Geschwister übliche Sticheleien, und er informierte mich darüber, dass heute Abend ein paar Leute kommen würden. Dann trennten sich unsere Wege, und ich traf meine Mädels nach dem Unterricht vor dem Schuleingang.

„Was ist denn mit dir passiert?“, fragte ich Myra, weil ihre linke Hand in einem weißen Verband steckte. Den hatte sie in der letzten Pause definitiv noch nicht gehabt.

„Meine unterbelichtete Laborpartnerin war so *lustig*, mir verdünnte Säure über die Hand zu schütten“, erklärte sie und hielt die bandagierte Hand hoch.

„*Was*?“, fragte ich erschüttert.

„Klingt schlimmer als es ist“, beruhigte sie mich, als ich vorsichtig ihren Arm ergriff. „Es war zum Glück sehr stark verdünnte Säure, andernfalls würde ich jetzt mit einer Skelетthand vor euch stehen.“

Sie warf einen kurzen Blick hinter mich und fügte hinzu: „Ich hab das Zeug sofort abgewaschen, und Mrs. Hudson hat mir eine lindernde Salbe gegeben. Es juckt nur noch ein bisschen. Morgen sollte es wieder weg sein.“

Wieder ging ihr Blick hinter mich. „Sagt mal, kommt mir das nur so vor oder starren die dich alle an, Ary?“

Ich blickte über die Schulter und entdeckte das hiesige Cheerleader-Team, das uns tatsächlich anstarrte – oder besser gesagt mich. Okay, das war eigenartig. Schnell drehte ich mich wieder um und sah in die nachdenklichen Gesichter meiner Freundinnen.

„Hast du was ausgefressen? Einen dummen Spruch abgelassen oder so?“, wollte Piper wissen.

„Du meinst mehr als sonst?“, scherzte ich. „Nein, nicht, dass ich wüsste.“

„Vielleicht gucken sie gar nicht zu Ary“, überlegte Hazel.

„Sondern sie schielen? Alle elf?“, fragte Piper ungläubig. Ratlos zuckte Hazel die Schultern und linste verstohlen an mir vorbei.

„Ich könnte rübergehen und fragen“, schlug Piper mit einem angriffslustigen Lodern in den Augen vor.

„Auf keinen Fall!“, sagte ich und umfasste vorsichtshalber ihr Handgelenk. Piper war extrem mordlustig, wenn es um das Cheerleader-Team ging. Im ersten Schuljahr hatte sie sich für die Mannschaft beworben, war aber mit Gelächter und dem Vorschlag, zehn Kilo abzuspecken, weggeschickt worden.

Seitdem schwebten dunkle Gewitterwolken über Piper, wenn sie der Mannschaft begegnete. Einmal waren sie und der Captain sogar handgreiflich geworden, worauf Hazel einen spitzen Artikel über das Team verfasst hatte, was die Cheerleader natürlich gar nicht lustig gefunden hatten.

Seitdem standen die Pompon schwingenden Tänzerinnen und unsere Clique auf Kriegsfuß. Ich war die einzige, der sie Respekt zollten, und das auch nur, weil ich Blairs Schwester war und sie es sich nicht mit dem Starspieler verscherzen wollten – bis jetzt zumindest.

„Keine Ahnung, was die für ein Problem haben, und es ist mir auch egal. Können wir jetzt essen gehen? Ich verhungere“, sagte ich und zog Piper wie ein Kleinkind mit. Die anderen folgten uns.

„Du kleines Miststück!“, rief Hazel so laut, dass sich einige im *Gold Busters* nach uns umdrehten. Wow, das war so gar nicht peinlich!

„Hast du mir nicht versprochen, mich sofort zu informieren, wenn du was am Laufen hast? Und was machst du? Lässt dir den ganzen Tag Zeit und besitzt dann auch noch die Frechheit, in aller Ruhe dein Mittagessen zu essen!“

„Nicht nur dir, sie hat es uns allen versprochen“, warf Myra ein.

„Entschuldigt, dass ich Hunger hatte! Und ich habe nichts mit Caleb am Laufen. Habt ihr mir die letzten fünf Minuten nicht zugehört?“, fragte ich und wedelte energisch mit der Hand, damit sie um Himmels Willen leiser sprachen. Taten sie nicht.

„Doch, jedes Wort, und es klingt wie der Anfang einer kitschigen Lovestory“, seufzte Hazel auf einmal.

Diese Frau litt echt an Stimmungsschwankungen! Beherrscht atmete ich aus und faltete die Hände auf dem Tisch. Von meinem Mittagessen waren nur noch einzelne Salatblätter übrig, den Rest hatte ich gierig vertilgt.

„Okay, noch mal fürs Protokoll: Caleb wollte

Monica eifersüchtig machen, mehr nicht. Wäre ein anderes Mädchen in der Nähe gewesen, hätte er sie genauso als Vorwand benutzt. Und wenn ihr nicht sofort aufhört, da etwas hineinzuinterpretieren, erzähle ich euch gar nichts mehr!"

„Ich hätte zu gern Monicas Gesicht gesehen. Sie muss vor Wut gekocht haben", ignorierte Myra mich mit einem schadenfrohen Grinsen.

„Und Caleb hat danach nichts weiter gesagt?", wollte Hazel wissen.

„Nein, weil es nämlich *nichts* bedeutet hat", stellte ich noch einmal klar. Hazels Gesichtsausdruck nach zu urteilen hätte ich mir die Worte aber sparen können. In ihrem Kopf geisterten längst Kuschelszenen von Caleb und mir herum. Warum tat ich mir das eigentlich jedes Mal an? Ich wusste doch, wie meine Freundinnen bei der kleinsten Erwähnung eines Interessenten reagierten.

Wie Wildhunde stürzten sie sich auf jede kleine Andeutung von mir und merkten gar nicht, wie sehr sie mich damit beleidigten. Als wäre ich das hässlichste Entlein der Welt, das endlich unter die Haube gebracht werden musste! Wobei Caleb ja nicht mal Interesse an mir hatte. Es war nur eine Notlüge gewesen, eigentlich nicht mal eine Diskussion wert.

„Wie dem auch sei, ich brauche dich dieses Jahr wieder als Assistentin. Für den Maskenball", wechselte Hazel das Thema. Ich nahm gerade einen Schluck Cranberry-Schorle und verschluckte mich.

„Vergiss es! Nicht schon wieder", stieß ich hustend aus. Myra beugte sich vor und klopfte mir hilfsbereit auf den Rücken.

„Ach komm schon, das letzte Mal war vor *einem* Jahr. Ohne dich bin ich aufgeschmissen“, sagte Hazel.

„Bist du nicht. Du brauchst nur jemanden zum Rumkommandieren. Und warum überhaupt wieder ein Maskenball? Konnten die Schüler nicht mal für ein anderes Motto als diesen langweiligen Ball stimmen?“, stöhnte ich.

„Hey!“, rief Hazel beleidigt, beugte sich über den Tisch und schlug mir auf den Unterarm. Da sie Mitorganisatorin war und der Maskenball ihr persönlicher Favorit, hörte sie solche Kritik höchst ungern.

„Das habe ich jetzt *nicht* gehört!“

„Na, dann wiederhole ich es noch mal für dich: *langweilig*.“

„Wenn du ein anderes Motto haben wolltest, warum hast du dann nicht einfach bei der Umfrage abgestimmt? Untätig rumsitzen und sich hinterher beschweren. Das sind die Richtigen!“, meckerte Hazel und lehnte sich mit verschränkten Armen zurück.

„Wenigstens bin ich keine Sklaventreiberin. Jedes Mal, wenn ich diese Tortur namens Vorbereitungen hinter mir habe, brauche ich eine Woche, um mich von den Strapazen zu erholen“, konterte ich nicht sehr wirkungsvoll.

„Ich will eben, dass es perfekt für euch wird. Kannst du mir das verübeln?“, versuchte Hazel es jetzt auf die Mitleidstour. Es wirkte. Meine verräterischen Freundinnen ergriffen sofort Partei für sie.

„Das weiß sie doch", mischte Myra sich ein und warf mir einen strengen Blick zu, wie es sonst nur Mütter und Lehrer konnten. „Und ich bin sicher, dass Ary kein Unmensch ist und ihre Freundin im Stich lässt!"

Als jemand, die nicht helfen musste, weil sie Klavierunterricht nahm, hatte Myra leicht reden. Und auch Piper konnte sich vor den Vorbereitungen drücken. Als Assistentin war sie nämlich viel zu kritisch und eigeninitiativ, wie Hazel beim vorletzten Mal hatte feststellen müssen. Ich hingegen interessierte mich *null* für die Organisation und führte Hazels Befehle blind aus. Die perfekte Besetzung. Seufzend trank ich meine Schorle und war mir bewusst, dass Hazel meine Mimik ganz genau studierte. Sie wusste, was mein mürrischer Blick bedeutete und grinste mich an.

„Heißt das, du hilfst mir?"

„Klar, was für eine Frage. Darauf freue ich mich schon das ganze Schuljahr!", sagte ich trocken. Quietschend kam Hazel um den Tisch und umarmte mich stürmisch. Ich hielt meinen Becher vorsorglich mit dem ausgestreckten Arm von mir weg und ließ mir einen dicken Wangenkuss geben.

„Du bist die Beste. Ich liebe dich."

Während ich mir geistig einen Strick um den Hals legte, setzte sie sich wieder auf ihren Platz und grinste glücklich in die Runde. In welch zuckersüßen Kostümen Satan doch daherkam, dachte ich brummig und stellte die Schorle ab. So krankhaft aktiv wie Hazel waren nur wenige.

Chefredakteurin der Schülerzeitung, Organisatorin diverser Veranstaltungen *und* Schülersprecherin. Manchmal fragte ich mich, wie meine Freundin das alles unter einen Hut bekam, ohne zu platzen.

Mich konnten nur zwei Dinge so sehr begeistern und das waren Klassikmusik und Zeichnen. Oder gab es etwas Entspannteres, als am Küchentisch zu sitzen, mit Pastellkreide zu malen und dabei Klassikmusik zu hören? In *New York* gab es ein berühmtes Geschäft namens *Samy's Colors*, das die hochwertigste Pastellkreide der Welt verkaufte, leider aber unbezahlbar für eine Schülerin wie mich war.

Dort würde ich eines Tages einkaufen und mir das erste Bild, dass ich mit dieser Kreide malte, einrahmen. Malen war für mich einfach pure Befreiung, besonders für meine Gedanken, die sich ungestört entfalten konnten, ohne, dass beispielsweise Myra mir – so wie jetzt – den Zeigefinger in die Seite pikte, weil ich ihr gar nicht zuhörte.

In der nächsten Woche war ich damit beschäftigt, Hazel nach dem Unterricht auf Schritt und Tritt zu folgen und die ersten Planungen für den Maskenball zu erstellen. Eine Liste des Lehrerkollegiums und deren Aufgaben musste angefertigt werden, der Kunst-AG mussten die Deko-Ideen vorgelegt werden, damit sie zeitnah mit der Herstellung beginnen konnten. Jemand musste sich mit dem Elektriker zwecks Außen- und Innenbeleuchtung in Verbindung setzen, Gelder für Gastronomie und Bands mussten gesammelt, Ablaufpläne erstellt und Plakate und Flyer angefertigt werden.

Das war natürlich nur ein Auszug der durchzuführenden Tätigkeiten, und Hazel kümmerte sich auch nicht um alles selbst. Als wichtigste Schülerorganisatorin hatte sie jedoch überall ihre Finger im Spiel … und damit auch ich.

Wenn ich geglaubt hatte, meiner Freundin zu assistieren, wäre mein größtes Problem, hatte ich mich allerdings gewaltig geschnitten. Es war ja kein Geheimnis, dass ich das Talent besaß, mich in dubiose Lagen zu bringen, aber meine neueste Situation stellte alle bisherigen in den Schatten. Es fing mit feindseligen Blicken an, die jeder mal in seinem High School-Leben erntete.

Sei es, weil man sich mit jemandem angelegt hatte, bei den Lehrern zu beliebt war oder irgendwem den Freund ausgespannt hatte. Man konnte nicht jeden mögen und man konnte auch nicht erwarten, dass man sich mit dreihundert Schülern verstand. Schnell musste ich jedoch merken, dass sich die feindseligen Blicke immer mehr häuften. Der Grund dafür war schnell herausgefunden.

Scheinbar ging das Gerücht herum, ich wäre Calebs *Neue*, was vieles bedeuten konnte, vor allem aber lächerlich war, da ich a) viel zu jung für ihn war und b) nicht sein Typ. Es gab nur eine Person, die das Gerücht in die Welt gesetzt haben konnte und das war eine 21-jährige Studentin, die nichts mehr mit der High School zu tun hatte. Normalerweise wäre jetzt mein Lebenstraum in Erfüllung gegangen – mit Caleb zusammen zu sein, hatte ich mir schließlich immer gewünscht – doch aus den harmlosen Blicken wurde schnell Getuschel und dämliche Kommentare, die mir hinterhergerufen wurden.

Wie zum Teufel war das Gerücht in die Schule gekommen? Monica hatte wohl kaum Flyer im Gebäude verteilt, auf denen sie diese *Neuigkeit* – die ja überhaupt keine war – verbreitete. Und selbst wenn das Gemunkel wahr wäre: Gab das meinen Schulkameraden das Recht, so dermaßen über mich herzuziehen?

Da ich herausfinden wollte, was dahintersteckte, setzte ich Hazel als Detektivin ein. Durch ihre Schulaktivitäten pflegte sie Kontakte in alle Klassenstufen und konnte sicher in Erfahrung bringen, wie und was Monica da in die Welt gesetzt hatte. Es dauerte keine zwei Tage, da hatte Inspektor Hazel ihre Antworten und zog mich in der Pause beiseite.

„Angeblich hast du Caleb Monica auf hinterlistige Weise ausgespannt“, informierte Hazel mich, als wir auf dem Weg zur Cafeteria waren. Während meine Freundin ein gelbgemustertes Kleid und eine gleichfarbige Übergangsjacke trug, die ihre braune Lockenpracht fabelhaft zur Geltung brachte, trug ich einen Pferdeschwanz und meine gewöhnliche Kombination aus Top, Jeans und Sneakers.

„Unser Cheerleader-Team hat letzte Woche eine Party geschmissen. Dort hat Monica das Gerücht in die Welt gesetzt."

Vor Fassungslosigkeit rutschte mir die Tasche von den Schultern.

„Was für ein Miststück!", fauchte ich und begegnete dem missbilligenden Blick einer Mitschülerin. Ich fing meine Tasche auf, bevor sie auf den Boden aufschlug, und schob den Träger zurück auf meine Schulter. Wenigstens wusste ich jetzt, warum die Cheerleader mich neulich so blöd angeglotzt hatten.

„Ich fürchte, das ist noch nicht alles. Monica hat außerdem gesagt, dass es nicht das erste Mal ist, dass du so was machst", fügte Hazel mit einem wachsamen Blick hinzu, als befürchtete sie, ich würde mich auf die Hiobsbotin stürzen.

„Klar, weil ich ja schon *sooo* viele Beziehungen hatte!", blaffte ich und drückte meinen Englischordner verärgert an meinen Oberkörper. Das war wirklich unglaublich! Die ganze Schule hielt mich jetzt für ein Miststück. Normalerweise gab ich überhaupt nichts auf Gerüchte – egal, wen sie betrafen – diesmal konnte ich sie jedoch verständlicherweise nur schwer ignorieren.

„Keine Ahnung, wie Monica das geschafft hat, aber sie hat die Mädchen ganz schön gegen dich aufgehetzt. Ich hab noch nie so viele böse Kommentare gehört", fügte Hazel hinzu und sie musste es wissen, denn sie kannte praktisch *jeden* auf der Schule.

„Aber ich hab doch gar nichts gemacht! Wie kommt eine Studentin überhaupt dazu, Gerüchte in einer High School zu verbreiten? Hat diese Frau keine Ehre?“

Wir stießen die milchigen Glastüren der Cafeteria auf und die Geräuschkulisse explodierte. Vielleicht lag es daran, dass hier so viele Schüler auf einem Fleck hockten, aber nirgends im Schulgebäude war es so laut wie in der Kantine.

Noch vor einer Woche hätte ich mir nichts dabei gedacht, quer durch den Raum zu unserem Stammtisch zu laufen. Heute fühlte ich mich jedoch wie in einem Haifischbecken. Unglaublich, wie eine einzige Behauptung solche Wellen schlagen konnte!

„Du weißt ja nicht, was zwischen den beiden vorgefallen ist. Vielleicht war sie in Caleb verliebt und will sich rächen, weil er sie kalt abserviert hat“, überlegte Hazel, der die feindseligen Blicke keinesfalls entgingen. Sie schien sich unwohler zu fühlen als ich.

„Glaube ich nicht. Caleb ist kein Arsch wie Rodney. Wenn er eine Beziehung eingeht – und das kommt wirklich selten vor – steht er auch dahinter und wechselt seine Freundinnen nicht wie Unterwäsche. Wenn er mit Monica Schluss gemacht hat, dann aus einem triftigen Grund.

Und er hat gesagt, dass er es schon vor *Wochen* beendet hat. Für mich sieht das aus, als wäre Monica eine verrückte Stalkerin!“, sagte ich und hielt den Blick starr auf unseren Tisch gerichtet. Als wir dort ankamen, nahmen Piper und Myra ihre Taschen von den Stühlen, damit wir uns setzen

konnten.
„Du musst was dagegen machen, das geht gar nicht“, raunte Piper mir sofort zu. „Knöpf dir diese Monica vor und verlange, dass sie das Gerücht gefälligst zurücknehmen soll. Wenn du nicht willst, kann ich das auch für dich erledigen.“
Demonstrativ wackelte Piper mit der Faust, doch sie meinte es nicht ernst, das wusste ich.
„Und was soll das bringen?“, fragte Myra missbilligend. „Diese Monica ist offenbar ein richtig hinterlistiges Ding. Glaubst du wirklich, dass sie auf Ary hört? Man kann ein Gerücht nur auf zwei Arten beenden: Entweder man nimmt ein Megafon in die Hand und bezieht vor der ganzen Schule Stellung oder man sitzt es aus.“
„Ich sitze es aus“, sagte ich sofort und kramte in meiner Tasche nach dem Portemonnaie.
„Auf so einen Kindergarten lasse ich mich nicht ein. Wenn Monica das nötig hat, um über Caleb hinwegzukommen, bitte sehr. Aber ich werde ganz sicher nicht bei ihr angekrochen kommen!“
„Richtig so, *sehr* vernünftig“, sagte Myra, wobei es eher klang, als wären ihre Worte an die krawalllustige Piper gerichtet.
„Danke, und jetzt muss mir jemand einen Muffin holen“, sagte ich und winkte mit einem Zehn-Dollar-Schein. „Ich hab keine Lust, beim Anstehen heißen Kaffee ins Gesicht geschüttet zu kriegen.“

Hatte ich schon erwähnt, dass ich nicht gerade dafür bekannt war, die besten Entscheidungen zu treffen? Der Pöbel beruhigte sich nämlich keineswegs. Auch nicht nach einer weiteren Woche. Dabei war ich mir sicher gewesen, dass es bald etwas Interessanteres als meine angebliche Beziehung mit Caleb geben würde. Gab es aber nicht. Ganz große Fehlanzeige!

Stattdessen kippte die Stimmung immer weiter. Selbstverständlich waren nicht alle Schüler gegen mich – das hier war schließlich nicht der Film *The Faculty – Trau keinem Lehrer*, in dem die Schule von menschensteuernden Parasiten übernommen wurde – aber die Missgunst war auch nicht zu übersehen und nagte zunehmend an meinen Nerven.

Manchmal hatte ich das Gefühl, unter dem Gewicht der Blicke zu wanken, doch ich ließ mir nichts anmerken und marschierte erhobenen Hauptes durch die Schulgänge. Das würde Monica so passen, dass ich mich heulend auf dem Mädchenklo verkroch! Ich würde diese blöde Kuh nicht gewinnen lassen und mich erwachsen benehmen – etwas, wozu sie scheinbar nicht fähig war.

Zumindest wusste ich jetzt, wie groß Calebs Fangemeinde tatsächlich war und dass einige sehr große Probleme hatten, ihre Hormone in den Griff zu kriegen. *Warum ausgerechnet die? Was hat sie, was wir nicht haben? Wie eingebildet sie geworden ist. Schämt sie sich nicht, anderen den Partner auszuspannen? Hat sie keinen Freund in ihrem Alter gefunden?* Solche hohlen Sprüche musste ich mir in den Pausen anhören, und sie machten mich von Tag zu Tag wütender.

Ich konnte mir den extremen Neid nur so erklären, dass es diese Situation – *beliebter Student geht mit High School-Schülerin aus* – so noch nie gegeben hatte. Bis auf wenige Ausnahmen gingen High School-Schüler für gewöhnlich mit High School-Schülerinnen und Studenten mit Studentinnen.

Und wenn jemand neidisch auf eine Studentin war, bekam sie es auf der anderen Seite des Campus sowieso nicht mit. Nun war es aber so, dass ich eine Schülerin war und damit für meine Kameraden zum ersten Mal in greifbarer Nähe.

Ich war keine unantastbare Hochschülerin, die man von der anderen Seite des Campus neidvoll musterte, sondern jemand, der durch die Schulgänge spazierte und gegen den man seinen Hass nun auch verbal richten konnte. Kein Wunder, dass meine Mitschüler das auskosteten. Und das alles nur, weil Caleb eine Stalkerin hatte loswerden wollen!

Es dauerte keine zwei Wochen, dann hatte ich genug von dem Theater und marschierte fest entschlossen über den Campus, um ein ernstes Wörtchen mit Caleb zu wechseln.

Ich fand ihn in gewohnter Gesellschaft von Blair, Rodney, ein paar Kumpels und drei Studentinnen vor, die um und auf einer steinernen Bank chillten. Direkt dahinter ragte eine gewaltige Rosskastanie auf, die den Blick auf das dahinterliegende Collegegebäude verdeckte und einen breiten Schatten auf die Clique warf. Als ich näherkam, beendete Blair sein Gespräch mit Britney und schaute mich fragend an. Mit Britney und ihm war das so eine Sache. Seit gut einem Jahr führten sie eine On-Off-Beziehung, bei der niemand mehr so richtig durchblickte – die beiden wohl am allerwenigsten.

Ständig verkündeten sie ihr Beziehungsaus, nur um es zwei Monate später noch einmal zu versuchen – was sowieso nicht funktionierte, weil mein Bruder ein Abenteurer und Britney total bedacht und strukturiert war.

Dass Blair in den Beziehungspausen auch nie seine äh … Füße stillhalten konnte, sorgte außerdem jedes Mal für Zündstoff. Wie gesagt, er war noch längst nicht bereit, sich festzulegen, deshalb verstand ich auch nicht, warum er es ständig mit Britney versuchte. Wütend wie ich war, nahm ich aber kaum Notiz von meinem Bruder und steuerte zielgerichtet Caleb an.

Sein dichtes, braunes Haar war zu einer lockeren, modernen Frisur gestylt, aus der sich eine Strähne gelöst hatte und in sein Gesicht hing. Schuld daran war der Wind, der seine Frisur auflockerte und die Strähne hin und her schaukeln ließ. Im Schatten des Baums wirkten seine Augen dunkel, fast schwarz. Doch ich wusste, dass sie exakt dieselbe Farbe wie seine Haare hatten.

Mit einer dünnen, schwarzen Lederjacke, einem grauen Shirt und einer schwarzen Hose bekleidet saß er lässig auf der Bank, einen Arm auf der Lehne, neben sich Heather. Als ich sah, dass seine Finger wie nebenbei mit ihren Haaren spielten, durchzuckte mich Eifersucht – idiotische, brennende Eifersucht. Ich wusste doch, wie gern Caleb den Kontakt zu Frauen suchte. Das musste nicht mal immer etwas bedeuten. Wie er selbst gesagt hatte, konnte er einfach nicht die Finger von ihnen lassen – weibliche Wesen faszinierten ihn. Verwundert schaute er zu mir auf, als ich direkt und mit verschränkten Armen vor ihm stehen blieb.

„Hey, hast du mal kurz Zeit?"

Er tauschte einen Blick mit meinem Bruder, zuckte die Schultern und erhob sich.

„Klar, was gibt's?"

Ich entfernte mich ein gutes Stück von den anderen. Als ich sicher war, außer Hörweite zu sein, schob ich die Hände in die Hosentaschen und schaute zu ihm hoch.

„Es gibt ein kleines Problem – naja eigentlich ein großes – und ich weiß nicht, wie ich es loswerden soll."

In seinen Augen blitzte Spott auf. „Aha. Wird das jetzt ein Aufklärungsgespräch? Denn falls ja, solltest du vielleicht besser mit deinem Bruder reden. Ich weiß ja, dass er manchmal unausstehlich sein kann, aber ..."

„*Bitte was?*", fragte ich und die Schamesröte stieg mir ins Gesicht. „Ich bin 17 Jahre alt, Caleb! Glaub mir, das Aufklärungsgespräch liegt schon ein paar Jahre hinter mir!"

„Dann bin ich ja beruhigt. Was ist dann los?"

Er verschränkte die Arme vor der Brust und sah mich neugierig an. Er hatte wirklich keine Ahnung, was dreißig Meter weiter in meiner Schule abging – seinetwegen!

„Deine Groupies *sind los*! Seit du mich vor Monica als deine Freundin ausgegeben hast, geht in meiner Schule das Gerücht rum, wir hätten was miteinander. Und jetzt rate mal, wer es in die Welt gesetzt hat!

Ich muss dir ja bestimmt nicht sagen, dass du so was wie ein Promi auf meiner Schule bist und einige Mädchen morden würden, um mit dir zusammen zu sein – auch wenn ich das überhaupt nicht nachvollziehen kann, glaub mir!"

Um meine Lüge zu unterstreichen, verzog ich abfällig den Mund, was Caleb jedoch nur mit einem müden Lächeln quittierte. Sein Selbstbewusstsein war unerschütterlich.

„Tja, und genau *diese* Fans sind jetzt nicht gut auf mich zu sprechen. Weißt du, was das bedeutet? Ich bin das neue Hassobjekt der Schule. Nur noch Drohbriefe können die finsteren Blicke übertreffen, die ich täglich zugeworfen bekomme, und das nur wegen deiner bescheuerten Aktion. Ich will, dass das aufhört!"

Sein Lächeln nahm spöttische Züge an, und er hob belustigt die Brauen. „*Deswegen* bist du hier? Weil du Angst vor meinen Groupies hast?"

„Nein. Ich bin hier, weil ich nicht länger einen Spießrutenlauf durch die Schule machen will. Scheinbar hast du keine Ahnung, wozu eifersüchtige, pubertierende Mädchen fähig sind!"

Er presste die Lippen zusammen, um sich ein Lachen zu verkneifen.

„Doch, weiß ich, glaub mir. Nur was genau willst du jetzt von mir?"

„Dass du dich mit der Wahl deiner neuen Partnerin beeilst. Bis jetzt hattest du immer nur gleichaltrige Freundinnen, deshalb hast du von den Verrückten in meiner High School nichts mitgekriegt. Aber jetzt hast du eine aus „*ihren Reihen*“ genommen“, sagte ich und imitierte mit den Fingern Anführungszeichen, „und das gefällt manchen gar nicht.

In der High School läuft das ein bisher anders ab als auf dem College. Dort wird nicht nur hinter dem Rücken geredet. Man kleistert deinen Spint zu oder schüttet Maden in deine Handtasche. Und wenn du ganz großes Pech hast, mischt man dir Abführmittel ins Getränk. Könntest du dich also bitte mit deiner Partnerwahl beeilen, damit ich nicht mehr um meine Gesundheit fürchten muss?“

Dass ich meinen Traummann anbettelte, sich eine Freundin zu suchen, zeigte, wie verzweifelt ich war. Andererseits hatte ich schon so verrückte Aktionen miterlebt, dass man selbst im Irrenhaus den Kopf darüber geschüttelt hätte. Meine Sorge war also durchaus berechtigt. Wenn ich geglaubt hatte, bei Caleb auf Verständnis oder auch nur Ernsthaftigkeit zu stoßen, hatte ich mich allerdings geirrt.

„Abführmittel?“, wiederholte er lachend. „Hört sich nach ‘nem schlechten Teenie-Film an.“

„Ich finde das nicht lustig, Caleb!“, sagte ich und bemerkte die neugierigen Blicke seiner Freunde – Blairs inbegriffen.

„Okay, tut mir leid“, sagte er und bemühte sich, ein ernstes Gesicht zu machen. „Du siehst nur so

niedlich aus, wenn du Panik hast."
Ungeduldig wippte ich auf den Fußballen und starrte ihn abwartend an. Im Schatten der Rosskastanie war es deutlich kühler als in der Sonne. Ich merkte, wie sich eine Gänsehaut auf meinen Armen bildete, und zog meine Hände aus den Hosentaschen, um sie zu verschränken.

„Was ist jetzt? Hilfst du mir?"

Er lachte. „Geht nicht, tut mir leid."

Mein Gesicht wurde so lang, dass mein Kinn den Boden berühren musste.

„Was soll das heißen, *geht nicht*? Such dir gefälligst eine neue Freundin, so wie du es immer machst. Und da wir schon dabei sind: Was ist mit Heather?", fragte ich und warf einen Blick auf seine Sitznachbarin.

„Habt ihr nicht was am Laufen?"

Zu spät wurde mir klar, dass ich mich wie eine Stalkerin anhörte und damit keinen Deut besser war als Monica. Caleb runzelte die Stirn.

„Äh … Blair hat sie mal erwähnt", sagte ich eilig. Das schien ihm Erklärung genug zu sein, um auf meine Frage zu antworten.

„Zwischen Heather und mir läuft nichts … zumindest nichts Ernstes. Momentan bin ich sowieso auf Beziehungsentzug."

„Auf … *Beziehungsentzug*?", wiederholte ich und sprach das Wort aus, als hörte ich es zum ersten Mal. „Du willst mich wohl verarschen."

„Nein, warum?", fragte er und massierte amüsiert sein Kinn.

„Weil … warum zum Teufel bist du ausgerechnet *jetzt* auf Beziehungsentzug? Hast du dir einen Tripper eingefangen oder was?“

Caleb legte den Kopf zurück und lachte so laut, dass ich zusammenzuckte. Blair, der uns die ganze Zeit schon gespannt beobachtet hatte, gab seiner Neugier nach und kam zu uns.

„Kann man mitlachen?“, fragte er und stellte sich neben Caleb.

„Wenn du es auch lustig findest, dass Caleb Tripper hat, dann ja“, sagte ich trocken.

„*Wie bitte*?“ Blair schaute von mir zu Caleb, der sich grinsend die Augen wischte.

„Ich hab Ary gerade erklärt, dass ich auf Beziehungsentzug bin, und sie denkt, es liegt daran, dass ich eine Geschlechtskrankheit habe.“

Blair sah aus, als könnte er sich nicht zwischen Lachen und Stirnrunzeln entscheiden.

„Aha, und auf das Gespräch kommt ihr *wie* genau?“

„Ist ‘ne lange Geschichte“, antwortete Caleb nur und sagte an mich gewandt: „Tut mir leid, Sweetie, aber im Moment habe ich kein Interesse an einer Beziehung.“

Damit ließ er Blair und mich stehen, und wir schauten ihm verdattert nach.

„Interesse an einer *Beziehung*? Kannst du mir bitte erklären, was zwischen euch läuft?“, wandte Blair sich schließlich an mich.

„Frag doch deinen Freund und hau ihm bei der Gelegenheit eine für mich rein. Er hat nämlich mein Schulleben versaut!“, blaffte ich und marschierte wutschnaubend davon. Das hatte ich nun davon, mir jahrelang eine Beziehung mit Caleb gewünscht zu haben: die halbe verdammte Schule gegen mich!

Über Stock und Stein
3

Zum ersten Mal in diesem Jahr ließ ich das Mittagessen nach dem Unterricht mit meinen Freunden ausfallen und ging direkt nach Hause. Die Feindseligkeit in der Schule, Hausaufgaben, Maskenballorganisation, Prüfungsvorbereitung … das alles wurde mir zu viel.

Ich brauchte eine Auszeit und die bekam ich nur an einem Ort. Als ich das Haus betrat, war Blair zum Glück noch nicht da. Ich hätte keine Lust gehabt, ihm zu erklären, dass ich von Calebs Groupies verfolgt wurde. Ich hoffte sowieso, dass Caleb das inzwischen für mich erledigt hatte.

Ich trug meine Schultasche ins Zimmer rauf, schüttete den Inhalt auf die Tagesdecke des Bettes und öffnete die oberste Schreibtischschublade. Ich malte mit Pastellkreide, seit ich denken konnte, und fand, dass ich ganz gut darin war. Am liebsten zeichnete ich Landschaften und Orte, an denen ich schon gewesen war.

Meine Schublade war voller Zeichenblätter, auf denen so ziemlich jeder Fleck *Wickvilles* dargestellt war, den es gab. Dabei zeichnete ich keineswegs nur neue Orte – irgendwann gingen einem auch die Kulissen aus. Ich machte mir außerdem einen Spaß daraus, bereits Gezeichnetes neu darzustellen – etwa in einer anderen Farbe oder einem anderen Stil.

Meine Lieblingskulisse war der *Wickville Mountain*, der über einem grüngelben Fichtenmeer emporragte und einen herrlichen Blick auf die Kleinstadt bot. Eine Stunde dauerte es, um am höchsten Punkt des Bergs anzukommen – wenn man zügig lief, sogar weniger.

Genau das brauchte ich jetzt: eine anstrengende, aber entspannende Wanderung. Nur ich und mein Zeichenblock. Ich verstaute die Malutensilien in meiner Schultasche, zog Wanderschuhe an und nahm eine Wasserflasche und ein Fertigsandwich aus dem Kühlschrank. Dann schickte ich Blair eine Nachricht und verließ das Haus.

Am schnellsten kam man mit dem Bus zum Berg. Die Station lag nur wenige hundert Meter vom Wanderpfad entfernt. Dort folgte ich dem Weg zum Fuße des Berges, von wo aus der Pfad in einer aufwärts verlaufenden Spirale zur Anhöhe führte. Ich hätte es auch querfeldein versuchen können, aber so hoch und steil wie der Berg war, hätte ich dafür schon eine Kletterausrüstung benötigt.

Kühler Wind umspielte meinen Körper und bahnte sich einen Weg durch meine dünne Kleidung. Ich trug eine Jeans im *used Look*, mit Löchern an den Knien, ein gelbes Shirt und eine dünne Jacke, was ich jetzt schon bereute. Hätte ich mir besser mal drei Sekunden Zeit genommen und in die Wetter-App geschaut, bevor ich losgegangen war. Aber so genervt wie ich von allem gewesen war, hatte ich natürlich nicht daran gedacht.

Ich wollte einfach nur allein sein. Zum Umkehren war es jetzt zu spät, aber solange sich die Temperaturen in einem erträglichen Maß bewegten, kam ich damit zurecht. Als mein Handy klingelte, zog ich es aus der Hosentasche und sah, dass Blair geantwortet hatte.

Alles klar. Die Jungs kommen heute Abend vorbei, vielleicht auch ein paar Ladys. Bin mit Caleb einkaufen. Willst du Pizza?

Ich wich einem Radfahrer aus, der in schwindelerregendem Tempo den Bergweg herunter raste, und schrieb zurück: *Caleb darf aber nur kommen, wenn du ihn für mich boxt, und sag ihm, er soll mich heute ja nicht mehr ansprechen! P.S.: Pizza klingt gut.*

Zehn Sekunden später kam Blairs Antwort.
Habe ich längst gemacht. Er hat geheult wie ein Schlosshund, aber ich schlag ihn gern noch mal für dich ;) Bis nachher und brich dir nicht den Hals.

Eine Stunde später erreichte ich die Aussichtsplattform und mein Herz pumpte, als wäre ich einen Marathon gelaufen. Muskelkater kündigte sich in meinen Oberschenkeln an. Einer von der fiesen Sorte, der mich drei Tage lang bewegungsunfähig machen würde. Ich machte definitiv zu wenig Sport, um so einen steilen Anstieg locker wegzustecken. Wetten, dass Caleb und Blair die Strecke dreimal hoch und runter laufen könnten, ohne zu hecheln? Doch ich bereute die Wanderung nicht. Nicht bei dem märchenhaften Anblick, der sich mir bot, als ich zur Aussichtsplattform ging.

Scheinbar war ich die einzige hier oben. Keine mit Fotoapparaten und Handykameras bewaffnete Touristen oder Wandergruppen, die mir die Sicht verstellten. Nur ich und meine Zeichensachen. Das war überraschend und ungewöhnlich, da der Berg sonst immer gut besucht war. Ich stellte mich auf die Aussichtsplattform und schaute auf den Wanderpfad herab, bevor ich den Blick geradeaus richtete. Wahnsinn! Jedes Mal aufs Neue. *Wickville* sah wie eine kleine Märchenstadt aus.

Es mochten zehn oder mehr Minuten sein, in denen ich einfach nur dastand und die fernen Häuserdächer betrachtete, die von Weitem wie zusammengewürfelt aussahen. Dann setzte ich mich auf die Bank, nahm meine Zeichenutensilien aus dem Rucksack und steckte mir Kopfhörer ins Ohr.

Klassische Musik ertönte. Piper lachte mich für meinen Musikgeschmack immer aus, dabei hörte ich auch moderne Musik. Mein für dieses Alter ungewöhnlicher Musikgeschmack war wohl Mom geschuldet, die immer und überall Klassikmusik gehört hatte. Beim Aufräumen, Einkaufen oder zum Entspannen.

Das war an mir hängen geblieben, und jetzt war ich Piper peinlich und musste ihr vor jeder Party versprechen, meinen musikalischen *Rentner-Geschmack* für mich zu behalten.

Begleitet von den sanften Tönen *Tschaikowskis 6. Sinfonie „Pathétique"* malte ich den Himmel, wobei ich hellblaue und weiße Kreide auf dem Blatt verteilte und mit den Fingern verwischte. Dann folgten die Wohnhäuser und Gebäude in härteren Konturen und die dazwischenstehenden Bäume.

Ich hatte das Bild schon Dutzend Male in den gleichen Farben gezeichnet und doch sah es immer wieder anders aus. Manchmal stand die Sonne etwas tiefer und der Lichteinfall war schwächer oder Vögel flogen am Himmel und das Wetter änderte sich. Es gab so viele Faktoren, die das Bild beeinflussten und zu etwas Einzigartigem machten, dass es nie langweilig wurde, diesen Ausblick zu malen.

Mit jedem Strich spürte ich die Anspannung und den Druck etwas mehr von meinen Schultern fallen, bis ich mich in einem Zustand absoluter Entspannung befand, aus dem ich am liebsten nie wieder erwacht wäre. Leider hatte das Wetter andere Pläne mit mir, denn es schwang nach einer knappen Stunde schlagartig um.

Erst als ich die Kopfhörer aus meinen Ohren zog und meine steifen Finger bewegte, begriff ich, dass ich schon länger zitterte. Ich war nur so konzentriert gewesen, dass ich keine Notiz von der Kälte genommen hatte. Das funktionierte jetzt nicht mehr. Meine Hände waren Eiszapfen und meine Fingerknöchel so steif, dass ich mir einbildete, das Knacken im Tal widerhallen zu hören. Ein breiter Schatten in Form einer dunklen Wolke legte sich über mich und zwei einzelne Regentropfen platschten auf meine Zeichnung.

„Scheiße!“, rief ich und schob den Block in meine Tasche. Etwa zehn Sekunden lang passierte gar nichts – die buchstäbliche Ruhe vor dem Sturm – dann brach die Wolke auf und schüttete ihren Inhalt wie einen Eimer Wasser auf mich.

Ich stieß einen überraschten Schrei aus und sprang auf, doch es gab nichts, wo ich mich hätte unterstellen können. Nur ein paar Steinbänke und einzelne Bäume. Meine Malkreide wurde feucht, deshalb stopfte ich sie eilig in die Tasche. Ich schulterte meine Tasche, zog den Reißverschluss der dünnen Jacke bis zum Anschlag hoch und machte mich laut fluchend auf den Rückweg.

Eine gottverdammte Stunde würde ich brauchen, um vom Berg runter zu kommen, von der Strecke bis zur Bushaltestelle ganz zu schweigen. Noch beschissener konnte der Tag nicht werden, oder? Das Donnergrollen und der darauffolgende Blitzschlag belehrten mich leider eines Besseren. Kreischend zuckte ich zusammen und spähte in geduckter Haltung zum Himmel.

Das war jetzt nicht wahr! Ich. Hasste. Blitze! Und noch mehr hasste ich es, auf einem Berg festzusitzen, auf dem es keinerlei Deckung gab. Was, wenn ich von so einem Ding getroffen wurde? Hier waren überall Bäume, die bestimmt sehr anziehend auf Blitze wirkten. Donnergrollen war ja noch okay, aber kein 10-Millionen-Volt-starker Leuchtstrahl, der mich verdammt noch mal in Staub verwandeln oder spalten konnte!

Kurz spielte ich mit dem Gedanken, auf gut Glück den Abhang runterzurutschen, und lief zum Rand des Pfads, um die steile, mit Gras überwucherte Böschung zu betrachten. Was konnte schon passieren, außer, dass ich mich hundertfach überschlug, mit einem Baum kollidierte und unten als matschige Tomate landete?

Seufzend sah ich von meiner Überlegung ab und machte mich auf den rutschigen Rückweg, wobei ich mich ständig ducken und wegen der Blitze aufschreien musste. Rennen konnte ich nicht, denn dann lief ich Gefahr, übel auszurutschen.

Mir blieb nur, zügig abzusteigen und zu beten, dass ich nicht vom Blitz getroffen wurde. Das Unwetter war keine fünf Minuten im Gange, da klingelte wieder mein Handy und entlockte mir beinahe einen weiteren Aufschrei. Es war Blair.

„Ary? Sag mir nicht, dass du noch auf dem Berg bist. Es schüttet so stark, dass die halbe Stadt unter Wasser steht", bat mein Bruder besorgt. Aus unerfindlichen Gründen musste ich lachen und klang bestimmt wie eine Irre.

„Stell dir vor, ich bin nicht nur auf dem Berg, ich bin sogar erst *losgegangen*."

„Scheiße", murmelte er.

„Kannst du laut sagen. Bist du schon zu Hause? Ich könnte eine Mitfahrgelegenheit gebrauchen", sagte ich und wäre beinahe auf einem glitschigen Blatt ausgerutscht. In letzter Sekunde fand ich mein

Gleichgewicht wieder und warf dem Blatt einen tödlichen Blick zu. Jetzt war Blairs Sorge doch nicht mehr so unbegründet. Bei dem heftigen Niederschlag und meinem Glück könnte ich tatsächlich stürzen und den Berg runterpurzeln.

„Noch nicht. Caleb und ich waren auf dem Weg nach Hause, aber wir fahren jetzt direkt zu dir. Warte am Berg auf uns", sagte er und legte auf. Toll! Jetzt kam auch noch Caleb mit, der sich einen blöden Kommentar bestimmt nicht würde verkneifen können.

Ich hätte niemals gedacht, dass ich Calebs Gesellschaft einmal meiden würde. Aber hier war ich – oder besser gesagt *rutschte* ich – und hoffte, dass ihm noch etwas Wichtiges einfallen würde, das ihn dazu veranlasste, aus Blairs Wagen zu steigen, ehe sie den Berg erreichten.

Ich hatte erst die Hälfte der Strecke hinter mir und hatte jetzt schon Suizidgedanken. Was wie ein gewöhnliches Unwetter angefangen hatte, entwickelte sich zunehmend zu meiner persönlichen Hölle. Falls ich noch Haare besaß und die starken Böen sie nicht längst von meiner Kopfhaut gerissen hatten, dürften sie mittlerweile wie Seetang herunterhängen.

Außerdem waren mein Gesicht und meine Hände inzwischen so hart und kalt wie Porzellan. Die Feuchtigkeit und die kalten Temperaturen waren eine wunderbare Mischung, wenn man sich schockgefrieren lassen wollte, fand ich.

Apropos Feuchtigkeit: Wenn der Regen als Nächstes in meine Haut eindrang, würde es mich ehrlich nicht wundern. Meine Klamotten waren so vollgesaugt, dass ich mich fünf Kilo schwerer fühlte, was meinen Abstieg nicht gerade erleichterte.

An jedem Zentimeter Haut klebte kalter, nasser Stoff – selbst meine Füße fühlten sich an, als stünden sie unter Wasser – da bot auch meine dünne Jacke keinen Schutz mehr. Nach meinen Zeichensachen schaute ich erst gar nicht. So dunkel wie der Stoff meiner Tasche war, dürfte darin alles herum schwimmen und falls nicht, war der Inhalt sicher aufgeweicht.

Nein, ich wollte wirklich nicht reingucken. Ich würde nur noch schlechtere Laune bekommen, wenn ich bestätigt sah, dass mein heutiger Ausflug buchstäblich ins Wasser gefallen war. Vielleicht sollte ich mich einfach wie ein nasser Sack den Weg runterrollen, dann würde ich wenigstens bald ankommen. Ich wettete 1.000 Dollar, dass ich morgen erkältet sein würde und falls nicht, würde ich innerhalb der nächsten halben Stunde an Unterkühlung sterben. So oder so gab mir dieses verdammte Unwetter den Rest!

Keine Ahnung wie, aber ich schaffte es tatsächlich, lebendig vom Berg herunter zu kommen. Ich verzichtete jetzt bewusst auf die Ergänzung *heil*, denn heil war an meinem Körper kaum noch etwas. Mein Gehirn arbeitete noch –

glaubte ich zumindest – aber meine Motorik war stark eingefroren und meine Sicht war dank des Regens auch nicht die klarste. Wenigstens wartete Blair schon auf mich. Er hatte vor fünf Minuten angerufen und mich wissen lassen, dass sie hier waren.

Der Pfad verlief ein letztes Mal um die Kurve, dann endete er in Kies-Sand, und ich sichtete einen schwarzen Wagen. Es war Calebs, was bedeutete, dass ich seine Rückbank volltropfen und mich damit wenigstens *etwas* an ihm rächen konnte. Als Blair mich entdeckte, stieg er aus dem Wagen und eilte auf mich zu. Den strömenden Regen, der augenblicklich seine Frisur zerstörte, ignorierte er.

„Alles okay?", fragte Blair und legte eine Hand auf meinen Rücken. Ich sah es mehr, als dass ich spürte, wie seine Hand zurückzuckte. Ich war eiskalt. Anstatt zu antworten, nickte ich nur und stieg hinten ein. Blair hielt die Tür für mich auf, dann schälte er sich aus seiner Jacke und legte sie auf den Sitz neben mich. Der strömende Regen sickerte sofort in seinen Pullover.

„W… was m… machst du denn? Du w… wirst doch n… nass", bibberte ich und wollte ihm die Jacke zurückgeben, doch er schüttelte den Kopf.

„Du hast eine Stunde bei dem Wetter ausgehalten, ich werd's überleben. Und hast du mal deine blauen Lippen gesehen? Jetzt raus aus der Jacke und zieh meine an."

Ungewollt wanderte mein Blick zu Caleb, der mich im Rückspiegel betrachtete. Ich konnte nicht sagen, ob er hämisch oder besorgt schaute, aber im

Grunde wollte ich es gar nicht wissen und wandte den Blick wieder ab. Ich wollte sauer auf ihn sein. Genaugenommen war das hier nämlich seine Schuld. Hätte er sich vor Monica nicht als mein Freund ausgegeben, hätte ich nicht die halbe Schule gegen mich. Dann wäre ich heute auch sicher nicht wandern gegangen, sondern würde noch mit meinen Mädels im *Gold Busters* chillen.

Da meine Hände wie Espenlaub zitterten, musste Blair mir beim Ausziehen helfen. Er nahm meine Jacke an sich, wrang sie draußen aus und verfrachtete sie in den Kofferraum. Mittlerweile selbst ganz durchnässt, kam er zurück und half mir beim Anschnallen.

Ich fühlte mich wie ein hilfloses Kind, vor allem unter Calebs schwer zu deutenden Blicken, und war froh, als Blair endlich die Tür zuwarf und sich auf den Beifahrersitz setzte. Wir fuhren los.

Entgegen meiner Erwartung machten sich die beiden nicht über mich lustig. Was mich ehrlich gesagt überraschte, da die selbsternannten Witzbolde sonst nie eine Gelegenheit ausließen, mich auf den Arm zu nehmen – ich umgekehrt übrigens auch nicht. Vielleicht lag es daran, dass ich wie eine Wasserleiche aussah. Der Blick in meinen Handyspiegel erschreckte mich so sehr, dass ich es beinahe fallengelassen hätte.

„Da hast du dir den perfekten Tag zum Wandern ausgesucht. Du hättest wenigstens eine dickere Jacke anziehen können“, konnte sich Blair einen Kommentar nicht verkneifen. Wir ließen den huckeligen Waldweg hinter uns und wechselten auf die feste, ebene Straße.

Die Bäume und Gebüsche bogen sich im starken Wind und drohten, von dem niederprasselnden Regen erdrosselt zu werden. Ich rollte die Augen. Als ob ich das nicht selbst wüsste!

„Stell dir vor, das sage ich mir schon seit einer Stunde!“, entgegnete ich und war froh, dass ich wieder wie ein Mensch klang. „Woher sollte ich auch wissen, dass die Sintflut über uns hereinbricht?“

„Dafür gibt es Wetter-Apps. Ein normaler Mensch wirft einen Blick drauf, bevor er das Haus verlässt“, ließ mein Bruder mich wissen. *Tja, normale Menschen werden aber nicht von der halben Schule verfolgt!*, dachte ich grimmig. Wobei, das stimmte nicht. *Einen* Unglücklichen gab es jedes Schuljahr und diesmal hatte ich dran glauben müssen.

„Bist du jetzt fertig oder willst du weiter auf mir rumhacken?“, fragte ich genervt.

„Nein, das war alles. Ich bin fertig“, sagte er in einem stichelnden Ton. Wieder begegnete ich Calebs Blick im Rückspiegel, und diesmal war ich mir sicher, dass er sich über mich lustig machte.

„Willst du vielleicht auch was dazu sagen?“, fragte ich angriffslustig und zog die Brauen hoch. Er schmunzelte nur und konzentrierte sich weiter auf die Straße.

„Was ist? Hat dir mein Anblick die Sprache verschlagen?“

„Ich hab ihm verboten, mit dir zu sprechen. Das wolltest du doch“, erklärte Blair an seiner Stelle und zappte durch die Radiosender. Na klar. Als ob Caleb sich wirklich an ein Sprechverbot halten würde!

Doch ich beließ es dabei und starrte aus dem Fenster, wobei die Sicht durch den Regen verschwommen war. Ich sollte lieber dankbar sein, dass sie mich abgeholt hatten. Auch wenn es – und das betonte ich gern noch mal – Calebs Schuld war.

Als wir in unsere Einfahrt fuhren, hatte sich das Wetter immer noch nicht beruhigt. Der Regen trommelte so aggressiv gegen die Fensterscheiben, als wollte er um jeden Preis durchbrechen, und der Donner veranstaltete ein wahres Himmelsorchester.

Meine Hände konnte ich mittlerweile wieder bewegen, also schnallte ich mich eigenständig ab und stieg aus dem Jeep. Mit einem lauten Platschen kamen meine Schuhe auf dem Boden auf und versanken prompt in einer Pfütze. Es störte mich schon gar nicht mehr. Nasser als jetzt konnte ich sowieso nicht mehr werden.

Blair öffnete den Kofferraum und reichte mir meine Jacke, die sich immer noch schwer vom Wasser anfühlte. Dann teilte er den Einkauf unter Caleb und sich auf und sie trugen ihn ins Haus. Ich ging voran, schloss die Haustür auf und hielt sie offen, bevor ich aus meinen nassen Schuhen schlüpfte. Bäh! Meine Socken waren so was von durchnässt, sie fühlten sich wie feuchte Lappen an, die ich um meine Füße gewickelt hatte. Mit Fingerspitzen zog ich sie aus, ging ins Wohnzimmer und legte sie mit der Jacke über die Heizung. Ich drehte sie voll auf, dann zog ich Blairs Lederjacke aus und hängt sie an die Garderobe.

Die Jungs waren damit beschäftigt, die Einkäufe auszupacken, und da mich niemand aufforderte, ihnen zu helfen, ging ich ins Bad und rubbelte meine Haare trocken. Als Nächstes folgten meine Füße, bei denen ich mich ernsthaft fragte, ob sie jemals wieder auftauen würden. Ich richtete mich wieder auf und betrachtete mich im Spiegel. Meine Wangen waren stark gerötet, die Farbe meiner Lippen aber wieder natürlich. Für meine Haare kam allerdings jede Hilfe zu spät.

Da half nur eine Haarwäsche und föhnen, wozu ich jetzt aber keine Lust hatte. Die Hauptsache war, dass das Wasser nicht mehr von meiner Kopfhaut tropfte. Mit einem provisorischen Dutt und einem kleinen Handtuch unter dem Arm ging ich in mein Zimmer, um mir die klebenden Sachen vom Leib zu reißen. Das Handtuch warf ich aufs Bett, dann öffnete ich den Kleiderschrank und wurde regelrecht von den herausfallenden Klamotten erschlagen.

Das passierte mir nicht zum ersten Mal. Im Grunde war ich ein ordentlicher Mensch, aber wenn es morgens schnell gehen musste, nahm ich mir nicht noch die Zeit, vor der Schule meinen Kleiderschrank aufzuräumen.

Da ich wusste, dass ich ihn am nächsten Morgen ohnehin wieder verwüsten würde, machte ich mir meistens gar nicht erst die Mühe und ließ ihn unaufgeräumt. Wozu Energie aufwenden, wenn man es sich einfach machen konnte? Es war ein Teufelskreis, aus dem ich immer nur am Wochenende – also wenn ich etwas mehr Zeit hatte – ausbrechen konnte.

Resigniert fischte ich eine Gammelhose und einen kuscheligen Wollpullover aus der Unordnung, dann hievte ich den Klamottenhaufen hoch und stopfte ihn zurück in den Schrank. Puh, das wäre geschafft! Und damit mir die Sachen nicht sofort wieder entgegenkamen, warf ich hastig die Schranktüren zu. Ein Lachen erklang und ließ mich erschrocken zur Quelle herumwirbeln.

„So macht man das also“, sagte Caleb und grinste mich an, wobei seine Grübchen sichtbar wurden. Er stand auf der Türschwelle, ein Bein angewinkelt, die Hüfte gegen den Türrahmen gelehnt und die definierten Arme vor der Brust verschränkt. Er betrachtete mich amüsiert und weckte den Wunsch in mir, es möge sich ein schwarzes Loch unter mir auftun, das mich mit Haut und Haaren verschlang. Wie mega peinlich war das denn bitte?

„Der Trick ist“, sagte ich, um meine Verlegenheit zu kaschieren. „den Schrank so selten wie möglich aufzumachen, sprich möglichst lange in denselben Klamotten rumzulaufen. So bleibt das Zimmer immer ordentlich.“

Er grunzte belustigt und warf einen Blick zur Wechselkleidung auf meinem Bett, die meine Worte Lügen strafte. Seine hellbraunen Augen fixierten mich wieder.

„Du weißt, dass dein Bruder alles macht, worum du ihn bittest, oder?“, fragte er und kam ungefragt in mein Zimmer. Er krempelte sein Shirt hoch und zeigte mir einen hübschen blauen Fleck an seinem Oberarm.

Es war jedoch weniger der Fleck, der mich so hinstarren ließ, sondern sein wohlgeformter Trizeps. Gott, da würde ich zu gern mal rein beißen! „Er hat mich fast zu Tode geprügelt. Siehst du?“

Ich könnte mich für diesen absolut unpassenden Gedanken auch verprügeln, glaub mir! Laut sagte ich: „Geschieht dir recht, nach der Aktion. Und jetzt raus aus meinem Zimmer.“

„Ach, komm schon, Ariana“, sagte er und breitete versöhnlich die Arme aus. Ariana nannte er mich nur, wenn er etwas ausgefressen hatte oder einen Gefallen von mir wollte. Ich konnte also davon ausgehen, dass er wegen der Sache mit Monica zumindest ein schlechtes Gewissen hatte.

„Du kannst nicht ernsthaft sauer auf mich sein, weil ich keine Freundin haben will.“

Seine Miene war eine Mischung aus Belustigung und Tadel.

„Ich bin nicht sauer, weil du keine Freundin willst“, sagte ich und drückte eilig die linke Schranktür zu, als sie sich einen Spalt öffnete, „sondern weil du mich erst in die Situation gebracht hast.“

Das Doofe am Stopfen war, dass der Klamottenberg irgendwann solche Dimensionen annahm, dass die Schranktüren das Gewicht nicht mehr halten konnten und nachgaben. Zumindest, wenn es so ein klappriger, alter Schrank wie meiner war. Ich begegnete Calebs Blick und wusste nicht, was ich jetzt tun sollte. Mich bockig auf mein Bett werfen? Nach irgendetwas treten?

Zugegeben, das wäre nicht sehr erwachsen, aber irgendwie musste ich meiner Wut doch Ausdruck verleihen. Die Wahrheit war nämlich, dass mein Zorn bereits schwand, und das war typisch für mich. Ich konnte Caleb nie lange böse sein und ich konnte ihm auch keine Ohrfeige verpassen, wie ich es ursprünglich vorgehabt hatte. Dafür war sein Gesicht viel zu hübsch.

„Ich kann nicht mehr, als mich dafür zu entschuldigen, Ary."

„Ich weiß", seufzte ich und ging zu meinem Bett. Dort sammelte ich das Handtuch und die sauberen Klamotten auf.

„Deshalb bitte ich dich auch höflich, mein Zimmer zu verlassen. Wie du ja selbst sagst, kannst du nichts für mich tun."

„Ich könnte dir beim Umziehen helfen und mich wenigstens *etwas* nützlich machen", bot er augenzwinkernd an. Mein Herz schlug Purzelbäume, doch ich ließ mir nichts anmerken. Caleb war bekannt für seine Anspielungen, es wäre töricht, ihnen Bedeutung beizumessen.

„Tschüss, Caleb!"

Lachend ging er aus dem Zimmer, drehte sich an der Tür aber noch mal zu mir um.

„Du bist aber nicht mehr sauer, oder? Ich könnte es nicht ertragen, wenn mein Lieblingsspielzeug

nicht mehr mit mir spricht."
„Überlege ich mir noch. Kommt drauf an, wie ich die nächsten Schultage überstehe."
Damit schloss ich die Zimmertür und stieg aus den feuchten Klamotten.

Mit einem kuscheligen, dunkelroten Wollpullover, einer locker sitzenden Hose und dicken Socken bekleidet kam ich ins Erdgeschoss. Ein intensiver Pizzageruch hing in der Luft und rührte etwas in meinem Magen. Es war Stunden her, dass ich gegessen hatte.

Zu dem mittlerweile aufgeweichten Sandwich, das ich eingepackt hatte, war ich gar nicht gekommen. Ich ging in die Küche, warf es in den Mülleimer und setzte heißes Wasser auf. Was ich jetzt brauchte, waren Tee und Kopfschmerztabletten. In meinem Schädel bahnte sich nämlich etwas an.

„Alles klar?", fragte Blair vom Sofa aus und kam in die Küche, um nach der Pizza zu sehen. Heißer Dampf stieg aus dem Herd, als er die Backofentür öffnete, und wehte zu mir herüber. Ich schloss die Augen und suhlte mich in der warmen Wolke. Nach meinem Kältemarsch auf dem Berg hieß ich jede Wärme willkommen.

„Ich glaube, ich kriege Kopfschmerzen", sagte ich und streckte mich nach dem oberen Küchenschrank. Blair sah mein Dilemma und reichte mir hilfsbereit eine Tasse runter.

„Haben wir noch Aspirin?“, fragte ich und nahm sie entgegen.

„Ich glaube nicht. Mom hat die letzte Packung mitgenommen.“

„Toll!“, stöhnte ich und nahm einen Pfefferminz-Teebeutel aus dem Schubfach. Ich wartete, bis das Wasser gekocht hatte, dann goss ich den Tee auf und setzte mich mit der dampfenden Tasse auf einen Hocker am Küchentresen.

Normalerweise saß ich am runden Esstisch in der verglasten Diele – der Hocker wurde mit der Zeit ungemütlich –, aber das Unwetter war noch im vollen Gange und ich wollte keine Blitze im Rücken haben. Ich wartete darauf, dass der Tee abkühlte, und betete, dass meine Kopfschmerzen nicht stärker werden würden.

Falls doch, würde ich morgen nach der Schule in die Apotheke gehen und Tabletten kaufen müssen – und ich war wirklich kein Fan von Tabletten. Grandma hatte immer gesagt, dass es nichts gab, was Tee und eine gesunde Portion Schlaf nicht heilen konnten, und dieses Prinzip lebte ich mit Überzeugung.

Nur einmal im Monat half aller Schlaf der Welt nichts. Da hatte man entweder die Wahl, eine ganze Packung Schmerztabletten zu schlucken oder sich ein Messer in den Unterleib zu rammen, um die Schmerzen halbwegs zu ertragen.

Um 20 Uhr trafen Rodney und ein blondes Mädchen ein, das ich nur flüchtig kannte. Sie war Cheerleader im College-Team und gelegentlich mit den Jungs unterwegs. Da ich nicht vorhatte, in naher Zukunft vom Hocker aufzustehen, begrüßte ich sie mit einem Winken. Seit über einer Stunde saß ich jetzt hier und trank bereits meine zweite Tasse Tee.

Vielleicht war es nur Einbildung, aber meine Kopfschmerzen waren weniger geworden, und das gab mir Hoffnung, den Tag vielleicht doch noch unbeschadet zu überstehen. Ich würde einfach so lange sitzen bleiben und Tee trinken, bis ich vollkommen genesen war. Und wenn ich hier bis morgen saß.

Wie nicht anders zu erwarten, schleppte Rodney eine ganze Tasche Alkohol mit sich und stellte die Flaschen wie selbstverständlich in den Kühlschrank. Manchmal, wenn er besonders frech zu mir gewesen war, ließ ich eine Flasche mitgehen und hob sie für mich und meine Mädels auf.

An Alkohol kam man als Minderjährige schließlich nur schwer ran, und bis jetzt hatte Rodney noch nie eine Flasche vermisst. Seine Begleitung namens Selena brachte eine Weinflasche mit, die sie ebenfalls in den Kühlschrank stellte. Sie lächelte mich im Vorbeigehen an, und ich lächelte zurück, wobei ich ja fand, dass sie viel zu vernünftig rüberkam, um sich mit einem Raufbold wie Rodney abzugeben.

„Hey Blair, was dagegen, wenn ich eine Pizza in den Ofen schiebe?“, rief Rodney ins Wohnzimmer. Trotz meines Hungers hatte ich von meiner Pizza nur zwei Ecken runtergekriegt. Sehr zur Freude von Caleb und Blair, die sich wie Hyänen auf die Reste gestürzt hatten. Pizza war ihr Lieblingsessen, und ich verstand wirklich nicht, wie man so etwas essen und gleichzeitig so gut gebaut sein konnte. Das war doch unfair. Ich musste mich am Riemen reißen, um nicht noch weiter auseinanderzugehen, und die beiden stopften haufenweise Fastfood in sich rein! Noch sah man mir die zwei Kilo mehr zum Glück nicht an, aber ich merkte bereits, wie die ersten Hosen spannten.

„Bedien dich. Ich hab genug für die ganze Nachbarschaft geholt", antwortete Blair, der wieder auf dem Sofa saß und – was für ein seltener Anblick – mit Caleb Football schaute. Für Blair gab es nur zwei interessante Themen: Football und Actionfilme.

Er konnte tagelang auf der Couch gammeln und sich eine Sendung nach der anderen reinziehen. Zum Glück und sehr zu meiner Freude, tat er das nicht oft. Ich konnte nämlich auch ein Fernseh-Junkie sein, wenn ich wollte. Am liebsten schaute ich Serien und Tierdokus. Aber auch – ganz große Schande über mich – „*Keeping up with the Kardashians*".

Mit einer heißen Tasse Trinkschokolade und Marshmallows. Damit man sich angesichts dieser perfekten Plastikfrauen gleich noch schlechter fühlte. Herrlich.

Im Laufe der nächsten halben Stunde kamen weitere Gäste, manche waren mir mehr, manche weniger bekannt. Partybegeistert wie die Jungs waren, lernten sie immer neue Leute kennen, was schon mal dazu führte, dass ich mich in einem Wohnzimmer voller wildfremder Menschen wiederfand. Ich blieb den ganzen Abend in der Küche sitzen und vergnügte mich damit, die Truppe zu beobachten. Seltsamerweise war ich überhaupt nicht müde, dabei hätte ich – als ich vorhin ins Auto gestiegen war – sofort einschlafen können. Wahrscheinlich hatte ich einfach Angst, etwas zu verpassen, weil Caleb da war.

So konnte ich ihn im Auge behalten und notfalls mit Äpfeln bewerfen, sollte er trotz seines Beziehungsentzug-Vorsatzes flirten. Ich glaubte ja immer noch nicht, dass er das ernst gemeint hatte. Ich meine, jetzt mal ehrlich: Welchen Grund sollte es für einen 21-Jährigen geben, auf die Gesellschaft von Frauen zu verzichten?

War er übergelaufen? Hatte er sich den Pimmel abgeklemmt? Das war doch total unlogisch. Vor allem, weil er ja immer betonte, dass Frauen ihn faszinierten. Ich trank weiter meinen Tee und beobachtete, wie die Stimmung in einem schleichenden Prozess von locker zu *sehr* locker umschlug. Warum ich mir nicht selbst blöd vorkam, dass ich mit meiner Teetasse wie eine Rentnerin in der Küche saß, wusste ich selbst nicht.

Normalerweise zog ich mich entweder in mein Zimmer zurück oder mischte mich unter die Partygäste. Kurz überlegte ich, die Mädels anzurufen und hierher einzuladen – die Party würde noch ein paar Stunden gehen.

Aber eigentlich hatte ich keine Lust. Ich brauchte nur jemanden, der mich motivierte, meinen Hintern ins Wohnzimmer zu bewegen und mitzumachen. Könnte ja sein, dass sich eine Gelegenheit ergab, bei der ich *zufällig* auf Calebs Schoß landete oder ihm auf andere Weise näherkam. Das würde den Tag definitiv retten.

Der Fernseher lief schon längst nicht mehr. Dafür hatte jemand sein Handy an die Anlage angeschlossen und spielte den DJ. Mit der Musik war auch der Geräuschpegel gestiegen und die Gesprächsthemen drifteten auch immer weiter ins Obszöne ab. Musste man sich auf einer Party wirklich darüber unterhalten, wie lange man konnte?

Keine Ahnung, warum Betrunkene immer so schreien mussten, vielleicht stieg ein Teil des Alkohols ins Ohr und überflutete das Trommelfell. Allen voran natürlich Rodney, der quer durch den ganzen Raum brüllte und mit seinen Sex-Storys für laute Lacher sorgte. Man könnte natürlich auch einfach in einer annehmbaren Lautstärke sprechen. Aber wozu es anderen erträglicher machen, wenn man genauso gut seine Stimmbänder strapazieren konnte?

Irgendwann kam eines der Mädchen auf die Idee, *Dance Star* zu spielen – ein deutliches Zeichen dafür, dass zu viel Alkohol im Spiel war – und die Leute stimmten jubelnd ein. Blair und Rodney waren die einzigen, die nicht sehr begeistert waren, doch sie wurden überstimmt und fügten sich in ihr Schicksal. Was in der nächsten halbe Stunde geschah, hätte ich am liebsten auf Handy festgehalten, denn es war wirklich lustig, betrunkenen Leuten bei *Dance Star* zuzusehen. Besonders Leuten wie Rodney, die wirklich *gar* nicht tanzen konnten. Ich sah mir das Spektakel noch eine Weile an, dann machte ich mich in mein Zimmer auf beziehungsweise ich hatte es gerade vorgehabt, denn plötzlich hörte ich meinen Namen.

„Dann will ich aber Ary als Tanzpartnerin haben. Sie ist die einzig Nüchterne in diesem Raum."
Das war Caleb, der auf den Vorschlag geantwortet hatte, ein Partnerduell zu veranstalten. Ich überhörte ihn beflissen und stellte meine Tasse in die Spülmaschine, von wo aus ich mich aus dem Staub machen würde. Doch Caleb hatte mich längst ins Visier genommen.

„Ary, Schätzchen, ich hab ein Attentat auf dich vor", rief er mir zu, doch ich schüttelte den Kopf und klappte die Spülmaschine zu.

„Komm her und sei keine Spielverderberin. Das wird lustig", ignorierte er meine stumme Antwort und winkte mich heran.

„Nein, wirklich nicht. Ich bin müde", sagte ich. Außerdem sah ich in meinen weiten Klamotten wie ein Lump aus. Doch mein Einwand interessierte niemanden, denn jetzt forderten auch Blair und die anderen mich auf. War denn das zu fassen? Was war an einem *Nein* nicht zu verstehen?

„Ich hol sie", war die einzige Warnung, die ich bekam, bevor Caleb in die Küche marschierte. Die Arme zu jeder Seite auf die Küchenzeilen gestützt, schnitt er mir den Weg ab, sodass ich schon unter seinen Armen hindurch schlüpfen oder über den Tresen hätte springen müssen, um die Freiheit zu erlangen. Für Letzteres war ich definitiv nicht sportlich genug.

„Caleb!“, warnte ich ihn streng. Sein Blick war glasig, trotzdem machte er nicht den Eindruck, als wäre er hoffnungslos betrunken – was man von Rodney nicht behaupten konnte. Ich hoffte, dass er deshalb die Ernsthaftigkeit in meiner Stimme heraushörte. „Ich hab *nein* gesagt.“

„Und ich sage, du bist eine Spielverderberin. Nur ein Battle, dann lasse ich dich in Ruhe“, versprach er. Ich verschränkte die Arme vor der Brust.

„Wie wäre es, wenn du mich *jetzt* in Ruhe lässt?“ Träge lächelnd kam er auf mich zu und zwang mich einen Schritt zurück. Unwillkürlich schaute ich zu seinen Armen und wägte ab, ob ich schnell genug unter ihnen hindurch schlüpfen konnte, ohne dass er mich zu fassen bekam. Konnte ich nicht. Keine Chance.

„Wie wäre es, wenn ich dich einfach über meine Schulter werfe und ins Wohnzimmer trage?“, erwiderte er. Es lag mir auf der Zunge, ihn darauf hinzuweisen, dass er nur bluffte. Doch er hatte getrunken, deshalb war ich mir nicht sicher. Alkohol spülte bekanntermaßen sämtliche Hemmungen fort. Ich warf einen Blick an ihm vorbei, wo die anderen auf uns warteten.

„Was dauert denn da so lange?“, rief mein Bruder und stellte sich aufs Sofa, um zu uns rüber zu spähen. Ein Mädchen musste ihn stützen, weil er sein Gleichgewicht nicht mehr halten konnte. Oh

Mann! Ich sah wieder zu Caleb, der auffordernd eine Braue hochzog. Die Warnung war unmissverständlich. Entweder ich kam freiwillig mit oder er machte seine Drohung wahr.

Verlockend war es ja schon, von ihm getragen zu werden, doch es war ja nur ein Tanz, dann hatte ich meine Ruhe. Ich gab mich geschlagen und ging ins Wohnzimmer, wo ich jubelnd empfangen wurde. Selbst Rodney klopfte mir auf den Rücken, was sich in etwa so anfühlte, als würde er mich mit einem Hammer in den Boden rammen.

„*Eine* Runde. Mehr nicht“, stellte ich für alle hörbar klar, als Caleb sich zu mir gesellte. Wir traten gegen Selena und Blair an, die sich Hände reibend neben uns stellten, dann suchte Blair einen Song aus und drückte auf *Start*.

Na gut, ich musste zugeben, dass es richtig Spaß machte, im Team zu tanzen. Vor allem, da Caleb und ich ständig aneinanderstießen oder uns gegenseitig auf die Füße traten. Ich war vielleicht beim Solotanzen gut, aber im Team war die Herausforderung eine andere: Man bekam nur Punkte, wenn man halbwegs synchron war.

Blair war eine absolute Vollkatastrophe, was dem Alkohol geschuldet war, und unterhielt mit seinem Gestolpere die ganze Truppe. Als wir dann den *Gangnam Style* tanzen mussten, war es völlig vorbei und Caleb und ich brachen vor Lachen zusammen.

Es machte so viel Spaß, dass ich mich erst eine Stunde später ausklinkte, wobei ich Calebs Berührungen noch immer an jeder Stelle meines Körpers spürte. Er hatte recht gehabt: Es *war* lustig gewesen, und ich war froh, dass er mich dazu gezwungen hatte. Noch lange nachdem ich mich hingelegt hatte, musste ich grinsen. Der Tag hatte doch noch positiv geendet. Wenn ich Glück hatte, konnte ich morgen noch davon zehren und mir damit den Spießrutenlauf in der Schule angenehmer gestalten.

Dr. Caleb
4

Drei Tage später bekam ich die Rechnung für meinen unvorbereiteten Wanderausflug: Ich war krank und konnte nur rätseln, bei wem ich mich angesteckt hatte. Sicher war, dass der einstündige Regenmarsch mein Immunsystem angegriffen hatte, was es durchaus möglich machte, dass ich mich noch am gleichen Tag bei einem von Blairs Partygästen angesteckt hatte.

Oder es war Anny aus der Parallelklasse gewesen, die sich am nächsten Tag in der Pause mit Hazel über die Maskenballorganisation unterhalten und einmal quer über den Tisch geniest hatte. Wer letztendlich auch schuld war, meine Nase lief schon, bevor ich überhaupt aus dem Bett gestiegen war, und ich musste immerzu niesen.

Stöhnend drehte ich mich auf die Seite und ratterte im Geiste alle Schimpfwörter runter, die mein Repertoire hergab. Ich durfte nicht krank sein, nicht heute! Es standen ein Test und nächste Woche zwei Klassenarbeiten an, und ich musste bis zum Abschlusszeugnis unbedingt noch meine Mathematik- und Biologienoten verbessern. Fluchend richtete ich mich auf und wurde prompt von einem Schwindelanfall heimgesucht.

Fest kniff ich die Augen zusammen und presste die Fingerspitzen auf die Schläfen, in der Hoffnung, das Kreiseln darin anzuhalten. Es bewirkte nur geringfügig etwas. Tief durchatmend wartete ich darauf, dass der Strudel in meinem Kopf nachließ, und als er es endlich tat, schnaubte ich mir die Nase und schlurfte aus dem Zimmer.

Ich war ja nicht oft krank, aber nach einer gewöhnlichen Erkältung fühlte sich das nicht an. Kaum stand ich aufrecht, flammten Gliederschmerzen auf, besonders in den Beinen. Was zum Teufel hatte ich mir da bloß eingefangen? Im Bad wusch ich mein Gesicht mit kaltem Wasser und beugte mich tief übers Waschbecken.

Dass das ein Fehler war, merkte ich an dem fiesen Stechen, als ich wieder hochkam, und den schwarzen Pünktchen vor Augen. Aufmerksam betrachtete ich mein aschfahles Gesicht im Spiegel und spürte kaum, wie das Wasser meinen Hals hinunter und in den Ausschnitt rann. Mein ganzer Körper glühte, allen voran mein Kopf.

Mechanisch putze ich mir die Zähne, stieg in die Dusche und brauste mich mit kühlem Wasser ab, was jedoch nicht wirklich half. Wenigstens war heute die erste Unterrichtsstunde ausgefallen und ich hatte länger geschlafen, dachte ich und trocknete mich ab. Das half mir zwar nicht beim Genesen und bedeutete, dass ich ohne Piper zur

Schule gehen musste, aber ich hatte ja immer noch Blair. Wenn ich ihn nur jämmerlich genug ansah, würde er sich meiner bestimmt erbarmen und mich zur Schule fahren. Ich müsste mein Elend nicht mal spielen.

Mein Plan verpuffte jedoch, als ich aus dem Bad kam und Blairs offene Zimmertür sah. Verdammt, er war ja gar nicht zu Hause, fiel mir ein. Ich drückte seine Tür auf und spähte hinein. Wie üblich war sein Bett morgens nicht gemacht und seine Kaffeetasse stand auf dem Schreibtisch, von wo aus sie einen abgestandenen Geruch verströmte.

Ich persönlich empfahl ja Duftstäbchen als Raumduft, aber scheinbar mochte er das unappetitliche Aroma. Abgesehen von seiner Kaffeetasse, die immer an exakt derselben Stelle stand, war von Blair aber keine Spur. Morgen fand ein Auswärtsspiel in *Columbus* statt und da er wieder spielfähig war, war er heute Morgen mit seinem Team abgereist.

Gestern Abend hatte er mich noch daran erinnert, aber scheinbar war mein Hirn ebenfalls verschnupft. Ich würde das Wochenende über also allein sein, was bedeutete, dass ich auf seine Fahrdienste verzichten musste.

Da ich nicht wirklich Hunger hatte, aß ich nur einen halben Muffin, den ich mit reichlich Milch nachspülte. Danach zog ich mich dick an, wie ich Idiotin es schon bei der Wanderung hätte tun sollen, nahm zehn Dollar aus der Haushaltskasse und verließ das Haus. Ohne Piper war der Schulweg schrecklich langweilig. Das Wissen, dass ich von meinen Mitschülern wieder angeglotzt werden würde, hellte meine Laune auch nicht gerade auf. Ich fragte mich, was ich verbrochen hatte, um jetzt auch noch krank zu sein. Hatte ich jemandem Leid angetan? War ich – abgesehen von meinen verrufenen Caleb-Träumen – unsittlich gewesen? Ich war doch eine wohlerzogene Schülerin. Konnte sich das Schicksal keine anderen Opfer suchen?

Doch als ich eine halbe Stunde und drei verbrauchte Taschentücher später das Schulgebäude betrat, erwartete mich eine positive Überraschung. Zuerst dachte ich, es läge daran, dass ich blass wie eine Leiche war und meine Mitschüler mich möglicherweise nicht sofort erkannten, doch als das Phänomen selbst in der Cafeteria – dem Klatsch-Ort überhaupt – auftrat, hatte ich Gewissheit: Ich wurde nicht mehr angestarrt, zumindest nicht so penetrant wie vor einer Woche noch. Das waren ja fantastische Neuigkeiten!

Um auch wirklich sicher zu gehen, beobachtete ich meine Kameraden ganz genau, als ich mir einen Saft kaufte und anschließend die Schulordner aus meinem Spind holte. Könnte ja sein, dass ich mir das plötzliche Desinteresse nur einbildete.

Doch selbst nachdem ich einmal quer durchs Gebäude zum Englischkurs gelaufen war, hatte man kaum Notiz von mir genommen. Unglaublich, aber scheinbar ebbte das Interesse an meiner angeblichen Beziehung zu Caleb tatsächlich ab. Bester Laune betrat ich den Klassenraum und ging zu meinem Platz in der dritten Reihe. Auch hier hielt sich das Geglotze in Grenzen. Hätte ich gewusst, dass man so schnell das Interesse an mir verlieren würde, hätte ich nicht so viel Energie darauf verschwendet, mich darüber aufzuregen.

Leider flaute das Hochgefühl wegen des anschwellenden Drucks in meinem Kopf schnell wieder ab. Ich war jetzt vielleicht nicht mehr das schwarze Schaf der Schule, aber das war meinem Körper egal. Der konzentrierte sich einzig und allein darauf, meine Krankheit zu bekämpfen, und das war kräftezehrend.

Den Kopf auf den rechten Arm gestützt, lauschte ich dem Vortrag meines Lehrers und versuchte, sinnvolle Notizen zu machen. Das war gar nicht so einfach, wenn die Sicht immer wieder vor den Augen verschwamm, weil das Konzentrieren so anstrengend war. Mir ging es wirklich schlecht, und so langsam bezweifelte ich, dass ich an einer gewöhnlichen Erkältung litt.

Ich tippte eher auf Grippe oder etwas ähnlich Schlimmes. Bis zum Biologietest musste ich aber noch durchhalten und der fand leider erst in der letzten Unterrichtsstunde statt. Als mein Banknachbar mich unerwartet mit dem Ellenbogen anstieß, rutschte ich vor Schreck mit dem Kopf ab, und ich sah Benedict verständnislos an.

„Alles in Ordnung mit dir?“, fragte Benedict und betrachtete mich stirnrunzelnd. Dadurch, dass wir jede Kursstunde mit anderen Schülern verbrachten, gab es keinen wirklichen Klassenzusammenhalt. Ich kannte nicht mal die Hälfte des Englischkurses mit

Vornamen und bei den anderen Kursen sah es ähnlich aus. Mein Banknachbar Benedict – ein schmächtiger Junge mit eisblauen Augen und einer Vorliebe für rote Pullover – war jedoch eine Ausnahme. Er belegte mehrere Kurse mit mir und er war echt nett.

„Ja, alles gut. Ich bin nur angeschlagen", sagte ich und stützte meinen Kopf wieder auf den Arm. Mr. Higgs schaute mich deswegen schon die ganze Zeit missbilligend an, doch anders konnte ich meinen Brummschädel nicht halten. Wenn ich den Kopf aufrecht hielt, drehte sich bei mir alles.

„Du siehst beschissen aus", raunte Benedict mir zu und lehnte sich wieder auf seine Seite, als er einen mahnenden Blick von unserem Lehrer kassierte. Mr. Higgs hatte es heute echt auf mich abgesehen! Ich drehte den Kopf in Benedicts Richtung und grinste ihn gequält an.

Ich sah nicht nur beschissen aus, ich fühlte mich auch so. Mein jämmerlicher Zustand würde mich aber nicht davon abhalten, diesen gottverdammten Test zu schreiben, der für meinen Notenschnitt nicht unerheblich war. Gesundheit ging zwar vor und ich sollte nicht nur an mich, sondern auch an die Schüler denken, die ich mit meiner Anwesenheit möglicherweise ansteckte - aber ganz ehrlich?

Das war mir schnurzpiepegal. Die Lehrer interessierte es auch nicht, ob ich krank war. Wer bei Klausuren oder Tests fehlte, musste nachschreiben – ganz einfach – und jeder wusste, dass die Nachschreibearbeiten die schlimmsten überhaupt waren. Wenn jemand ein Problem damit hatte, dass ich mich todkrank und vielleicht sogar ansteckend zur Schule schleppte, sollte er sich bei den Klausurrichtlinien beschweren – nicht bei mir.

Ich machte drei Kreuze, als ich die Biostunde hinter mir hatte und aus dem Klassenraum ging. Da ich mir das Gedränge an der Tür heute nicht antun wollte, verließ ich den Raum als eine der letzten.

Die Pausen waren immer so knapp, dass jeder den Klassenraum als Erster verlassen und möglichst zügig durch die später so überfüllten Gänge kommen wollte. Selbst nach Schulschluss hatten es alle immer furchtbar eilig. Das führte zu einem unheimlichen Gedränge an den Klassenzimmertüren, dem ich mich heute einfach nicht gewachsen fühlte.

Der Test war gut gelaufen, nur die letzte Frage hatte mich etwas aus dem Konzept gebracht und mich möglicherweise einen Punkt Abzug gekostet. Ansonsten war ich mir sicher, dass sich die Quälerei heute gelohnt hatte. Gewissheit würde ich aber erst nächste Woche haben.

Wie jeden Freitag hatte der Biologiekurs in *Gebäude 3* stattgefunden – einem kleinen Haus, das lediglich drei Klassen Platz bot und sich weit hinten auf dem Campus befand. Ich musste über das offene Gelände laufen, um zum Eingang des Hauptgebäudes zu gelangen, an dem ich mich mit den Mädels treffen würde. Myra hatte mir schon in der ersten Pause geraten, die Schule sausen zu lassen und zum Arzt zu gehen, doch ich war dagegen gewesen.

Ich würde mich in der Apotheke einfach mit allen möglichen Medikamenten eindecken, die ich finden konnte. Und mit Taschentüchern. Ganz wichtig! Außerdem mochte ich keine Arztbesuche und noch weniger mochte ich es, stundenlang im Wartezimmer zu sitzen, wo ich nur noch kränker wurde, weil sich die Bazillen der Patienten gegenseitig besuchten.

Die Sonnenstrahlen waren heute überraschend warm und schienen direkt auf mein Gesicht, während ich am Sportplatz vorbeilief. Ich musste den Blick gesenkt halten, deshalb bemerkte ich die Gestalt, die direkt auf mich zukam, auch viel zu spät. Ich sah nur, dass plötzlich fremde Schuhe vor mir waren, dann prallte ich gegen einen stahlharten Körper und fand mich Sekunden später im Schwitzkasten wieder.

„Noch nie was davon gehört, dass man aufpassen sollte, wo man hin läuft, Sweetie?“, erkannte ich Calebs Stimme. So schnell wie er mich gepackt hatte, ließ er mich wieder los, was meinem Gleichgewichtssinn nicht guttat.

Etwas ungelenk fand ich die Balance wieder und schaute zu Caleb auf. Er stand mit dem Rücken zur Sonne, was ihn in göttliches Licht tauchte, und mich dazu zwang, die Hand vor das Gesicht zu heben, um nicht geblendet zu werden. Durch die Sonne leuchtete sein braunes Haar unnatürlich golden, was seine Augen nur noch mehr zur

Geltung brachte. Anders als ich trug Caleb keine Jacke, sondern einen weißen Over-Size-Pullover mit dunkelgrauen Ärmeln. Sie waren bis zu den Ellenbogen hochgekrempelt und der Pullover reichte bis über den Hosengürtel. Ich liebte den Skater-Look an Caleb. Noch mehr aber, dass er so wandelbar war und sich nicht festlegte. Er probierte immer wieder neue Looks aus. Seit Neustem stand er auf den Skater-Look und auf schwarze Lederjacken.

„Hey“, murmelte ich und fühlte mich, als wäre ich mit einem Lastwagen kollidiert.

„*Hey*? Was ist das denn für eine lahme Begrüßung? Willst du mir nicht einen Spruch an den Kopf knallen, so wie immer?“, fragte er und hob seinen Rucksack auf, der ihm beim Zusammenstoß offenbar von der Schulter gerutscht war. Er drehte den Rucksack, dessen Farbe ich als dunkelorange bezeichnen würde, um und klopfte den Dreck ab.

„Sorry, bin heute nicht in Stimmung“, murmelte ich und zog die Nase hoch. Ich ging um ihn herum, doch Caleb brauchte nur zwei Schritte, um mich einzuholen und wieder vor mir zu stehen.

„Was ist los? Hat dein Bruder dir verboten, während seiner Abwesenheit mit anderen Jungs zu sprechen?“, zog er mich auf, doch ich war heute nicht empfänglich für seine Sticheleien.

„Nein, mir geht‘s einfach nicht gut“, erklärte ich und merkte, dass meine Stimme schrecklich dünn klang. Vielleicht nahm er meinen Einwand deshalb nicht wahr, denn als ich wieder um ihn herum gehen wollte, lag plötzlich eine Hand auf meiner

Schulter.

„Moment, so schnell lasse ich mich nicht abwimmeln. Wie sieht‘s eigentlich mit deinem Groupie-Problem aus?“, fragte er und ließ mich wieder los. „Wirst du immer noch mit Mistgabeln und Fackeln verfolgt?“

„Caleb …“, murmelte ich kraftlos und wollte ihm ein weiteres Mal ausweichen, doch plötzlich knickten meine Beine weg und der Boden kam mir entgegen.

„Hey …!“

Ich drohte, mit dem Körper aufzuschlagen, doch Caleb fing mich in letzter Sekunde auf und zog mich sofort wieder in die Höhe. Eine Hand auf meinen Rücken legend hielt er mich aufrecht, die andere umklammerte meine rechte Schulter.

„Was ist denn jetzt los? Alles in Ordnung, Sweetie?“, fragte er und sah mich besorgt an. Ich war nicht ohnmächtig geworden, das war schon mal gut. Trotzdem drehte sich alles und meine Beine fühlten sich butterweich an. Ich versuchte, Calebs wunderschöne Augen zu fixieren, doch sie waren so seltsam unscharf, dass ich versucht war, mir gegen die Stirn zu schlagen, damit meine Sicht wieder klar wurde.

„Ja, alles bestens. Bin nur erkältet“, murmelte ich und kniff die Augen zusammen.

„Wenn man erkältet ist, kippt man aber nicht um. Sicher, dass es *daran* liegt?“

Als sein Atem mein Gesicht kitzelte, riss ich schlagartig die Augen auf. Mir wurde bewusst, wie nahe ich Caleb war … und dass ich ihn scheinbar fest umklammerte. Ich senkte meinen Blick und sah, dass ich seine Oberarme festhielt, die auf faszinierende Weise angespannt waren. Das spürte ich selbst durch den Stoff seines Pullis.

„Äh … ich weiß nicht", sagte ich leise, betäubt von seiner Nähe. „Ich hab heute den ganzen Tag nichts Vernünftiges runtergekriegt. Vielleicht liegt es daran", fügte ich hinzu und war mir plötzlich nicht mehr sicher, ob mir nicht wegen des engen Körperkontakts so schummrig war, anstatt von der Krankheit. Ganz kurz änderte sich etwas in Calebs Blick – als würde er sich unserer Nähe ebenfalls bewusst werden – dann verengte er allerdings forschend die Augen.

„Ich glaube, ich hab mir eine Grippe oder so eingefangen. Du solltest mir besser nicht so nahe kommen", sagte ich und ließ seine Arme los. Er hielt mich jedoch weiterhin fest.

„Keine Sorge, ich hab ein starkes Immunsystem", behauptete er und schaute kurz über meinen Kopf hinweg.

„Sehe ich das richtig, dass du gerade nach Hause gehen wolltest? Ich fahre dich."

„Ich wollte mich aber noch kurz mit meinen Mädels treffen. Sie warten am Eingang auf mich", erwiderte ich und spähte zum Hauptgebäude. Prüfend sah er mich an.

„Sicher, dass du allein laufen kannst?"

War ich nicht, aber ich nickte trotzdem. Ich musste Abstand zwischen Caleb und mich bringen. Seine Nähe machte mich allmählich nervös.

„Ja, alles gut …"

Doch kaum hatte Caleb mich losgelassen, schwankte ich bedrohlich. So ein Mist!

„Aha, das sehe ich!“, sagte er und packte meine Arme. „Komm, ich trag dich zum Auto. Dann kannst du deine Freundinnen anrufen.“

„*Was?* Das wirst du schön bleiben lassen! Ich lass mich doch nicht von dir tragen. Wenn die anderen das sehen …“

Doch da hob Caleb mich schon schwungvoll auf seine Arme. Ich stieß einen überraschten Laut aus.

„Du redest zu viel, davon wird der Schwindel auch nicht besser. Ich fahre dich jetzt nach Hause“, schlug er nicht vor, sondern er *bestimmte* es. Ich konnte es nicht fassen. Weder, dass er mich auf Händen trug, noch, dass er einfach so für mich entschied.

„Caleb, lass mich sofort runter!“, murmelte ich zwischen zusammengebissenen Zähnen, als er sich in Bewegung setzte und mich über den Campus trug. Ich wiederhole: Caleb Ferguson – mein Traummann seit Kindertagen – trug mich vor aller Augen über das Schulgelände!

Ich wusste wirklich nicht, ob ich vor Freude heulen, vor Scham im Erdboden versinken oder vor Empörung kochen sollte. Leider machte mein Zustand es nicht möglich, mich körperlich gegen Caleb zu wehren. Okay, das wäre auch in gesundem Zustand kaum möglich gewesen.

Ich strampelte zwar mit den Füßen, aber der Protest war lächerlich. Er ließ Caleb nicht mal schwanken. Mir blieb nur, mich mit Worten zu wehren … und mich an seinen Hals zu klammern, damit ich nicht zur Seite kippte.

„Wozu? Damit du wieder umkippst? Jetzt stell dich nicht so an, wir sind ja gleich da."

„Aber die Leute!", zischte ich mit knallrotem Gesicht und sah mich verstohlen um.

„Was ist mit denen?", fragte Caleb, als wüsste er nicht genau, was ich meinte. Ich hielt den Kopf absichtlich gesenkt. Einerseits, um nicht von meinen Mitschülern erkannt zu werden, andererseits, weil sein Mund direkt über meiner Stirn schwebte. Obwohl es mir so schlecht ging, wanderten meine Gedanken in eine gefährliche Richtung. Ich müsste nur den Kopf heben und den Hals etwas strecken und schon würden sich unsere Lippen berühren.

Gott, ich konnte nicht glauben, dass das gerade wirklich geschah! Meine Tasche, die ungünstig von meiner Schulter hing und auf dem Boden schleifte, nahm er mir ab und schulterte sie. Ich spürte, dass er mich ansah und auf eine Antwort wartete, doch ich ging nicht auf seine Neckerei ein und blickte stattdessen auf meinen Schoß.

Als wir an seinem Auto waren und Caleb mich abstellte, atmete ich erleichtert auf. Ich hatte den Kopf zwar die ganze Zeit gesenkt gehalten, die Blicke der anderen aber trotzdem auf mir gespürt. Ich konnte nur hoffen, dass die Gerüchteküche jetzt nicht wieder brodeln würde. Da uns sowieso alle für ein Pärchen hielten, dürfte es nicht ungewöhnlich sein, wenn mein *Freund* mich auf den Armen trug. Er lehnte mich wie ein Brett an sein Auto und hielt mich mit einer Hand an der Schulter fest, während er die Beifahrertür öffnete. So schwindelig war mir gar nicht mehr.

Wenn er mich noch länger anfasste, würde ich allerdings vor Entzückung ein weiteres Mal zusammenbrechen. Trotz meiner Erschöpfung spürte ich deutlich die Schmetterlinge im Bauch, die wild umherflatterten. Erst war ich von Caleb umarmt worden und jetzt trug er mich auf den Armen.

Das war zu viel für mein törichtes Herz. Vorsichtig verfrachtete Caleb mich auf den Beifahrersitz, dann schob er die Tasche zwischen meine Füße und richtete sich auf. Die Arme stützte er auf das Autodach und die Tür, wodurch er einen menschlichen Käfig über mir bildete. Seine Mundwinkel zuckten.

„Dein Gesicht ist rot wie eine Tomate. War es wirklich *so* peinlich, von mir getragen zu werden?“

„Natürlich war es peinlich. Wer will schon vor der ganzen Schule zusammenbrechen?“, fragte ich kraftlos. Jetzt lächelte er. Dämonisch.

„Eine Menge Mädchen würden dafür töten, um sich von mir tragen zu lassen. Du solltest das mehr schätzen.“

Ich rollte mit den Augen. „Den Spruch konntest du dir jetzt wohl nicht verkneifen, oder?!“

„Ich sag nur die Wahrheit“, meinte er schulterzuckend und warf die Tür zu. Er verstaute seinen Rucksack auf der Rückbank, dann stieg er auf der Fahrerseite ein.

„Und die Wahrheit ist …“, fügte er verspätet hinzu und beugte sich plötzlich viel zu dicht zu mir herüber, „dass ich noch nie in meinem Leben eine Frau getragen habe.“

Ich war wie erstarrt. Seine Lippen waren nur Zentimeter von meinen entfernt und seine Augen, seine wunderbaren, faszinierenden Karamellaugen, schienen mit einem Mal den ganzen Raum einzunehmen. Was sollte das werden? Warum war er mir plötzlich so nahe?

Dann machte es *Klick*, ein Geräusch, das mich zutiefst verwirrte und meine Aufmerksamkeit auf meinen Schoß lenkte. Caleb hatte nur meinen Gurt eingerastet. Er lehnte sich wieder zurück, und ich wandte den Kopf ab, wobei mir siedend heiß war. Oh. Mein. Gott! Hatte ich Caleb gerade wirklich angestarrt, als hätte ich erwartet, von ihm geküsst zu werden?

Vor Entsetzen konnte ich nur flach atmen. Was dachte er denn jetzt von mir? Oder hatte er es gar nicht gemerkt? Zu meinem Glück trug ich die Haare heute offen, sodass sie mein tomatenrotes Gesicht wie einen Vorhang verdeckten. Mit rasendem Puls holte ich mein Handy aus der Jackentasche und wählte Pipers Nummer.

Ich brauchte einen Grund, meinen Kopf noch etwas länger abzuwenden, damit mein Gesicht abkühlen konnte. Ohne das eben Geschehene zu kommentieren, fuhr Caleb los, und ich informierte Piper, dass sie nicht auf mich warten mussten. Ich erzählte ihr von meinem Schwächeanfall, aber nicht, dass ich quer über den Campus getragen worden war.

Ihre Verblüffung ließ trotzdem befürchten, dass meine Fahrt mit Caleb bei einem späteren Telefonat bis ins kleinste Detail ausgeschlachtet werden würde. Im Chor wünschten meine Mädels mir gute Besserung, dann legte ich auf und bat Caleb, bei der Apotheke anzuhalten.

Er tat es, war aber der Meinung, dass ich nicht selbst gehen und er die Besorgung für mich machen sollte. Als ich dagegen protestierte, verriegelte er einfach die Türen des Autos, was mich so fassungslos machte, dass meine Scham wegen vorhin einfach verpuffte.

„Das ist das erste und letzte Mal, dass du mich eingesperrt hast, Caleb Ferguson! Hast du mich verstanden?“, sagte ich, als er die Beifahrertür öffnete und mir die Tüte reichte. Ich hätte ihn gern angeschrien oder zumindest autoritär geklungen, doch dazu fehlte mir einfach die Kraft. Ich hörte mich vielmehr an, als würde ich ihn darum bitten.

Eigentlich war ich ihm ja für die Hilfe dankbar, aber dass er mich hier einfach einsperrte, ging gar nicht. Grinsend und meinen Protest gar nicht wahrnehmend schlug er die Tür zu und lief um das Auto herum. Machtlos wie ich gegen seinen Charme war, brauchte es nur *dieses* kurze Lächeln und meine Wut verdampfte. Das war wirklich nicht fair. Ich ließ Caleb immer viel zu viel durchgehen!

„Willst du Blair nicht anrufen?“, fragte er, nachdem er eingestiegen war. Auf mein Meckern ging er gar nicht erst ein. Mit der Tüte auf meinem

Schoß starrte ich ihn einen Moment lang an, unschlüssig, ob ich ihn wirklich damit durchkommen lassen sollte. Dann fragte ich:

„Wozu?“

Mit hochgezogenen Brauen startete er den Motor.

„Vielleicht … weil du zusammengebrochen bist?“

Ich tat seine Äußerung mit einer wegwerfenden Handbewegung ab. „Das war nur ein kleiner Schwächeanfall. Kein Grund, meinen Bruder unnötig zu beunruhigen.“

„Ist doch egal, was es war. Dir geht's nicht gut, Ary“, sagte er streng und warf mir einen flüchtigen Blick zu. Gott, er klang wie Blair!

„Ich denke, ich bin alt genug, um mich um mich selbst zu kümmern. Findest du nicht?“

„Sah auf dem Schulhof aber nicht so aus“, entgegnete er, woraufhin ich den Kopf schüttelte. Ich fand es ja rührend, dass er sich um mich sorgte, aber irgendwo war die Grenze. Ich war schließlich kein Kleinkind mehr, das nicht selbstständig Entscheidungen treffen konnte.

„Ich möchte *dich* mal sehen, wenn du einen Schwächeanfall hast. Außerdem ist ja nichts passiert.“

„Ja, weil *ich* da war.“

„Und ich habe die hier“, ignorierte ich seine Worte und hielt die Tüte hoch. „Einen Haufen Medikamente. Die werden mich schon wieder aufpäppeln.“

„Und was machst du in der Zwischenzeit?“

„Das, was alle Kranken machen: rumliegen, Tee trinken und Serien gucken.“

Er bog in meine Straße ein und parkte vor dem Grundstück.

„Du bist das ganze Wochenende allein. Das gefällt mir nicht.“ Er stellte den Motor ab und öffnete den Sicherheitsgurt. „Jemand sollte nach dir sehen, wenn Blair nicht da ist.“

Ich befreite mich ebenfalls vom Gurt und öffnete die Beifahrertür, um auszusteigen. Die Beine über den Boden baumeln lassend zögerte ich jedoch. Mit einem Mal kam mir der Abstand zum Straßenasphalt *enorm* vor, und ich fragte mich, ob meine Beine wieder stark genug waren, um mich zu tragen.

„Jetzt übertreib mal nicht. Ich liege sowieso nur den ganzen Tag rum. Und wenn was ist, rufe ich Piper an“, sagte ich, zögerte aber immer noch.

„Dann könnte es aber schon zu spät sein.“

Caleb kam um den Wagen herum, blieb vor mir stehen und streckte die Hand aus, um mir aus dem Auto zu helfen. Ich wusste nicht warum, aber seine Geste rührte etwas in mir.

Diese Selbstverständlichkeit, mit der Caleb mir half, zeigte nur wieder, was für ein erstaunlicher Junge er war. Er war frech und auf charmante Weise von sich selbst eingenommen, aber im Inneren war er durch und durch Gentleman. Davon gab es in seinem Alter wirklich nicht viele.

„Zu spät *wofür*?“, fragte ich und ergriff dankbar seine Hand. Eine Art elektrischer Schlag – von dem ich ganz sicher wusste, dass nur ich ihn spürte – jagte durch meinen Körper, und ich zuckte kaum merklich zusammen. *Ganz ruhig, Ariana. Es ist nicht das erste Mal, dass Caleb dich anfasst. Kein Grund, gleich einen Herzinfarkt zu kriegen*, ermahnte ich mich.

„Dir zu helfen. Was, wenn du noch mal einen Schwächeanfall erleidest? Wer hilft dir dann?", fragte Caleb. „Willst du nicht lieber zum Arzt gehen und dich checken lassen?"

„Auf keinen Fall. So schlecht geht's mir nicht."

Als Antwort schürzte er unzufrieden die Lippen.

„Wärst du *meine* Schwester …"

„Bin ich aber nicht", fiel ich ihm ins Wort. „Können wir jetzt reingehen?"

Alles andere als zufrieden mit meiner Entscheidung brachte er mich zum Haus, wobei ich wieder sicher auf den Beinen lief. Während Caleb mit der Hand auf meinem Rücken neben mir ging, kramte ich die Schlüssel aus meiner Tasche. Mein ganzer Körper fühlte sich leicht an, als würde ich jeden Moment abheben und davonschweben. Ich glaubte zwar nicht, dass ich noch einmal umfallen würde, sollte vorsichtshalber aber langsam etwas essen.

„Bevor ich es vergesse: Wie viel kriegst du für die Medikamente?", fragte ich und schloss die Tür auf. Es kam keine Antwort, deshalb drehte ich mich mit dem Schlüssel in der Hand zu Caleb um.

„Hast du das gerade ernsthaft gefragt?", wollte er mit einem strengen Blick wissen.

Oh Gott, jetzt fing *das* wieder an! Caleb konnte es auf den Tod nicht ausstehen, wenn man ihm Geld zurückgeben wollte. Ich glaube, das lag nicht mal daran, dass seine Eltern reich waren, sondern weil er einfach so war. Er sah es als persönliche Beleidigung an, wenn man ihm Spendiertes wieder zurückgab, was manchmal zu endlosen Diskussionen zwischen ihm und Blair führte. Bei uns war es noch nicht so oft vorgekommen, da Blair meistens für mich bezahlte, aber ich beglich meine Rechnungen *immer*.

„Jetzt sag schon. Was hast du bezahlt? Das sind schließlich *meine* Medikamente."

Ich ging ins Haus, und er folgte mir, als wäre es das Selbstverständlichste auf der Welt. War es wahrscheinlich auch – immerhin war Caleb der beste Freund meines Bruders und er war hier praktisch zu Hause.

Aber mein Bruder war nicht da, was Calebs Anwesenheit seltsam beklemmend machte. Ich hatte auf einmal das Gefühl, einen Fremden zu Hause zu haben – was natürlich lächerlich war, weil ich Caleb von klein auf kannte. Auffordernd starrte ich ihn an, doch Caleb dachte gar nicht daran, auf meine Frage zu antworten. Er starrte nur beleidigt zurück.

„Na gut, dann gucke ich eben nach", sagte ich und griff in die Tüte. Nach kurzem Herumwühlen bekam ich den Kassenbon zu fassen und wollte den Preis gerade ablesen, als Caleb mir das Papier einfach vor der Nase wegschnappte. Empört holte ich Luft, doch da hatte er schon einen Schritt zurück gemacht und zwinkerte mir frech zu.

„Zu langsam, Sweetie."

„Was soll der Blödsinn? Du kannst nicht von mir verlangen, dass ich dich meine Medikamente zahlen lasse!"

Als ich einen Schritt auf ihn zumachte, schob Caleb den Bon in seine hintere Hosentasche und machte ihn damit für mich unerreichbar. Das Lächeln, das Caleb mir schenkte, war auf so verlockende Weise herausfordernd, dass ich schlucken musste.

Mit blitzenden Augen stachelte er mich dazu an, mir den Bon zu holen. Und bei Gott, die Vorstellung, meine Arme um seine Mitte zu schlingen und in seine hintere Hosentasche zu greifen, war wirklich *sehr* verlockend. Doch das konnte ich natürlich nicht – beziehungsweise, ich war viel zu feige dafür.

„Schön, dann schätze ich eben“, sagte ich und zückte mein Portemonnaie.

„Ich werde es nicht nehmen“, ließ Caleb mich wissen und beobachtete, wie ich einen mickrigen Zehn-Dollar-Schein herauszog. Mehr gab meine Geldbörse nicht her, deshalb ging ich zur Haushaltskasse, um einen weiteren Schein zu entwenden.

„Und *wie* du das wirst!“

Als ich Augenblicke später mit zwei Scheinen zurückkam, stand Caleb noch an derselben Stelle, die Hände in den Hosentaschen vergraben, als wollte er verhindern, dass ich ihm die Scheine einfach zusteckte.

„Bitte schön, und wenn du es nicht nimmst, überweise ich es einfach auf dein Konto.“

„Ohne meine Bankdaten dürfte das schwierig werden“, sagte er nur und betrachtete gleichgültig meinen ausgestreckten Arm. Ich seufzte laut.

„Bitte, Caleb! Nimm es einfach. Ich hab heute

echt keine Kraft für diese Spielchen."

In seinem Blick flackerte etwas. Er gab sich geschlagen, nahm das Geld mit zusammengepressten Lippen an sich und steckte es weg. Als er sein Handy aus der Hosentasche zog und jemanden anrief, brachte ich die Tüte mit den Medikamenten in die Küche.

Dort holte ich die Packungen heraus und füllte ein Glas mit Wasser. Endlich konnte ich meine langersehnten Schmerztabletten und das Nasenspray nehmen. Ich schluckte gleich zwei Stück, trank reichlich Wasser nach und legte dann seufzend den Kopf in den Nacken.

Ich schloss die Augen und bildete mir ein, bereits erste Wirkung zu spüren. Allerdings hielt meine Erleichterung nur so lange an, bis ich meinen Namen hörte. Moment mal! Caleb telefonierte und benutzte meinen Namen? Obwohl es in meinem Zustand nicht ratsam war, stürmte ich aus der Küche und um die Ecke. Dort stand Caleb lässig an die Wand gelehnt und winkte mir frech zu. *Das hat er nicht getan!*

„Ja, sie ist einfach zusammengeklappt und war weiß wie eine Wand. Ich hab mich zu Tode erschrocken", sprach er ins Telefon. Ich konnte nicht glauben, was ich da hörte, und kam mit fassungsloser Miene näher. Caleb hatte meinen Bruder angerufen! Dieser gottverdammte Verräter hatte …! Wild gestikulierend versuchte ich, ihn zum Auflegen zu bewegen, doch Caleb beachtete mich gar nicht. Beziehungsweise er tat es schon, reagierte aber nicht.

„Habe ich ihr auch gesagt, aber sie wollte nicht hören. Klar, mach ich. Ich hatte das Wochenende sowieso nichts vor, außer meine Hausarbeit zu schreiben.“ Er lauschte auf Blairs Worte und fügte dann hinzu: „Ich bitte dich, das ist selbstverständlich.“

Ich kam mir total dämlich vor, wie ich regungslos da stand und ihn anstarrte, aber ich konnte ihm schlecht das Handy aus der Hand reißen. Ich war machtlos ihm gegenüber und das wusste er, dieser Arsch!

Wenn er ernsthaft glaubte, ich würde zulassen, dass er meinen Babysitter spielte, hatte er sich allerdings gewaltig geschnitten. Ich war 17 Jahre alt, und verdammt nochmal durchaus in der Lage, mich *selbstständig* auszukurieren. Was dachte Caleb denn, was ich hier alleine tat?! Ich musste mich wirklich zusammenreißen, seinem Gespräch besonnen zu folgen. Als er schließlich auflegte, platzte mir jedoch der Kragen.

„Ich zähle jetzt bis drei, dann verlässt du mein Haus. Bevor. Ich. Dich. Umbringe! Wie konntest du es wagen, gegen meinen Willen Blair anzurufen? Warum zum Teufel hast du das gemacht?“, fuhr ich ihn an. Gelassen steckte er das Handy weg und sah mich an.

„Aus demselben Grund, aus dem ich wollte, dass du deine Freundinnen anrufst: Weil ich mir Sorgen um dich mache und finde, die Menschen, die dir nahe stehen, sollten wissen, wenn es dir schlecht geht.“

Das nahm mir völlig den Wind aus den Segeln. Ich konnte Caleb nur sprachlos anstarren.

„Und jetzt solltest du dich auf die Couch legen. Nichts für ungut, aber du siehst beschissen aus. Und je mehr du dich aufregst, desto schlechter wird es dir gehen. Ich koch dir erst mal eine Suppe – die hilft bei Erkältungen immer – dann muss ich kurz nach Hause, meinen Laptop und meine Sachen holen."

„Sachen? Wofür brauchst du denn Sachen?", fragte ich, von dunkler Vorahnung gepackt.

Als seine Mundwinkel zuckten, riss ich die Augen auf und lachte ungläubig.

„Mo… ment mal. Du willst doch nicht etwa hier schlafen?"

Mein Herz schien auszusetzen.

„Einer muss auf dich aufpassen. Ich hab Blair versprochen, hierzubleiben. Und jetzt mach nicht so ein Gesicht, als hätte ich vorgeschlagen, nackt in deinem Bett zu schlafen. Es ist ja nicht das erste Mal, dass ich Doktor für dich spiele."

Seine Worte trieben die Schamesröte in mein Gesicht, dabei klangen sie perverser, als sie wahrscheinlich gemeint waren. Was Caleb damit hatte sagen wollen, war, dass er schon einmal während einer Krankheit auf mich aufgepasst hatte.

Allerdings war ich da sehr viel jünger gewesen. Ein plötzliches Stechen in meiner Schläfe erinnerte mich daran, dass ich nicht so lange stehen sollte. Ich zog scharf die Luft ein und presste die Fingerspitzen gegen meine Schläfen.

„Siehst du. Das kommt davon, wenn man stundenlang diskutiert, obwohl ein Blinder sieht, dass es dir nicht gutgeht. Jetzt ab auf die Couch mit dir."

Er wartete nicht ab, ob ich mich in Bewegung setzte, sondern hob mich kurzerhand auf seine Arme und trug mich die wenigen Meter zum Sofa. Sanft legte Caleb mich dort ab, dann nahm er die zusammengefaltete Tagesdecke und breitete sie über mir aus. Ich musste noch von der Neuigkeit – das Caleb hier schlafen würde – unter Schock stehen, denn ich leistete keinerlei Gegenwehr.

„Also, Sweetie", sagte er und klatschte tatenfreudig in die Hände. „Da ich für die nächsten Tage dein persönlicher Krankenpfleger sein werde: Was kann ich für dich tun?"

Wie versprochen kochte Caleb mir eine Suppe – oder besser gesagt: Er schüttete die Fertigmischung in einen mit Wasser gefüllten Topf und machte den Herd an. Fertigsuppe hin oder her, sie schmeckte köstlich und vertrieb das trockene Gefühl in meinem Hals.

Ob mir die Brühe wirklich so gut schmeckte, weil Caleb sie gemacht, oder ich heute noch nichts Anständiges gegessen hatte, war einmal dahingestellt, jedenfalls löffelte ich sie gierig in mich hinein und aß zwei Scheiben Weißbrot dazu. Caleb beobachtete mich amüsiert, als wäre es in irgendeiner Weise interessant, mir beim Essen zuzusehen. Normalerweise mochte ich es gar nicht, von Jungs dabei beobachtet zu werden – fragt mich nicht warum – aber der Hunger war heute einfach größer und unterdrückte das Schamgefühl. Kaum war ich fertig, brachte Caleb meine Schüssel in die Küche, als wäre er mein hauseigener Sklave.

„Du musst das nicht tun", sagte ich peinlich berührt. „Ich kann mein Geschirr auch selbst wegräumen."

„Nix da. Ich hab Blair versprochen, dich gesund zu pflegen, und dazu gehört auch, dass du dich schonst. Wie dein Zusammenbruch sehr eindrucksvoll bewiesen hat, bekommt es dir nicht, lange zu stehen. Außerdem siehst du total niedlich aus, wenn du so hilflos bist. Wie eine *Barbie-Puppe*."

Ich verzog das Gesicht und drehte meinen Oberkörper in Richtung Küche, wo er gerade den Teller in die Spülmaschine stellte.

„Ich sehe ganz sicher *nicht* wie eine *Barbie-Puppe* aus! Was ist das überhaupt für ein bescheuerter Vergleich?"

Er lachte und nahm eine Dose Cola aus dem Kühlschrank, die er mit einem *Ping* öffnete und deren Inhalt er sich großzügig einflößte.

Ich hatte noch nie verstanden, warum Männer kohlensäureversetzte Getränke exen konnten und Frauen nicht. Ich kannte wirklich kein einziges Mädchen, das sich nicht spätestens nach dem dritten Schluck an die Kehle fasste, weil es nämlich einfach nur brannte. Aber Caleb trank die Cola wie Wasser. Unfassbar!

„Keine Ahnung, du erinnerst mich eben an eine Puppe“, sagte er, nachdem er die Dose abgesetzt hatte.

„Stimmt, die Puppe, die du nie hattest“, erinnerte ich mich an seine Worte beim Footballspiel. Ich wandte den Oberkörper wieder ab und schaute zum Fernseher.

„Aber du bist ein Super-Ersatz. Mit dir macht es mindestens genauso viel Spaß zu spielen“, sagte er und kam ins Wohnzimmer. Ich war froh, dass mein Kopf bereits abgewandt war, denn bei seinen Worten schoss mir schon wieder die Schamesröte ins Gesicht. Mit mir *spielen*? Warum klang heute alles aus seinem Mund so anzüglich? Oder hatte ich einfach zu perverse Gedanken?

„Ich fahre jetzt nach Hause und hole meine Sachen. Kann ich dich kurz allein lassen, ohne dass du dich mit deiner Decke stranguIierst?“, fragte er und trat in mein Sichtfeld.

„Ha ha!“, machte ich nur und schaltete auf meine Reality-Sendung um, die Decke bis über den Hals gezogen, sodass nur noch mein Kopf rausguckte. Eine gute Sache hatte das Kranksein: Man konnte den ganzen Tag tatenlos rumliegen, ohne dafür als faul abgestempelt zu werden.

„Okay, bis gleich“, sagte Caleb schmunzelnd, nahm meine Schlüssel von der Kommode und verließ das Haus. Ich musste eingeschlafen sein, denn als ich die Augen öffnete, vernahm ich das klappernde Geräusch einer Tastatur von irgendwo hinter mir. Ich setzte mich auf, strich die Haare nach hinten und drehte den Oberkörper zur

Geräuschquelle. Caleb saß am Küchentisch und tippte auf seinem Laptop herum. Er war so aufs Schreiben konzentriert, dass er gar nicht merkte, dass ich wach war und ihn beobachtete.

Er hatte bequeme Sachen angezogen, trug jetzt ein kurzärmeliges Shirt und eine dunkle Jogginghose. Bei dem Gedanken, dass er hier schlafen würde, kribbelte es wieder in meinem Bauch. Sicher, er würde nicht mit mir in einem Bett liegen, aber so nahe war ich einem schlafenden Caleb noch nie gewesen. Vielleicht lief er mir ja morgen früh *zufällig* nur mit einem Handtuch bekleidet über den Weg oder ich schlich nachts in sein Zimmer und stalkte ihn beim Schlafen.

„Willst du irgendwas loswerden? Oder warum starrst du mich an?", fragte Caleb plötzlich und drehte den Kopf zu mir. Mein erster Gedanke war, mich blitzschnell abzuwenden, doch damit hätte ich mich wie ein verknallter, kindischer Teenager benommen, der auf frischer Tat ertappt wurde. Ein Glück, dass ich die Meisterin im Überspielen war.

„Kommst du gut mit deiner Hausarbeit voran?", fragte ich, um den Fokus von mir abzulenken. Ich verschränkte die Arme auf der Sofalehne und bettete den Kopf darauf. Meine Taktik funktionierte, er schaute wieder auf seinen Laptop.

„Geht so", antwortete er. „Es würde schneller gehen, wenn diese *Plastikpuppen* da drüben nicht so einen Stuss reden würden."

Plastikpuppen? Als er zum Fernseher deutete, blickte ich über die Schulter und sah, dass meine Reality-Show noch lief. Ah, der berühmte

Kardashian-Clan und seine High-Society-Probleme. Ich wusste gar nicht, was er hatte, die Sendung war spitze.

„Ach ja?“, fragte ich und schaute wieder zu Caleb. „Ich dachte, du magst Puppen?“

Zu spät fiel mir auf, dass man meine Worte auch *anders* verstehen konnte, doch da hatte Caleb mir längst einen ungläubig amüsierten Blick zugeworfen.

„Guck nicht so, ich meinte natürlich nicht *solche* Puppen!“, stellte ich klar. „Sondern … normale, du weißt schon, für Kinder.“

„Lass es einfach“, sagte er lachend und konzentrierte sich wieder auf seinen Bildschirm. Grinsend wandte ich ihm wieder den Rücken zu und schaltete das Programm um.

„Versprich mir nur, dass du niemals zu so einem wandelnden Silikonkissen wirst“, bat er, ohne mich anzusehen.

„Ich weiß nicht. Größere Brüste kann man immer gebrauchen. Außerdem, welcher Mann steht nicht auf dicke Dinger?“, scherzte ich und legte mich wieder hin.

„Ich und eine Menge andere da draußen auch, das kann ich dir versichern.“

Nach einer Weile schlief ich wieder ein, und als ich das nächste Mal erwachte, war Caleb im Bad. Kaum hatte ich mich aufgerichtet, rief Blair an und erkundigte sich nach meinem Wohlbefinden. Ich sagte ihm, dass alles in Ordnung sei und dass Caleb fleißig an seiner Hausarbeit schrieb, dann erzählte er von seinem Training und wie sehr er sich auf das morgige Spiel freute. Wir einigten uns darauf, Mom und Dad meinen kleinen *Zwischenfall* zu verschweigen. So weit weg wie sie waren, konnten sie sowieso nichts für mich tun, und ich wollte nicht, dass sie sich unnötig Gedanken machten.

Je weiter der Abend voranschritt, desto mehr verschlimmerte sich mein Schnupfen, und ich musste gefühlte alle fünf Minuten nach einem Taschentuch greifen. Nicht nur einmal appellierte ich an Caleb, mich Bazillenkutsche besser allein zu lassen, damit er sich nicht ansteckte.

Doch er versicherte mir, was für ein starkes Immunsystem er doch hätte und dass ich mir um ihn keine Sorgen machen müsste. Schon gemein, wie heuchlerisch das Schicksal war. Da hatte ich mir so viele Jahre gewünscht, einmal in meinem Leben mit Caleb allein zu sein, und jetzt, da ich es war, war ich ein einziger Pflegefall!

Nur die Tatsache, dass Caleb sich so gut um mich kümmerte, tröstete mich. Alle halbe Stunde löste er sich von seinem Laptop und fragte mich, ob ich etwas haben wollte. Er machte mir Tee, schnitt einen Apfel für mich klein, schob Pizza für uns in den Ofen und schaute sich am Abend sogar einen Film mit mir an.

Da wir beide gern Actionfilme schauten, war ein gemeinsamer Nenner schnell gefunden: „*Stirb langsam*“. Ein Klassiker. Den konnte man immer schauen. Wir amüsierten uns so gut, dass wir den zweiten und damit meinen persönlichen Lieblingsteil gleich hinterher schoben, womit sich der anfängliche Horrortag zu einem Filmeabend entwickelt hatte. Ich musste sagen, das war der *beste* schlimmste Tag meines Lebens.

Während Caleb mit der Zeit immer häufiger hinter vorgehaltener Hand gähnte, war ich putzmunter. Nicht überraschend, ich hatte ja fast den ganzen Nachmittag gepennt. Normalerweise hätte ich mich jetzt darüber geärgert, denn in der Nacht hellwach zu sein, brachte den ganzen Schlafrhythmus durcheinander.

Als ich irgendwann rein zufällig zu Caleb schaute und ihn schlafen sah, war ich jedoch froh. Wie niedlich! Ich hatte Caleb noch nie schlafen gesehen. Halb liegend saß er im Sessel, den Kopf hatte er auf den rechten Arm gestützt und der ruhte auf der Sessellehne. Am liebsten hätte ich meinen Zeichenblock gezückt und ihn gezeichnet. Wann würde ich schon jemals wieder die Chance bekommen, ihn schlafen zu sehen?

Begleitet von Calebs gleichmäßigen Atemzügen schaute ich den Film zu Ende, dann schaltete ich den Fernseher und die Playstation aus und hievte mich vom Sofa. Ich hatte mich seit Stunden nicht bewegt, deswegen wunderte ich mich auch nicht, als sich in meinem Kopf wieder alles drehte.

Geduldig wartete ich den Schwindelanfall ab, ging dann ins Bad und hielt mich dabei an allen Möbelstücken fest, die mir auf meinem Weg begegneten. Oh Mann! Ich fühlte mich wie eine Oma, die ohne Rollator laufen musste! Meine Schritte waren ein einziges Gewackel, begleitet von der Befürchtung, jeden Moment zusammenzubrechen. Das wäre allerdings nicht sehr optimal.

Dann müsste ich nämlich Caleb wecken und ihn bitten, mich aufs Klo zu bringen. Soweit kam es noch!

Wieder betrachtete ich mich im Spiegel und fand, dass der Mittagsschlaf mich nicht wirklich lebendiger gemacht hatte. Klar, *so* schnell würde ich nicht genesen – wahrscheinlich brauchte ich eine Woche dafür – aber ich hatte auf etwas mehr Farbe im Gesicht gehofft. Oder wenigstens weniger dunkle Schatten unter den Augen.

Immerhin lag *Caleb* in meinem Wohnzimmer, perfekt in jeder Hinsicht. Und ich? Ich sah aus, als wollte ich mich als Statistin für *The Walking Dead* bewerben! Als ich aus dem Bad kam, schlief Caleb immer noch. Leise nahm ich mein Handy und die Wasserflasche an mich und schlich die Treppe hoch. Das war anstrengender als erwartet. Oben angekommen musste ich erst verschnaufen, bevor ich in mein Zimmer gehen und meine Sachen ablegen konnte.

Das hielt mich jedoch nicht davon ab, danach Blairs Bett für Caleb herzurichten. Er hatte sich heute so gut um mich gekümmert, dass er sich eine weiche, bequeme Liegestatt verdient hatte. Blair hätte bestimmt nichts dagegen.

Es gelang mir, das Bett zu beziehen, ohne von neuem Schwindel überwältigt zu werden, allerdings brauchte ich dreimal so lange dafür, weil ich mich sehr behutsam bewegte. Wenn ich keine hektischen Bewegungen machte, hielten sich die Kopfschmerzen und Gleichgewichtsstörungen durchaus in Grenzen. Schließlich ging ich ins

Erdgeschoss zurück und rüttelte sanft an Calebs Schulter.

„Hm? Alles okay mit dir?“, murmelte er und öffnete blinzelnd die Augen.

„Mir geht’s gut. Ich dachte nur, du willst vielleicht in Blairs Bett schlafen. Da ist es bequemer als hier. Komm, ich hab’s für dich gemacht.“

Stöhnend stand er auf. „Du sollst dich doch nicht so viel bewegen!“

„Ich war vorsichtig“, versicherte ich ihm und ging voraus. Etwas unsicher auf den Beinen folgte Caleb mir die Treppe hinauf. Jetzt sollte *ich* wohl besser aufpassen, dass er nicht zusammenbrach – er bewegte sich wie ein Schlafwandler. Schließlich standen wir vor Blairs Zimmer.

„Das wäre echt nicht nötig gewesen“, sagte er und fuhr sich müde durchs Haar. „Ich hätte auch im Wohnzimmer schlafen können.“

Er bemühte sich um einen klaren Blick und blinzelte immer wieder, doch so schlaftrunken wie Caleb war, wollte ihm das nicht gelingen. Schmunzelnd betrachtete ich seine Frisur, die sich im Laufe des Abends gelockert hatte und einfach nur wild aussah. Am liebsten hätte ich mich auf die Zehenspitzen gestellt und seine Haare mit den Fingern gekämmt.

„Ach, das hat mich nur zwei Minuten gekostet“, log ich mit einer wegwerfenden Handbewegung.

„Jetzt geh lieber schlafen, bevor *du* mir noch umkippst.“

Ich schob ihn in Blairs Zimmer. Die Tatsache, dass ich Caleb so einfach bewegen konnte, zeigte mir, wie müde er war. Wenn wir sonst miteinander rangelten, war er immer so stabil wie ein Fels in der Brandung. Er schmunzelte, ganz schwach nur, dann murmelte er *Gute Nacht* und ging ins Bett.

Der nächste Tag verlief nicht viel anders als der vorige. Ich lungerte auf dem Sofa herum, Caleb fütterte mich mit Suppen und Tee und arbeitete an seiner Hausarbeit. Wir verließen nur einmal das Haus und das war, als ich es in meinen vier Wänden nicht mehr aushielt und ihn bat, mit mir zum Bäcker zu gehen.

Meine Nase war zwar so zugekleistert, dass ich kaum etwas schmeckte, doch allein das *Wissen*, dass die Muffins köstlich waren, ließ sie mich in vollen Zügen genießen. Caleb kaufte sich ebenfalls Muffins, nahm im Gegensatz zu mir aber gleich vier Stück, die er auch sofort hintereinander verschlang.

Zurück im trauten Heim hielt ich einen kurzen Mittagsschlaf und Caleb schaute *„Stirb langsam 2“* zu Ende. Zum Mittag ließ Caleb etwas vom Chinesen kommen und bestand darauf, mich einzuladen.

Jetzt, drei Stunden später, saßen wir beide auf der Couch, wobei ich eine Tierdokumentation schaute und Caleb ein Live-Basketballspiel auf seinem Laptop verfolgte, das man nur übers Internet streamen konnte. Mehrmals wanderte mein Blick dabei verstohlen zu Caleb – ich konnte es einfach nicht lassen, ich musste sein perfektes Gesicht betrachten – aber so konzentriert wie er auf das Basketballspiel war, glaubte ich nicht, dass er es diesmal mitbekam.

Irgendwann klappte Caleb den Laptop zu, setzte die Kopfhörer ab und streckte sich ausgiebig. Dabei rutschte sein Shirt hoch und offenbarte einen Streifen nackter Haut. Ein kurzer Blick auf seine definierten Leisten und mein Puls schoss sofort in die Höhe.

Da ich gerade einen Joghurt aß, verschluckte ich mich natürlich prompt daran, was Caleb dazu veranlasste, innezuhalten und mich anzuschauen. Er machte Anstalten, sich zu mir herüber zu beugen – vermutlich, um mir auf den Rücken zu klopfen – doch ich winkte hustend ab.

„Bei dir muss man echt aufpassen, dass du nicht an deiner eigenen Spucke erstickst, oder?“, zog er mich auf und lehnte sich mit hinter dem Kopf verschränkten Armen wieder zurück. Ich brauchte einen Moment, ehe ich antworten konnte.

„Sehr witzig! Ich hab mich nur verschluckt. Das passiert jedem mal.“

Dennoch stellte ich den Joghurt vorsichtshalber ab. Vielleicht sollte ich das Essen in Calebs unmittelbarer Nähe in Zukunft sein lassen. Reduzierte die Erstickungsgefahr.

„Trotzdem, du bist ein ziemlicher Tollpatsch.“

„*Was?* Stimmt doch gar nicht! Ich bin sonst nie tollpatschig. Ich kann tollpatschige Menschen nicht mal leiden“, empörte ich mich.

„Ach, echt? Muss ich dich daran erinnern, dass du beim letzten Footballspiel fast von der Menge zertrampelt wurdest? Oder als Blair dir an deinem

16. Geburtstag das erste Mal erlaubt hat, Alkohol zu trinken und du mir fünf Minuten später Bier über mein Lieblingshirt geschüttet hast?"
Ich glaube, er hätte noch weiter gemacht, doch dann fiel ihm etwas auf.

„Moment mal, was meinst du mit *sonst*?"
Ich erstarrte innerlich und hätte mir am liebsten auf die Zunge gebissen. *„Sonst" bedeutet, dass mich deine permanente Anwesenheit völlig aus der Bahn wirft und mich unweigerlich in ein unbeholfenes Küken verwandelt. Als machte mein Unterbewusstsein das absichtlich, damit du mir jedes Mal helfen musst, wenn ich in Not bin.* Aber das konnte ich unmöglich laut sagen. Ich würde vor Scham im Boden versinken.

„Na, dass ich nur tollpatschig bin, wenn ich krank bin", behauptete ich. Darauf erwiderte er nichts, und wir schauten eine Weile meine Tier-Doku namens *„Wildes Afrika"*. Caleb schien es interessant zu finden – anders als Blair, der Tierdokus zum Einschlafen fand.

Zumindest fieberte er mit den armen Beutetieren mit, die gejagt und aufgefressen wurden. Dann legte sich der Fokus auf ein Löwenrudel und deren Paarungsverhalten, und ich musste unwillkürlich an Calebs Abstinenz denken, die er seit Neuestem einhielt. Keine Ahnung, was mich in diesem Moment ritt, die folgenden Worte verließen einfach meinen Mund.

„Was hat es eigentlich mit deinem *Frauenentzug* auf sich? Ich gehe mal davon aus, dass du nicht wirklich eine Geschlechtskrankheit hast."
Caleb antwortete nicht, deshalb blickte ich ihn mit

einer hochgezogenen Braue an, was so viel wie *Was ist?* bedeutete. Auf meine stumme Frage hin schaute er erst zum Fernseher und dann zu mir.

„Du ziehst dir eine Sendung über ein bumsendes Löwenrudel rein und *das* fällt dir dabei ein? Ernsthaft?!"

Ich musste lachen. „Ja, aber nur, weil du gerade neben mir sitzt."

Jetzt zog er die Brauen hoch, ein deutliches Zeichen, dass er mir nicht glaubte.

„Also, was ist der Grund?", hakte ich nach. Da die Katze aus dem Sack war, brauchte ich meine Neugierde auch nicht mehr verstecken. Und es interessierte mich wirklich brennend. Caleb sah mich an, die Arme immer noch hinter dem Kopf verschränkt, und zuckte die Schultern.

„Ach, komm", sagte ich und warf ihm mit gesenktem Kopf einen Blick zu. „Dafür muss es doch einen Grund geben. Kein Junge verzichtet in seinen Blütejahren auf weibliche Gesellschaft. Es sei denn natürlich, deine Vorlieben sind äh … *anderer* Natur."

Er grunzte. „Warum willst du das überhaupt wissen?"

„Vielleicht, weil mir langweilig ist und ich nichts anderes zu tun habe?", schlug ich vor. Das schien für ihn einleuchtend zu klingen. Er nahm die Arme runter, drehte sich zu mir und massierte seine Nasenwurzel, bevor er antwortete.

„Ich denke, dass ich nicht schwul bin, dürftest du in den letzten Jahren mitbekommen haben. Und ich bin auch weniger auf Frauen- als auf Beziehungsentzug."

„Weshalb?", fragte ich.

„Weil ich keine Lust mehr habe, mich auf was Ernstes einzulassen, wenn ich weiß, dass am Ende sowieso nichts draus wird. Mit meinen 21 Jahren hatte ich schon mehr Beziehungen, als ich zählen kann. Und was hat mir das Ganze gebracht?

Völlig bedeutungslose Streitereien, die uns meistens schon nach drei Monaten wieder auseinandergebracht haben. Das ging mir mit der Zeit auf den Sack, also habe ich mich dazu entschieden, nichts Ernstes mehr einzugehen – womit Monica zum Beispiel ein großes Problem hatte, wie du ja weißt."

Ich schnaubte zustimmend. Und wie ich das wusste!

„Ich brauch das nicht. Ich muss keine Freundin haben, um mich dazugehörig oder *vollständig* zu fühlen. Ich bin vorerst mit Beziehungen fertig."

„Wow", sagte ich. Das war das Tiefgründigste, worüber ich mich jemals mit Caleb unterhalten hatte.

„Warum *wow*?", fragte er.

„Keine Ahnung, das hatte ich nicht erwartet. Heißt das, du bist jetzt ein Bad Boy, der nur noch Mädchen abschleppt?"

„Also, als *Bad Boy* würde ich mich jetzt nicht bezeichnen …"

„Aber ein Softie bist du auch nicht mehr", sagte ich. Er lachte. Laut und fassungslos.

„Wann war ich bitte jemals ein Softie?"

Ich musste wegen seiner Reaktion grinsen und hob

die Schultern. „Naja, soweit ich gesehen habe, behandelst du Frauen respektvoll und du bist auch nicht krankhaft eifersüchtig oder ein Schlägertyp.“

„Und das macht mich in deinen Augen zu einem Softie? Was weißt *du* überhaupt davon?“

„Ich bin eine Frau“, antwortete ich, als wäre damit alles gesagt.

Er lachte hämisch. „Du meinst wohl eher eine Puppe.“

„Hörst du mal mit diesem Puppen-Quatsch auf?“, fragte ich in gespielter Beleidigung. „In zwei Monaten bin ich achtzehn, also *volljährig*! Da darf ich mich durchaus als Frau bezeichnen.“

„Wenn du meinst ...“

Pikiert kniete ich mich aufs Sofa und zeigte mit dem Finger auf ihn.

„Jetzt hör mir mal zu, Mr. *Überflieger*! Du bist vielleicht der heißeste Kerl der Uni und bei allen schrecklich beliebt, aber wenn du nicht langsam aufhörst, mich als Kind zu bezeichnen …“

„Ich hab nie gesagt, dass du ein Kind bist“, fiel er mir ins Wort.

„Mich als Puppe zu bezeichnen, kommt dem aber schon sehr nahe!“

„Bist du fertig?“, fragte er und sah aus, als müsste er sich ein Lachen verkneifen.

„Fürs Erste!“, fauchte ich. Sein hinreißendes Lächeln hatte mich nämlich vergessen lassen, was ich hatte sagen wollen. Mehr über mich selbst verärgert fiel ich mit verschränkten Armen zurück auf meinen Hintern. Menschen, die dazu fähig waren, anderer Leute Verstand mit einem Lächeln leer zu fegen, waren gefährlich. *Sehr* gefährlich. Aber eigentlich war ich nur verletzt, weil Caleb mich niemals als potenzielle Partnerin sehen würde, sondern immer nur als Blairs *kleine* Schwester. Ich war so in Gedanken, dass ich gar nicht merkte, wie er mich beobachtete. Erst als er sich belustigt räusperte.

„Du weißt schon, dass ich dich nur aufgezogen habe, oder?"

Verständnislos sah ich ihn an.

„Wie bitte?"

„Ich weiß, dass du eine Frau bist, Ary. Für mich bist du schon lange kein kleines Mädchen mehr. Aber gut zu wissen, dass du mich *heiß* findest."

Ich öffnete den Mund, um etwas zu sagen, irgendetwas Gescheites, doch mir fiel nichts Schlagfertiges ein. Schön, dass er mich nicht mehr als Kind betrachtete, aber hatte ich ihm gerade wirklich eröffnet, dass ich auf ihn stand? Scheinbar war mir mein Entsetzen anzusehen, denn taktvoll wie er war, wandte er sich schmunzelnd dem Fernseher zu und überließ mich meinen erschütterten Gedanken.

Ich musste mich mit irgendetwas ablenken und griff beinahe panisch nach meinem Handy, mit dem ich dann mein Facebook-Profil durchforstete. Leider schafften es die endlosen Sprüche und Bilder auf meiner Timeline nicht, mein Entsetzen zu mindern.

Die Worte *das hast du nicht gesagt*, liefen wie ein Mantra in meinem Kopf ab. Da hatte ich immer so penibel darauf geachtet, mein Interesse für Caleb geheim zu halten und dann verriet ich es mit einem einzigen Satz. Einfach so! Nach einer Weile sah er mich wieder an, doch ich hielt den Blick starr auf mein Handy gerichtet, als wäre ich schwer beschäftigt. Dass er nicht wieder wegschaute, machte mich mit der Zeit nervös. Ich sah doch genau, dass sein Kopf zu mir gedreht war. Warum sah er mich an? Worüber dachte er nach?

„Was ist mit dir?", fragte er irgendwann.

„Was soll mit mir sein?", fragte ich und blickte in gespieltem Desinteresse auf. Mann, ich war so gut, ich sollte einen Oscar dafür bekommen!

„Na, ich gehe mal stark davon aus, dass du auch nicht vom anderen Ufer bist. Allerdings habe ich dich noch nie mit einem Jungen gesehen. Hast du keinen Freund?"

Die Frage ließ mich erstarren. Ich war echt gut darin, anderen in Beziehungsdingen beizustehen und ich konnte auch ungezwungen darüber reden … solange es dabei nicht um mich ging.

Stand ich hingegen im Fokus, war ich immer ganz klein mit Hut. Ich mochte es einfach nicht, über mein nicht vorhandenes Liebesleben zu sprechen. Auch wenn ich immer etwas anderes behauptete, war es mir in Wirklichkeit peinlich, noch nie einen Freund gehabt zu haben.

Herrgott, ich hatte noch nicht mal einen Jungen geküsst! Das eine Mal an meinem 16. Geburtstag, als Pipers betrunkener Kumpel Glen mir die Zunge in den Hals geschoben hatte, zählte nicht. Das war kein Küssen, sondern Sabbern gewesen. Also nein, ich war noch nie richtig geküsst worden.

Offenbar war ich zu hässlich oder zu kompliziert, um sich mit mir abzugeben. Oder welchen Grund sollte es sonst haben, dass mich noch nie ein Junge zum Date eingeladen hatte? Hazel bekam ständig Einladungen – sie wurde damit erschlagen.

Sogar für eine Streberin und Insektenliebhaberin wie Myra gab es Interessenten. Nur für mich nicht. Und dass Blair der Grund dafür war, war nur eine verzweifelte Ausrede, mein Selbstwertgefühl nicht noch tiefer sinken zu lassen. Ich war eben eine Selbstwert-Überlebenskünstlerin, deshalb hielt mich auch nichts davon ab, Blair als Schuldigen darzustellen – so wie ich es immer tat.

„Nein, habe ich nicht. Dafür kannst du dich bei meinem Bruder bedanken. Er ist ein Meister darin, mir potenzielle Partner schlechtzumachen!"

Caleb lachte, und zuerst dachte ich, er täte es, weil er mir kein Wort glaubte. Dann sagte er jedoch: „Sorry, aber die meisten waren ja auch totale Lappen."

Meine Stirn bekam tiefe Falten. „Woher willst *du* das denn wissen?"

„Was glaubst du, wer ihm dabei hilft, dir diese Vollidioten auszureden?", fragte er zurück. Fassungslos senkte ich das Handy auf meinen Schoß und schüttelte den Kopf.

„Dann steckst du also mit Blair unter einer Decke? Habt ihr sie noch alle? Ihr könnt mir doch nicht in meine Beziehungen pfuschen!"

Besser gesagt, in meine nicht vorhandenen Beziehungen. Zu meiner Schande klang ich aber nicht annähernd so empört, wie ich sollte. Es schmeichelte mir sogar, dass Caleb der Meinung war, ich verdiente etwas Besseres als das, was in meiner Schule herumlief.

„Ehrlich, Ary, damit tun wir dir einen Gefallen", war alles, was er dazu sagte.

„Ach ja? Und was qualifiziert dich, zu entscheiden, was gut für mich ist und was nicht? Wer käme denn *deiner* Meinung nach infrage?"

„Erstens: Ich war auch mal siebzehn. Ich weiß, was in den Köpfen dieser hormonverirrten Bengel vor sich geht. Zweitens: Ein hübsches, intelligentes Mädchen wie du sollte sich für was Besseres aufheben als für einen High School-Schüler, der überhaupt nicht weiß, wie man mit Frauen umgeht. Willst du wirklich von einem Nerd entjungfert werden, der Videospiele zockt?"

Abgesehen davon, dass es mir einen Moment lang die Sprache verschlug, weil ich mich mit Caleb gerade ernsthaft über meine Jungfräulichkeit unterhielt – über die er ja scheinbar bestens Bescheid wusste – wanderten meine Brauen bei seiner Frage weit nach oben. Sie kitzelten fast meinen Haaransatz.

„Du spielst auch Videospiele, wenn ich dich daran erinnern darf."

„Ja, aber ich hab Erfahrung, Sweetie", sagte er und zwinkerte mir zu. Mein Herz blieb stehen. Nein, wirklich, es setzte einfach aus. Okay, wahrscheinlich nicht und es fühlte sich nur so an, weil ich mir nämlich sicher war, dass Caleb gerade mit mir flirtete.

„Ja … schön … Themenwechsel! Ich will von dir bestimmt keine Tipps in Sachen Sexualkunde!", sagte ich mit feurigen Wangen. Sein Grinsen nahm teuflische Züge an.

„Du bist so rot, Sweetie. Ich glaube, du *lügst.*"

Ich tat das Klügste, das ich in dieser Situation machen konnte: Ich schwieg und konzentrierte mich wieder auf den Fernseher. Darauf einzugehen, bedeutete, Caleb nur noch mehr Zündstoff zu liefern.

Und flirten war sein Fachgebiet, hier konnte ich nur verlieren. Ich hatte keinerlei Erfahrung im Schäkern. Caleb wusste es und ich wusste es. Nicht notwendig, meine Unerfahrenheit auch noch zur Schau zu stellen.

Als die Dokumentation endete, reichte ich die Fernbedienung an Caleb weiter und er schaltete auf einen Sportsender um. Ich schaute noch ein paar Minuten mit, dann zog ich mich in mein Zimmer zurück. Heute Mittag hatte ich absichtlich nicht lange geschlafen, um meinen Rhythmus wiederherzustellen.

Dementsprechend erschöpft war ich, als ich die Treppen hochging. Es dauerte allerdings noch eine ganze Weile, bis mir die Augen zufielen. Meine Gedanken und vor allem die Gesprächsfetzen, die durch meinen Kopf schwirrten, hielten mich noch lange wach. *Ein hübsches, intelligentes Mädchen wie du. Ich weiß, dass du eine Frau bist. Für mich bist du schon lange kein kleines Mädchen mehr.* Am liebsten hätte ich mir die Zitate eingerahmt und an die Wand gehängt. Als Motivationssprüche, sollte ich wieder mal an meinem Aussehen zweifeln.

Kurz bevor mir die Augen zufielen, zog es mich auf die Toilette, und ich schleppte mich aus dem Zimmer. Wenn ich mich nicht viel bewegte oder lag, war der Druck in meinem Kopf durchaus auszuhalten, sobald ich auf den Beinen stand, spürte ich meinen angeschlagenen Zustand allerdings am ganzen Körper. Das war echt ätzend. Selbst der Gang zur Toilette verlangte mir einiges ab. Aber ich musste mich gelegentlich bewegen, das Nichtstun machte mich ganz verrückt.

Ich öffnete meine Tür und sah Licht aus Blairs Zimmer in den Flur scheinen. Ich hatte Caleb schon vor einer Weile die Treppen hochkommen gehört, hatte aber geglaubt, dass er bereits schlief. Seine Tür stand einen Spalt offen, deshalb konnte ich hören, dass er telefonierte. Ich wollte einfach ins Bad gehen und danach wieder in mein Bett kriechen, doch seine Stimme implizierte Ärger und ehe ich mich daran hindern konnte, war ich auch schon näher an seine Tür geschlichen und belauschte ihn.

„Wie zur Hölle kannst du bitte dein Portemonnaie verlieren?! Ist Megan nicht bei dir?“ Die Antwort darauf konnte ich nicht verstehen, aber sie war lang.

„Herrgott, Monica, dann lauf eben nach Hause. Ich kann dich nicht abholen. Ich muss babysitten!“ Genervt atmete er aus, was er kurz darauf sagte, bekam ich jedoch nicht mehr mit, denn das Blut in meinem Kopf begann zu rauschen. Es störte ihn also, dass er nicht zu Monica konnte, weil er *babysitten* musste? Bitte, da kannte ich eine Lösung!

Energisch stieß ich die Tür auf, ließ sie gegen die dahinter stehende Kommode knallen und sah Caleb mit Genugtuung zusammenzucken. Vielleicht hätte ich zu meiner blauen Pyjamahose ein blickdichteres Top und vor allem einen BH anziehen sollen, bevor ich in sein Zimmer stürmte, doch im Eifer des Gefechts hatte ich nicht daran gedacht und jetzt war es zu spät.

Ich wünschte, ich hätte mich mental darauf vorbereiten können, Caleb in Unterhose auf Blairs Bett zu sehen. Tatsache war nämlich, dass er nichts weiter als eine graue Boxershorts mit einem weißen Bund und einer schwarzen Aufschrift trug.

Ich schluckte. War das *Calvin Klein* Unterwäsche? Er stand auf und gewährte mir einen einmaligen Blick auf seinen perfekten Körper. Ich sah alles: seine definierte, feste Brust, seine Bauchmuskeln, die dünne Haarlinie, die vom Bauchnabel zur Unterhose verlief, und seine straffen, muskulösen Oberschenkel. Ich schätzte, ich sollte ihn nicht so anstarren, aber ich konnte es auch nicht sein lassen. Weswegen war ich noch mal hergekommen?

„Warte mal, Monica“, sprach er ins Telefon und senkte die Hand. Ich sah, wie sein Blick über mein Outfit wanderte und eine Sekunde länger als notwendig an meinem Top hängen blieb.

„Ary, was ist los?“

„Du … du bist ein Arschloch, das ist los!“, stotterte ich nicht sehr redegewandt. Zu meiner Schande klang ich auch nicht wirklich vorwurfsvoll.

Eher atemlos.

„Was?“, fragte er stirnrunzelnd, und endlich schaffte ich es, ihm ins Gesicht zu gucken.

„Ich hab gehört, was du gesagt hast, und ich erlöse dich von deinem *Leid*. Du kannst zu Monica fahren. Du musst nicht hierbleiben und *babysitten*!“ Sich offenbar ertappt fühlend sah er mich an und hob dann wie in Zeitlupe das Handy ans Ohr.

„Monica? Ich ruf gleich zurück. Reg dich ab, ich will dich doch gar nicht abwimmeln! Ja, bis gleich.“ Bedacht legte er das Handy aufs Bett, und ich starrte ihn mit verengten Augen an. Egal, was er gleich sagen würde, es änderte nichts daran, dass er mich gekränkt hatte. Da konnte er noch so viel auf seiner Unterlippe kauen und scheinbar über seine nächsten Worte nachdenken.

„Wie lange stehst du da schon?“, wollte er wissen.

„Lange genug, um zu wissen, dass ich dir scheinbar bei einem *netten* Abend im Weg stehe. Also bitte sehr.“ Ich wies zur Tür. „Du kannst gehen.“

„Ich will mir keinen netten Abend machen. Monica ist angeblich betrunken und will, dass ich sie vom Club abhole und nach Hause fahre“, stellte er richtig.

„An mir soll‘s nicht liegen“, sagte ich kühl und wiederholte die auffordernde Geste. Er seufzte, und ich ärgerte mich über das schlechte Gewissen, das in mir aufflammte.

„Ich hole sie nicht ab“, sagte er und schien überhaupt kein Problem mit seiner Blöße zu haben. Bei dem Körper kein Wunder. Es gab wirklich nichts, wofür er sich schämen müsste. Aber das war jetzt nebensächlich, ermahnte ich mich. Ich sollte mich auf seine Worte konzentrieren, nicht auf seinen Anblick.

„Monica ist eine Dramaqueen und hat sich die Story wahrscheinlich nur ausgedacht, um Aufmerksamkeit zu kriegen. Wäre nicht das erste Mal, und außerdem habe ich Blair versprochen …"

„Das Versprechen ist hiermit aufgehoben", fiel ich ihm ins Wort. „Weißt du, ich dachte wirklich, dass du es ernst gemeint hast, als du sagtest, ich wäre für dich kein kleines Mädchen mehr. Und vielleicht denkst du ja wirklich so. Aber das hindert dich offenbar nicht daran, mich vor deinen Freunden als solches darzustellen."

„Monica gehört nicht mehr zu meinen …"

„Ist mir egal, was sie für dich ist!", rief ich wütend. „Du hast deutlich gemacht, dass du nicht hier sein willst. Zu wem du es letztendlich gesagt hast, spielt doch gar keine Rolle. Ich war von Anfang an dagegen, dass du deine Zeit mit mir verschwendest. Also bitte, verschwinde einfach!"
Ganz leicht neigte er den Kopf zur Seite, als wollte er meine Entschlossenheit abwägen.

„Du meinst das wirklich ernst, oder?"

„Todernst!"

„Mann, Ary", seufzte er und kratzte sich betreten am Hinterkopf. „Das war doch bloß ein dämlicher Spruch."

„Ich will trotzdem, dass du gehst", beharrte ich.

„Aus dem Zimmer oder …?", stellte er sich absichtlich dumm.

„Aus dem *Haus*!"
Er öffnete den Mund, dann lachte er ungläubig.
„Du kannst mich nicht rausschmeißen. Blair hat mir erlaubt, hier zu sein."
„Ich werd' dir gleich zeigen, was ich alles kann! Blair ist nicht hier, also hat er auch nicht das Sagen. Ich brauch nur die Polizei zu rufen."
Mit einem eindringlichen Blick appellierte er an meine Vernunft, doch die lag unter meinem gekränkten Stolz begraben. Hätte er es nur so daher gesagt, wäre ich ja gar nicht beleidigt gewesen – solche Sprüche war ich von Caleb gewöhnt – aber der genervte Ton, in dem er gesprochen hatte, kratzte erheblich an meinem Selbstbewusstsein. Nein, ich konnte es nicht ertragen, ihn hierzuhaben, wenn ich wusste, dass ich ihm ein Klotz am Bein war.
„Du willst mich also wirklich rausschmeißen, weil ich das Wort *babysitten* in den Mund genommen habe?", hakte er nach und klang nun eine Spur belustigt. Sein Ton machte deutlich, wie übertrieben er meine Reaktion fand. Aber er war auch kein 17-jähriges Mädchen, das von seinem Schwarm gekränkt worden war. Ich erwartete nicht, dass er mich verstand.
„Ich schmeiße dich nicht raus. Ich will nur, dass du zu Monica fährst und sie abholst."
„Warum? Was interessiert sie dich?"
„Du meinst abgesehen von der Tatsache, dass sie vielleicht mittellos, allein und betrunken in einem Club ist, in dem sie von sonst wem abgeschleppt werden könnte?"

„Sofern es denn stimmt, was sie sagt“, meinte er. „Sie übertreibt gern.“

„Abgesehen *davon* …“, überhörte ich seine Worte beflissen, „ist alles besser, als jemanden hierzuhaben, der sich dazu gezwungen fühlt!“

„Jetzt verdrehst du meine Worte“, sagte er mit einer Einhalt gebietenden Geste. „Ich hab nie gesagt, dass ich nicht hier sein will.“

„Stimmt, du hast dich nur darüber aufgeregt, dass du bei mir festhängst, was so ziemlich dasselbe ist!“

„Tut mir leid, Ary“, sagte er noch einmal. Er klang aufrichtig reumütig. „Ich hab Scheiße gebaut.“

„Allerdings!“

„Verzeihst du mir?“

„Nein!“

Drei Sekunden lang starrte er mich einfach nur an, dann dehnten sich seine Mundwinkel zu einem tückischen Lächeln. Abermals wanderte sein Blick zu meinem Top, und er kam auf mich zu – in nichts weiter als Boxershorts wohlbemerkt.

„Bist du sicher?“, hakte er nach. Von Reue war nun keine Spur mehr in seiner Stimme. Dafür etwas Anzügliches.

„Hundertprozentig!“

Ich widerstand dem Drang, zurückzuweichen. Das wäre so was von mädchenhaft gewesen, das konnte ich unmöglich bringen. Und wozu weglaufen, wenn ich mich doch in Wahrheit an seinen Körper schmiegen wollte?

Als nur noch wenige Zentimeter Luft zwischen uns waren, blieb er stehen, und ich fühlte mich, als hätte ich genau nur noch dieses bisschen Luft zum

Atmen. Irgendwie schaffte ich es, mir nichts anmerken zu lassen – hoffte ich zumindest – und reckte unbeeindruckt das Kinn in die Höhe.

„Was soll das werden? Denkst du, damit …", sagte ich und wedelte mit der Hand vor seinem Körper herum, „kannst du mich weichkochen?"

„Ein Versuch ist es wert. Und bis jetzt hat es immer funktioniert", sagte er grinsend. Oh Gott! Meine Knie wurden tatsächlich weich.

„Schön, aber nicht bei mir", log ich und fragte dann: „Machst du das immer so? Frauen umgarnen, um zu bekommen, was du willst?"

Etwas Gefährliches, Raubtierhaftes erwachte in seinen Augen.

„Umgarne ich dich denn, *Ariana*?"

Himmel! Dieser Blick und die seidenweiche Stimme, mit der er meinen vollen Namen aussprach … Das war zu viel für meine angeschlagenen Nerven. Ich tat genau das, was ich nicht hatte tun wollen: Ich wich aus dem Zimmer zurück und erntete ein triumphierendes Lächeln. Caleb folgte mir, als wäre sein Jagdtrieb erwacht, und zwang mich weitere Schritte zurück. Jetzt waren wir im Flur, der nur von dem Licht erhellt wurde, das aus dem Zimmer drang.

„Lass das!", krächzte ich und erkannte meine eigene Stimme nicht wieder.

„Was meinst du?", fragte er unschuldig. Als ob er das nicht wüsste! Anstatt zu antworten, stieß ich mit dem Rücken gegen die Wand und holte erschrocken Luft. Wieder ließ er eine dünne Luftlinie zwischen uns – war das Absicht? – und betrachtete mich amüsiert. Mit einem Seufzen, von dem ich inständig hoffte, dass es zu leise war, um von ihm wahrgenommen zu werden, senkte ich den Blick auf seine Brust.

Ich konnte ihm nicht so nahe sein, in seine karamellfarbenen Augen blicken und ihn nicht küssen. Wenn er nicht in den nächsten Sekunden von mir abrückte, würde ich einfach über ihn herfallen – das war mir egal. Sagten männliche Grabscher nicht immer, dass wir Frauen selbst schuld wären, weil wir uns so aufreizend kleideten? Bitte sehr, das konnte ich nur an Caleb zurückgeben. Er war selbst schuld, wenn er sich so entblößt präsentierte.

„Du siehst mitgenommen aus", wies er mich unnötigerweise darauf hin. „Fällst du gleich in Ohnmacht?"

„Was erwartest du denn, wenn du halbnackt vor mir stehst?!", fragte ich und schaute verärgert zu ihm auf. Wahrscheinlich hätte ich das nicht sagen sollen, denn damit bestätigte ich nur, was mir heute Nachmittag schon rausgerutscht war. Ich musste dringend die Klappe halten, bevor ich mich noch weiter reinritt.

„Heißt das, du stehst auf mich? Und ich meine damit nicht körperlich."

„Pff! Wie bitte?" Ich lachte gekünstelt, doch das schien ihn nicht zu überzeugen.

„Ich kann mich nämlich an ein Gespräch zwischen dir, Blair und mir erinnern, bei dem du felsenfest behauptet hast, nackte Jungs allein würden dich nicht aus der Fassung bringen. Du hattest die Meinung vertreten, dass es nicht auf den Körper ankommt, sondern auf den, der *drin steckt.*“

Alle Farbe wich aus meinem Gesicht. *Daran* erinnerte er sich noch? Das war doch bestimmt ein Jahr her!

„Tja, Ary, ganz offensichtlich bringe ich dich aus der Fassung. Deshalb frage ich mich …“

„Was soll das! Was willst du hier beweisen?“ Ich bemühte mich um einen strengen Ton, doch ich glaube, der existierte nur in meinem Kopf.

„Gar nichts. Ich finde das nur interessant.“

„Ach ja?“

Angestrengt starrte ich wieder auf seine Brust. Eine Brust, die wirklich sehr wohlgeformt und straff war. Ohne es zu wollen, wanderte mein Blick tiefer, und ich sah meine Annahme bestätigt. Es war *Calvin Klein.*

„In all den Jahren, die wir uns kennen, hast du mich nie so angeguckt wie jetzt. Wenn ich darüber nachdenke, warst du sogar fast schon *zu* desinteressiert. Das hätte mich eigentlich stutzig machen müssen. Aber allein der Gedanke – du könntest dich für mich interessieren – war immer so unvorstellbar für mich, so ablehnend wie du in dieser Hinsicht warst.“

„Toll, und was sagt dir das?“, fragte ich in einem Ton, der deutlich machte, dass ich nicht im Mindesten an der Antwort interessiert war. Sein Blick fiel auf meinen Mund, ganz flüchtig nur, doch das reichte, um meinen Puls ins Unendliche schießen zu lassen. Hatte er … gerade auf meine Lippen gestarrt, als würde er mich küssen wollen?

Die Zeit schien stillzustehen und unsere Blicke verankerten sich. Da war etwas in seinem Blick, das neu war und mich schwer schlucken ließ. Eine Mischung aus Unglaube und Erkenntnis.

Scheinbar unbewusst befeuchtete Caleb seine Lippen und beugte sich langsam zu mir herunter. Mein Atem stockte, als er seine Hände links und rechts von mir an die Wand stützte und mich damit einschloss.

Das musste ein Traum sein! Caleb konnte mich unmöglich küssen wollen. Doch noch während ich das dachte, kamen seine Lippen immer näher. Mein Herz schlug in einem Tempo, das nicht mehr gesund war, und ein Schwindel ganz anderer Art breitete sich nun in meinem Kopf aus.

Mein erster richtiger Kuss … mit Caleb. Seufzend schloss ich die Augen und sackte gegen die Wand. Sein kitzelnder Atem ließ meine Lippen prickeln und trieb mich an den Rand der Ohnmacht. Doch kurz bevor sich unsere Lippen berührten, zuckte Caleb plötzlich zusammen und richtete sich wie an Strippen gezogen auf.

Er holte tief Luft, als hätte er sie minutenlang angehalten, und starrte mich so erschüttert an, als hätte ich vor seinen Augen jemanden ermordet. Oh mein Gott! Was taten wir hier eigentlich?!

Caleb sah aus, als würde er sich dieselbe Frage stellen, und nahm langsam die Arme runter. Fieberhaft dachte er über etwas nach, dann änderte sich plötzlich etwas in seinem Blick. Als hätte er einen Schalter umgelegt.

„Deute ich das richtig und du verzeihst mir den Ausrutscher?“, fragte er mit einem frechen Grinsen. Und schon zweifelte ich daran, dass es den prickelnden Moment zwischen uns jemals gegeben hatte. Wie benommen presste ich meinen Rücken an die Wand, damit ich nicht daran abrutschte, und starrte Caleb an. Zur Seite zu kippen und in Ohnmacht zu fallen, erschien mir gerade sehr attraktiv.

„Ich hab’s wirklich nicht so mit dem Babysitten gemeint“, nahm er unser Gespräch wieder auf. „Manchmal sagt man im Eifer des Gefechts dumme Sachen. Das bedeutet nicht, dass ich sie auch so meine. Ich bereue es nicht, bei dir zu sein. Der Filmabend war klasse, und ich bin überraschend schnell mit meiner Hausarbeit vorangekommen.“

Mit einem zögerlichen Lächeln reichte er mir die Hand.

„Frieden?“

Wollte er mich verarschen?! Wir hätten uns beinahe geküsst! Warf ihn das denn kein bisschen aus der Bahn? *Natürlich nicht*, erklang eine zynische Stimme in meinem Kopf. *Caleb hat schon so viele Mädchen geküsst, dass er es wahrscheinlich schon unbewusst macht.*

So wie jetzt. Du hast ihm unmissverständlich signalisiert, dass du auf ihn abfährst, und er hat die Initiative ergriffen – so wie jeder gesunde Kerl es machen würde. Bis er sich daran erinnert hat, dass du die Schwester seines besten Freundes und damit tabu bist. Kein Grund, etwas in sein Benehmen hineinzuinterpretieren.

„Na gut, Frieden“, murmelte ich und schüttelte seine Hand. Das war total lächerlich, aber ich wollte ihm auf keinen Fall zeigen, wie sehr mich der unterbrochene Kuss mitnahm. Ich hätte heulen können, so enttäuscht war ich. Hatte ich ernsthaft geglaubt, Caleb würde auf mich stehen? Wahrscheinlich lebte er schon zu lange in Enthaltsamkeit und sein *Freund* hatte kurzzeitig das Denken übernommen!

„Aber ich will trotzdem, dass du zu Monica fährst“, fügte ich hinzu. Sein Lächeln verrutschte.

„Was?“

„Ich kann sie zwar nicht leiden, aber ich will auch nicht, dass ihr etwas zustößt. Du weißt, wie die Typen drauf sind, wenn zu viel Alkohol im Spiel ist. Wenn du willst, hol sie ab.“ *Und ich werde mir in der Zwischenzeit einen Strick binden und mich erhängen!*

„Von *wollen* kann nicht die Rede sein“, schnaubte er und dachte kurz darüber nach. „Aber ich will mich auch nicht schuldig fühlen, falls ihr etwas passiert.“

„Gut, dann gehe ich jetzt schlafen. Die Hausschlüssel liegen auf der Kommode am Eingang.“

„Ich beeil mich“, versprach er und ging in Blairs Zimmer.

Ich hatte vorher schon Probleme mit dem Einschlafen gehabt. Nach *dieser* Aktion kam es mir aber schier unmöglich vor. Caleb war seit einer guten halben Stunde fort und noch immer lag ich hellwach im Bett – an Schlaf war nicht zu denken. Ruhelos drehte ich mich von einer Seite auf die andere, presste jammernd mein Gesicht ins Kissen und schlug ständig die Decke auf und zurück. Mein Gefühlschaos war in etwa mit einer Waschmaschine vergleichbar, die man auf höchste Schleuderstufe gestellt hatte. Ich meine, hallo? Ich hätte beinahe Caleb geküsst … oder besser gesagt, er *mich.* Wie abgefahren war das denn bitte?

Für ihn mochte der Moment vielleicht bedeutungslos gewesen sein, aber nicht für mich. Ich malte mir aus, wie er mich halbnackt an die Wand drückte und mich mit seinen Lippen in den siebten Himmel küsste. Dazu war er laut den Gerüchten ja scheinbar in der Lage. Und ich stellte mir vor, wie wir sogar noch weitergingen.

Mir war natürlich klar, dass solche Spinnereien in keiner Weise dazu beitragen würden, mir Caleb aus dem Kopf zu schlagen. Aber ganz ehrlich? Das würde nach dem heutigen Tag sowieso nicht mehr geschehen. Der unvollendete Kuss hatte mir nur noch mehr Zündstoff für schmutzige Träume geliefert. Vielleicht sollte ich Caleb verklagen. Seine bloße Existenz hinderte mich daran, mich in jemand anderen zu verlieben.

„Okay, das reicht", ermahnte ich mich und schlug energisch die Decke zurück. Ich musste aufhören, über Caleb nachzudenken – das machte mich verrückt. Ich kam zu dem Schluss, dass nicht nur mein Körper, sondern auch meine Gedanken überhitzt waren, und stieg aus dem Bett. Ich brauchte eine Abkühlung. Eine Cola oder ein Eis. Irgendetwas, das mich auf andere Gedanken brachte und runterfahren ließ. Auf wackeligen Beinen lief ich durch das dunkle Zimmer in den Flur und schaltete dort das Licht ein.

Am besten beeilte ich mich, bevor Caleb zurückkam. Ich hatte keine Lust, ihm heute noch mal über den Weg zu laufen. Genau genommen wollte ich ihm nach diesem Gefühls-Striptease *nie* wieder über den Weg laufen!

Doch in der nächsten Sekunde waren meine Gedanken wie weggewischt, denn ich hatte plötzlich keinen Boden mehr unter den Füßen. Es war nur eine kurze Unachtsamkeit, ein falscher Schritt, aber mit verheerenden Folgen. Mit rudernden Armen kippte ich vornüber, polterte die Treppe runter und schlug unten mit dem Kopf auf.

Etwas kitzelte meine Wange und brachte mich dazu, die Augen zu öffnen. Zuerst dachte ich, es wäre eine verirrte Haarsträhne, doch Haare waren nicht warm und ganz sicher konnten sie nicht streicheln. Ein monotones Fiepen durchdrang die Stille und mein Kopf fühlte sich eigenartig zusammengepresst an.

Ich starrte an die Zimmerdecke, dann wanderte mein Blick zu der hellbeigen Wand gegenüber, den spärlichen Möbeln und schließlich zum Krankenhausbett, in dem ich lag.

„Oh nein!“, stöhnte ich und versuchte, mich aufrichten. Eine kräftige Hand verhinderte das und erinnerte mich an das Kitzeln an meiner Wange. Vorsichtig drehte ich den Kopf zur Seite und blickte in hellbraune, wunderschöne Augen. Allerdings war der Ausdruck darin alles andere als schön. Er war gequält und voller Schuldgefühle.

„Hey“, sagte ich und lächelte Caleb an. Er erwiderte es nicht, sondern setzte sichtlich bemüht zum Sprechen an.

„Hey.“

„Wie lange bin ich schon hier?“

„Etwa vier Stunden.“

Meine Gedanken waren noch etwas träge, deshalb fragte ich: „Wie spät ist es?“

„Fünf Uhr morgens.“

Ich musterte Caleb. Er saß zurückgelehnt auf einem Stuhl, der dicht an mein Bett gerückt war, sein linker Arm ruhte auf der Stuhllehne. Dunkle Schatten lagen unter den Augen, deren Ränder leicht gerötet waren. Ich erstarrte. Hatte er etwa geweint?

„Wie fühlst du dich?“, presste er hervor. Das Sprechen schien ihm schwerzufallen, jedes Wort eine Qual zu sein. Ich lauschte in mich hinein.

„Ich weiß nicht. Ganz gut, denke ich.“

Er nickte. „Das liegt an der Infusion. Als du herkamst … sah das etwas anders aus.“

„Heißt das, ich war schon mal wach?“, fragte ich überrascht. „Daran kann ich mich gar nicht erinnern.“

Wieder nickte er, doch anstatt zu antworten, ballte er die linke Hand zur Faust und presste sie gegen seinen Mund. Angestrengt stieß er die Luft zwischen den Lippen aus, als wäre ihm schlecht oder als … würde er um Fassung ringen.

„Caleb? Alles in Ordnung?“, fragte ich besorgt.

„Scheiße!“, stieß er hervor, senkte den Kopf und vergrub das Gesicht in den Händen. Ich wollte mich aufrichten und ihn trösten oder ihn zumindest berühren, doch mein Körper war schwer wie Blei. Ich fühlte mich, als wäre ich mit dem Bett verwachsen, und konnte daher nichts weiter tun, als abzuwarten, bis er sich fing. Irgendwann schaute er mit verdächtig glänzenden Augen auf.

„Weißt du, wie hart das war, dich an der Treppe vorzufinden? So … so verdreht. Ich dachte, du wärst tot!“

Ein Kloß wuchs in meinem Hals, und ich spürte, wie mir die Tränen kamen. Er sah es allerdings nicht, denn sein Gesicht war wieder hinter den Händen verborgen.

„Tut mir leid“, flüsterte ich. Schlagartig ließ er die Hände sinken und starrte mich an.

„Es … tut dir leid? Willst du mich fertig machen, Ary?!“

Als er aufsprang, blinzelte ich ihn verständnislos an. „Du entschuldigst dich bei mir, weil du die Treppe runtergefallen bist?“, fragte er fassungslos und begann, in dem kleinen Zimmer auf und ab zu tigern. „*Ich* müsste mich bei dir entschuldigen. Weil ich dich nämlich allein gelassen habe, obwohl ich für dich verantwortlich war!“

„Caleb …“, versuchte ich, ihn zu beruhigen. Er machte einen extrem aufgewühlten Eindruck und sah aus, als würde er jeden Moment gegen die Wand boxen. Doch er hörte mich nicht – vielleicht war meine Stimme auch einfach zu kraftlos. Er tigerte weiter auf und ab und fuhr sich immer wieder mit den Händen durchs Haar.

„Während ich dieses blöde Miststück – das übrigens gelogen hat und überhaupt nicht mittellos war – rumkutschiert habe, bist du zu Hause fast verreckt!“

„Ca…“

„Nein“, schnitt er mir das Wort ab und war mit drei Schritten bei mir. „Sag es nicht.“

Er setzte sich wieder und nahm wie selbstverständlich meine Hand in seine. Als hätte er die letzten Stunden nichts anderes getan. Vielleicht hatte er das auch nicht, überlegte ich mit einem warmen Kribbeln. Das wäre schön gewesen, aber auch schade, weil ich nichts davon mitbekommen hätte. Umso mehr spürte ich seine Berührung *jetzt*. Die Wärme seiner Handflächen sickerte direkt in meine und breitete sich wie ein Lauffeuer in meinem Körper aus.

„Wage es jetzt nicht, mir zu sagen, dass das nicht meine Schuld ist!“

„Ist es nicht.“ Er starrte mich an, als hätte ich ihn geschlagen.

„Es. Ist. Nicht. Deine. Schuld“, wiederholte ich. Abrupt ließ er mich los, als hätte er sich verbrannt, und stand auf.

„Wie kannst du so was sagen? Weißt du überhaupt, in welchem Zustand du bist? Du hast eine Gehirnerschütterung, zwei gebrochene Rippen, einen verstauchten Arm und was weiß ich wie viele Prellungen. Sag mir nicht, dass das nicht meine Schuld ist!"

„Tue ich aber", antwortete ich ruhig. Er atmete tief durch und setzte sich wieder, wobei seine Halsschlagader energisch auf und ab hüpfte.

„Egal, was du denkst oder dir in den letzten Stunden eingeredet hast. Ich lass nicht zu, dass du dir die Schuld für meinen Unfall gibst. Überleg doch mal. Was hätte es denn geändert, wenn du zu Hause gewesen wärst? Ich wäre trotzdem in die Küche gegangen und gestürzt. Denkst du, deine Anwesenheit hätte das verhindert?"

„Wenn ich da gewesen wäre – so wie ich es Blair versprochen habe – wäre es überhaupt nicht so weit gekommen. Ich hätte es dir einfach gebracht, wenn du etwas gebraucht hättest. Du hättest nur an meine Tür klopfen müssen", erwiderte er.

Ich lächelte mitfühlend. „Das ist Blödsinn, Caleb, und das weißt du. Du hättest doch längst geschlafen und selbst wenn nicht, wäre ich niemals auf die Idee gekommen, an deine Tür zu klopfen. Wie du siehst, wäre es auch passiert, wenn du dort gewesen wärst."

Seine Kiefer mahlten so laut, dass ich seine Zähne knirschen hörte.

„Vielleicht", sagte er nach einer Weile. „Aber wenigstens wäre ich sofort zur Stelle gewesen."

„Hör auf damit, Caleb“, sagte ich so streng wie es mir möglich war. „Ich bin für mich selbst verantwortlich, nicht du. Mach dich nicht für etwas fertig, für das du nichts kannst.“

Er hatte auf meine Decke gestarrt und sah jetzt wieder mich an. Unsere Hände waren immer noch miteinander verschränkt, aber entweder merkte er es nicht oder es machte ihm nichts aus. Wir schwiegen eine Weile, dann musste ich eingeschlafen sein, denn als ich das nächste Mal erwachte, war ich allein.

Ich vernahm Stimmen vor der Tür und war mir sicher, dass ich Calebs heraushörte. Augenblicke später schwang die Tür auf und Caleb kam herein. Er lächelte zaghaft, eine deutliche Stimmungsveränderung zu vorhin, die mich hoffen ließ, dass er sich meine Worte zu Herzen genommen hatte.

„Jetzt hast du schon zweimal die Ärztin verpasst“, sagte er und setzte sich mit einer roten Plastiktüte zu mir. „Aber sie sagt, dass es dir gutgeht. Möchtest du etwas trinken oder essen?“

„Ein Saft wäre schön und kannst du meine Lehne höher stellen?“

„Klar“, sagte er und kümmerte sich zuerst um das Bettgestell. Als ich mich in einer halbwegs sitzenden Position befand, griff er in die Tüte und förderte einen Cranberry-Saft zutage. Ich strahlte, nahm die Flasche entgegen, die er mir aufschraubte, und trank sie gierig aus. Caleb beobachtete mich mit einem undefinierbaren Ausdruck.

„Danke“, sagte ich, nachdem ich die 0,3 Liter fast in einem Zug getrunken hatte. Er steckte sie in die Tüte zurück.

„Weiß Blair, dass ich hier bin?“, fragte ich und betastete meinen Kopf. Eine Bandage war um meine Stirn gewickelt und juckte unangenehm.

„Ich hab ihn bestimmt hundertmal angerufen, aber du weißt ja, wie er ist. Wenn er schläft, kriegt ihn nichts aus dem Bett. Aber ich hab ihm geschrieben. Die Nummer deine Eltern hatte ich nicht.“

Ich nickte und betrachtete eine Weile das Fußgestell meines Betts. Als ich wieder aufschaute, starrte Caleb schon wieder gedankenverloren auf meine Decke. Er tat mir so leid, dass ich mich auf unsinnige Weise schuldig fühlte.

„Ich will nicht, dass du es Blair erzählst“, hob ich irgendwann an. Caleb schaute auf.

„Wie bitte?“

„Ich will nicht, dass er weiß, dass du nicht zu Hause warst.“

Er starrte mich bestimmt zehn Sekunden lang an. „Warum?“

„Du kennst Blair. Wenn es um mich geht, ist er sensibel.“

„Klar ist er das, du bist ja auch seine Schwester.“

„Ja, aber ich will nicht, dass ihr deswegen Streit habt. Du kannst nichts dafür und es hätte genauso gut passieren können, wenn du da gewesen wärst.“

„Ich kann nicht glauben, dass du das ernst meinst. Nicht nur, dass du schon wieder die Tatsache runterspielst, dass ich nicht bei dir war, jetzt willst du auch noch, dass ich meinen besten Freund belüge?“

„Du sollt ja nicht lügen“, sagte ich beschwichtigend. „Nur die Tatsache auslassen, dass du weg warst, als ich gestürzt bin. Sag einfach, ich wäre die Treppe runtergefallen und du hättest mich ins Krankenhaus gebracht. So war es ja auch.“

„Mit dem *kleinen* Unterschied, dass du wahrscheinlich eine Stunde lang bewusstlos gewesen warst, bevor ich gekommen bin!“, schnaubte er. „Ich glaube, die Gehirnerschütterung macht dir mehr zu schaffen, als ich dachte!“

„Meinem Gehirn geht’s gut. Und ich meine es ernst, Caleb“, sagte ich eindringlich.

„Können wir uns bitte darauf einigen?“

Fassungslos fasste er sich an den Kopf. „Was hast du überhaupt davon, deinen Bruder zu belügen? Das geht nur Blair und mich etwas an.“

„Ich will es einfach, *bitte.*“

Es war schon schwer genug, mit anzusehen, wie Caleb sich fertig machte. Auch noch mitzuerleben, wie er und mein Bruder sich stritten, nur weil ich zu blöd war, die Treppe runterzulaufen, würde ich nicht ertragen.

Ehrlich gesagt, hatte ich keine Ahnung, ob Blair so heftig reagieren würde, wie ich befürchtete. Aber ich wollte es auch nicht herausfinden. Leider sah Caleb immer noch nicht überzeugt aus, deshalb griff ich zu unfairen Mitteln. Und ich hasste mich dafür.

„Sieh es als Wiedergutmachung.“

Das saß. Sein Gesichtsausdruck hätte nicht schmerzlicher sein können.

„Das ist nicht fair", sagte er leise und lachte dann bitter. „Scheiße, das ist sogar verdammt grausam. Ich hätte nicht gedacht, dass du so sein kannst."

„Um den Frieden zwischen zwei Freunden zu wahren? Doch, kann ich", sagte ich ungerührt, obwohl seine Worte mich mitten ins Herz trafen. Ich kam mir wie ein riesengroßes Miststück vor, aber ich war überzeugt davon, das Richtige zu tun.

Caleb starrte mich lange und nachdenklich an. Ich befürchtete schon, er würde es immer noch nicht tun. Doch dann willigte er ein. Alles andere als glücklich darüber, wie er noch einmal betonte.

Der Maskenball
5

Zwei Wochen später war ich vollständig genesen und hatte ganz andere Sorgen als eine Gehirnerschütterung oder ein paar Prellungen. An meinen Treppensturz erinnerten nur noch verblasste blaue Flecke und ein mittlerweile stark verwelkter Blumenstrauß meiner Eltern.

Sie waren am nächsten Tag sofort aus *New York* angereist, genau wie Blair, der – obwohl ich ihn gebeten hatte, es nicht zu tun – sein Spiel in *Columbus* abgesagt hatte. Seine Reaktion bestätigte mir, wie richtig meine Entscheidung gewesen war, ihn wegen Caleb zu belügen, und ich glaube, insgeheim war Caleb erleichtert, dass ich ihn zum Schweigen gedrängt hatte.

Zwischen Caleb und mir hatte sich seitdem nicht viel verändert, aber das hatte ich auch nicht erwartet. Er neckte mich nicht mehr so oft wie früher, aber er ging mir auch nicht aus dem Weg oder benahm sich seltsam. Nur manchmal glaubte ich, seine Blicke auf mir zu spüren, und dann befiel mich eine heftige Gänsehaut.

Alles nur Einbildung und Wunschdenken, das war mir klar. Caleb war jemand, der offen auf Frauen zuging. Hätte er Interesse an mir gehabt, hätte er es längst durchblicken lassen. Das und die Tatsache, dass wir nie wieder über das sprachen, was vor meinem Treppensturz geschehen war, waren ein deutlicher Beweis seiner Interessenlosigkeit.

Nun stand der Maskenball vor der Tür und ich musste *dringend* einen Begleiter finden. Mein Problem war nur, dass ich während meiner Auszeit nicht in der Schule gewesen war und daher keine Zeit gehabt hatte, auf *Partnersuche* zu gehen. Das war gelinde gesagt ungünstig, denn der Ball fand in nicht weniger als fünf Tagen statt. Wie sollte ich das bitte schaffen?

„Also. Maskenball", sagte Hazel in der großen Pause meines ersten Schultages und klatschte in die Hände. Ich war unendlich froh, wieder hier zu sein. Kranksein konnte ja Spaß machen, aber nur, wenn man gesund war und nachmittags mit seinen Freunden chillen konnte. Richtiges Kranksein war ätzend. Ich hatte dann immer das Gefühl, meine Freizeit nicht genutzt zu haben. War das absurd? Jedenfalls hatte ich den Schulalltag und meine Mädels vermisst.

„Was ist damit?", fragte ich, obwohl ich genau wusste, worauf sie hinaus wollte. Seit Tagen lief unser WhatsApp-Gruppenchat wegen des Maskenballs warm. Es wurde über die Begleiter gesprochen – mal mehr, mal weniger begeistert –

über Kleider und Frisuren diskutiert und Uhrzeiten und Sammelpunkte ausgemacht, an denen wir uns auf dem Ball treffen würden. Alle hatten unglaublich viel zu schreiben, nur ich nicht. Ich war das fünfte Rad am Wagen. Das hässliche Entlein, das noch keinen Begleiter hatte. Wenigstens besaß ich schon ein Kleid. Ich hatte es vor drei Tagen mit Hazel und Piper gekauft, während Myra, der Öko, wieder das vom letzten Jahr nahm.

Es war nicht so pompös und knallig wie Hazels, aber auch nicht so düster wie Pipers, das mehr nach Beerdigung als nach Fest aussah. Es war mintgrün und im Petticoat-Stil gehalten, nur ohne die vielen schrecklichen Pünktchen.

Die Farbe war fabelhaft schlicht, die Taillenschleife und der Unterrock – der einen Zentimeter herausguckte – weiß. Ich sah aus wie eine Elfe, besonders mit der weißen Spitzen-Maske, die meine Augenpartie und Nase bedeckte.

Jetzt hatte ich also ein Kleid. Super. Fehlte nur noch ein gut aussehender Begleiter und da wurde es kniffllig, weil die Guten natürlich schon alle weg waren. Das klang jetzt furchtbar überheblich, oder? Dabei war es gar nicht böse gemeint. Bei Schulbällen ging es nun mal darum, den besten Fang zu machen, und auch wenn ich kein oberflächlicher Mensch war, aber auf einen verpickelten Brillenträger mit zwei linken Füßen war ich auch nicht gerade scharf. Obwohl, wenn er sowieso eine Maske trug …

„Du weißt ganz genau, was *damit* ist“, sagte Hazel und pikte mir ihren Kuli in den Arm. „Es reicht schon, dass du dich extra die Treppe runtergestürzt hast, um mir nicht weiter assistieren zu müssen. Sag mir wenigstens, dass du dich in den letzten Tagen um einen Begleiter gekümmert hast – so wie ich es dir gesagt habe."

„Und wie sollte ich das bitte anstellen, wenn ich nicht in der Schule war? Hätte ich von Haustür zu Haustür gehen und mich wie einen Staubsauger anbieten sollen?"

„Sie hat recht", warf Piper ein und nahm einen großen Schluck von ihrem Erdbeermilchshake.

„Du hättest dich bei Facebook schlau machen können", argumentierte Hazel und verschränkte die Arme auf der Tischplatte.

„Vielleicht will ich ja gar keinen Begleiter. Schon mal *darüber* nachgedacht? Man braucht schließlich keinen, um an der Veranstaltung teilzunehmen. Bei den vielen Schülern fällt es doch sowieso nicht auf, wenn ich ohne komme", sagte ich. Selbstgefällig verzog Hazel den Mund. Sie wusste genau, dass ich nicht ohne Begleiter gehen würde.

Ich hätte zwar lieber ein anderes Thema als schon wieder den Maskenball gehabt, aber abgesehen vom Abschlussball würde das unser letztes gemeinsames Schulfest sein und das wollte ich mir auf keinen Fall entgehen lassen. Verstohlen sah ich mich in der Cafeteria um und mein Mut sank. Wie sollte ich nur so schnell einen Typen aufgabeln? Es war ja nicht so, dass ich – der Dauersingle – Expertin darin war.

Ich lehnte mich zurück und verschränkte nachdenklich die Arme vor der Brust. Letztes Jahr hatte Myra mir ihren Cousin Howard *organisiert*, mit dem ich in etwa so kompatibel gewesen war wie ein Samsung Galaxy mit einem iMac. Schon nach zwei gewechselten Worten war klar gewesen, dass wir rein zweckmäßig miteinander ausgehen würden. So was wollte ich nie wieder erleben!

Ich erwartete ja nicht, mit meinem Traumprinzen zum Ball zu schreiten, aber ich wollte wenigstens jemanden, mit dem ich mich verstand. Jemand, der lustig war und mich den Abend über unterhielt. Hazel spannte mich eine ganze Minute auf die Folter, dann hielt sie es wohl selbst nicht mehr aus und beugte sich geheimnisvoll über den Tisch.

„Okay, ich erlöse dich von deinem Leid. Nett wie ich bin, habe ich mich in den letzten Tagen für dich umgehört."

„Wirklich?", fragte ich überrascht. Das war super! Wenn Hazel sich *umhörte*, kam fast immer etwas Positives dabei raus. Sie nickte und warf ihre braunen, lockigen Haare zurück.

„Du weißt ja, dass ich einige aus dem Footballteam kenne, und ich wusste, wie du dich anstellen würdest, also habe ich mich nach Interessenten für dich umgehört. Bist du bereit?", fragte sie und wartete darauf, dass ich nickte. Ich tat es.

„Stanley Widmore. Bäääm!" Sie schlug mit der flachen Hand auf die Tischplatte, sodass unsere Getränke wackelten, und lehnte sich dann stolz zurück.

„Widmore? Dieser Pumper?", hakte ich mäßig begeistert nach.

„Na und? Er ist Footballer und damit der beste

Fang, den man in der High School machen kann. Und er ist eigentlich ganz nett."

„Eigentlich? Wie kann man denn *eigentlich* ganz nett sein?"

Etwas verlegen kratzte sie sich am Hinterkopf. „Naja, er ist dafür bekannt, etwas … aufdringlich zu sein."

„Toll, ein Grabscher!", schnaubte ich.

„So schlimm ist er nicht", behauptete sie mit einer wegwerfenden Handbewegung und ignorierte Myras kritischen Blick. „Wenn du von Anfang an klarmachst, dass er seine Finger von dir lassen soll, macht er das auch. Und es ist ja nur für einen Abend."

„Warum ist jemand wie Stanley überhaupt frei? Abgesehen davon, dass die Footballer traditionell mit den Cheerleadern zum Ball gehen, müssten die Mädchen doch nach ihm Schlange stehen", wunderte ich mich.

„Tun sie auch. Aber er hat sich mit Tessa gestritten. Du weißt schon, der Cheerleader-Captain. Und mit streiten meine ich, sie haben sich quer über das Schulgelände angebrüllt, sodass es auch alle mitbekommen haben. Da habe ich die Initiative ergriffen und Stanley in der nächsten Pause von dir erzählt."

„Wow, du schreckst vor nichts zurück, oder?", fragte ich und konnte mich nicht entscheiden, ob ich Respekt oder Angst vor Hazel haben sollte. Sie nahm es als Kompliment und strahlte mich an.

„Jedenfalls hat er sich dazu bereit erklärt, auf deine Rückkehr zu warten, bevor er nach Ersatz

sucht. Es liegt jetzt an dir."
Meine moralischen Prinzipien beiseiteschiebend, dachte ich ernsthaft darüber nach. Ich kannte Stanley nur vom Sehen und von den wöchentlichen Footballspielen. Er war Verteidiger, 18 Jahre alt und sehr beliebt. Soweit ich wusste, war er nicht gerade ein Überflieger, was die Schule betraf – und jetzt kam auch noch Aufdringlichkeit dazu – aber hey, er sah gut aus und wäre als Begleitung ein echter Fang.

„Und er will wirklich mit mir ausgehen?", fragte ich nach reiflicher Überlegung.

„Es steht noch nicht fest, er will dich erst *live* sehen, aber bisher war er nicht abgeneigt."

„Bisher?", wiederholte ich irritiert.

„Ich hab ihm Fotos von dir auf Facebook gezeigt, woraufhin er begeistert dein Profil durchstöbert hat. Er meinte, er braucht noch eine *visuelle* Bestätigung, bevor er sich entscheidet", erklärte sie grinsend. Oh Mann. Das war *so* unromantisch!

„Na gut. Wie nehme ich Kontakt mit ihm auf?", fragte ich. Ihr Grinsen wurde verschmitzt.

„Lass mich nur machen."

Wie es in der Schule üblich war, wurde man am Tag seiner Rückkehr mit den Nachschreibeklausuren erschlagen. Ich war da leider keine Ausnahme, hatte mich in meiner zweiwöchigen Langeweile aber gut darauf vorbereitet. Das Klassenzimmer verließ ich mit einem guten Gefühl. Fehlte nur noch der morgige Geschichtstest – und der würde ein Klacks sein – dann war ich durch. Meine Euphorie deswegen hielt nicht lange an, genau genommen nur, bis ich nach links bog und zwei bekannte Gesichter entdeckte.

Hazel lehnte keine drei Meter entfernt an einem Spind und wartete scheinbar auf mich. Neben ihr stand Stanley. Das war nicht ihr Ernst! Bedacht ging ich auf die beiden zu, in der Hoffnung, sie wären eine Fata Morgana, durch die ich hindurchlaufen konnte. Den Drang, meine Haare mit den Fingern zu kämmen, unterdrückte ich.

Zufrieden grinste Hazel mich an. Stanley – dessen Hände in den Hosentaschen steckten – schenkte mir ein mattes Lächeln. Er war groß und durch den Sport sehr muskulös. Seine schwarzen Haare lagen unter einem Basecap, das er falsch herum trug.

Eine dunkelgrüne Stoffhose und teure Sneakers bekleideten seine Beine, über dem karierten Hemd trug er eine offene Jeansweste. Unter den Blicken seiner blauen Augen fühlte ich mich wie unter einem Röntgengerät. Er checkte mich von oben bis unten ab. Wie diskret!

„Hey“, sagte ich und konnte nicht verhindern, dass ich vorwurfsvoll klang. Hätte ich gewusst, dass Hazel mich noch am gleichen Tag mit Stanley bekanntmachen würde, hätte ich mir ihr Schminktäschchen ausgeborgt und mich hergerichtet.

Ich weiß, damit verstieß ich gegen meine Regel – mich niemals für Jungs aufzudonnern – aber ich war eben verzweifelt und außerdem hatte ich schon gegen so einige meiner Regeln verstoßen, zum Beispiel als ich diesem *Bündnis* zugestimmt hatte. Zuckersüß lächelte ich meine Freundin an. Auf eine Art, die nur Frauen verstehen konnten, nämlich, dass ich sie später umbringen würde!

„Ich dachte, ich spann euch nicht länger auf die Folter und mach euch heute schon miteinander bekannt. Stanley, das ist Ariana. Ariana, Stanley."

Wir schüttelten einander die Hände, dann schaute Hazel auf ihre goldene Armbanduhr. „Ich muss weiter. Physik ruft. Viel *Spahaaaß*."

Und damit war sie weg. Einfach so.

„Tut mir leid", murmelte ich und sah meiner Freundin verlegen nach. „Was hat sie getan, damit du sie begleiten musstest? Dich bedroht? Erpresst?"

Stanley lächelte und sah sehr sympathisch aus. „Quatsch. Ich bin freiwillig hier. Deine Fotos haben mir gefallen."

„Vielen Dank. Tja, da bin ich", sagte ich und drehte mich in einer albernen Geste um mich selbst. Obwohl mir die Situation schrecklich unangenehm war, war ich nicht nervös. Stanley sah gut aus und er hatte ein süßes Lächeln, aber mein Herz brachte er nicht zum Klopfen. Anders als eine *andere* Person, die meinte, mich fast küssen zu müssen und sich dann wieder so zu benehmen, als wäre nie etwas geschehen!

„Ehrlich gesagt, bin ich überrascht, dass du mich kennenlernen wolltest. Immerhin bist du Footballer und kannst dich vor Bewerberinnen kaum retten."

Geschmeichelt fasste er sich an den Nacken. „Muss

an deinen Wahnsinns-Augen liegen. Die sind mir sofort aufgefallen“, meinte er mit einem sehr intensiven Blick. Okay, jetzt wusste ich, was Hazel mit *aufdringlich* meinte. Ich bedankte mich und wich dann einer Schülerin aus, die so schnell auf mich zukam, dass sie mich umgerannt hätte, wenn ich nicht zur Seite gesprungen wäre.

Dadurch kam ich Stanley so nahe, dass nur noch wenige Zentimeter Luft zwischen uns waren und ich den Kopf in den Nacken legen musste, um in sein Gesicht zu schauen. Er legte den Kopf schräg und lächelte verschmitzt, als hätte ich einen plumpen Annäherungsversuch unternommen, den er amüsant fand. Ich merkte schon, bei dem musste ich aufpassen, was ich tat. Stanley interpretierte gern etwas in völlig harmlose Dinge hinein.

„Also, willst du mit mir zum Ball gehen?“, kam er gleich zur Sache. Überrascht sah ich ihn an.

„Einfach so? Du willst mich vorher nicht besser kennenlernen?“
Er zuckte die Schultern. „Für mich ist alles klar. Du bist süß und ich brauche eine Begleiterin.“

„Okay, also … ja, tun wir's“, stammelte ich und schlug mir geistig gegen die Stirn. *Tun wir's? Willst du ihn vielleicht auch gleich in dein Bett einladen?! Hazel hat gesagt, du sollst ihn auf Abstand halten, nicht auch noch anstacheln*!

Seine zuckenden Mundwinkel machten deutlich, dass er diese Aussage erst recht falsch interpretierte, aber ich ließ mir meine Verlegenheit nicht anmerken. Stattdessen fragte ich, in welche Richtung er gehen musste, und wir schlenderten gemeinsam den Gang entlang.

Am Ende des Tages hatten wir unsere Nummern getauscht und uns zum Schlendern in der Mall verabredet. Wir gingen Eis essen, sprachen über Hobbys, die Schule und Freunde. Schnell war klar, dass Stanley am liebsten über Football und Fitness redete und keinen besonderen Wert auf tiefgründige Gespräche legte. Abgesehen davon konnte man aber durchaus Spaß mit ihm haben. Er war lustig und unterhaltsam, und damit genau das, was ich für den Ball gesucht hatte.

Am nächsten Tag begleitete er mich und die Mädels ins *Gold Busters*, wo wir zusammen Mittag aßen und uns besser kennenlernten. Am darauffolgenden Tag schlug er vor, nach der Schule zu mir nach Hause zu fahren und mit mir rumzuhängen.

Ein bisschen aufdringlich war er ja schon – anscheinend wollte er bis zum Ball nicht mehr von meiner Seite weichen, weil er Angst hatte, ich könnte in letzter Sekunde zu jemand anderen überspringen – aber ich beschwerte mich nicht und unternahm jeden Tag etwas mit ihm. Es waren ja nur noch zwei Tage bis zum Ball. Danach würde ich mich freundlich, aber bestimmt von ihm lossagen.

Ich verabschiedete mich gerade am Schuleingang von meinen Mädels, als ein Auto hinter mir hupte. Wie in Zeitlupe drehte ich mich zur Geräuschquelle um und sah keine zehn Meter entfernt Stanley an seinem Auto lehnen. Die Arme auf dem Autodach verschränkt winkte er mir zu, und ich lief wie eine überreife Tomate an.

Als wir vor fünf Minuten gemeinsam zum Ausgang gelaufen waren und ich gesagt hatte, ich wollte noch kurz mit meinen Mädels reden, hatte er vorgeschlagen, schon mal den Wagen zu holen. Hätte ich gewusst, dass er mich vor versammelter Schule damit abholen würde, wäre ich allerdings sofort mit ihm mitgegangen. Es mussten nicht alle denken, dass ich mir den nächsten Sportler *geangelt* hatte!

„Oh Mann!", murmelte ich peinlich berührt und drehte mich wieder um. Mein Blick fand Hazel, die ihre Belustigung nicht mal zu verstecken versuchte.

„Wie war das? *So* schlimm ist er nicht?", zitierte ich sie vorwurfsvoll. „Stanley weicht mir seit drei Tagen nicht mehr von der Seite. Ich fühle mich, als wäre ich mit ihm zusammen!"

„Ich glaube, eigentlich wollte sie sagen: *Vielen Dank, Hazel, dass du mir einen so gut aussehenden Begleiter besorgt hast. Ohne dich wäre ich aufgeschmissen*", sagte Piper zu Hazel und drehte mich einfach an den Schultern um. Ich wandte den Kopf und warf ihr einen verärgerten Blick zu, doch sie gab mir einen sachten Schubs, der mich taumelnd die Treppe hinunter beförderte.

„Ich weiß gar nicht, worüber du dich beschwerst. Jahrelang hast du uns die Ohren vollgeheult, dass du keinen Freund hast, und jetzt hast du Stanley. Hör gefälligst auf zu jammern und mach das Beste draus", rief sie mir nach. Hatte ich ernsthaft behauptet, die drei wären meine besten Freundinnen? In Wirklichkeit waren sie

Teufelinnen, die es sich scheinbar zur Aufgabe gemacht hatten, mich fertigzumachen!

Am Wagen hielt Stanley mir die Tür auf, und ich stieg ein. Beim Anschnallen achtete ich darauf, nicht aus dem Fenster zu schauen. Ich wollte weder sehen, wie die blöden Kühe mir zuwinkten, noch, wie sie sich über mich lustig machten. Langsam glaubte ich, Hazel hatte mir mit Stanley keinen Gefallen tun, sondern mir eins auswischen wollen, weil ich als Assistentin weggefallen war!

„Du stehst auf Sportler, oder?“, fragte Stanley, als wir vom Parkplatz gerollt waren und über die Kreuzung fuhren. Hummer waren ja an sich schon teure Autos, aber die Innenausstattung war der Wahnsinn.

Beiges Leder überzog die Polster- und Zierelemente und überhaupt konnte sich die Innenausstattung sehen lassen. Ich sah sofort, dass Stanley ein gutes Soundsystem hatte – ein bisschen kannte ich mich dank Blair damit aus. Auf meiner Seite war sogar ein verdammter Minibildschirm eingebaut. So viel stand fest: Die Kiste hatte er nicht vor der Müllkippe gerettet.

„Wie kommst du denn jetzt *darauf*?“, fragte ich stirnrunzelnd.

„Na, du und Caleb. Er spielt Basketball und ihr wart zusammen, oder?“

„Nein, das ist nur ein Gerücht, das sich leider hartnäckig hält“, stellte ich klar und konnte mich nicht entscheiden, ob mich seine Frage ärgern oder kalt lassen sollte. Für wie oberflächlich musste er mich denn halten, wenn er glaubte, dass ich meine

Partner nach ihren Hobbys aussuchte? Ich war doch keine von Tessas Cheerleadern! Und was war das überhaupt für ein Gesprächsthema?

„*Natürlich*", sagte er in einem Ton, als würde er mir kein Wort glauben.

„Nein, wirklich. Wir waren nicht zusammen", beteuerte ich. „Das Gerücht hat Monica nur in die Welt gesetzt, weil sie eifersüchtig auf mich war."

„Eifersüchtig? Warum sollte sie das sein, wenn zwischen euch nichts gelaufen ist?", fragte er unschuldig. Ich öffnete den Mund und klappte ihn wieder zu. Er hatte recht. Das klang nicht sehr glaubwürdig. Ich wollte ihm aber auch nicht sagen, dass Caleb mich benutzt hatte, um Monica eifersüchtig zu machen. Ich würde dastehen, als könnte man alles mit mir tun.

„Ist ja auch egal", winkte er ab, als ich nicht antwortete. „Ich war nur neugierig."

Und ich wusste, dass er nur meinen Beziehungsstatus hatte abchecken wollen, deshalb ließ ich es darauf beruhen.

Die restliche Fahrt verbrachten wir mit höflichem Geplänkel. Stanley musste mir angemerkt haben, dass mich seine Frage verstimmt hatte, denn er sprach heute ausnahmsweise weniger über sich, sondern löcherte mich über Kariere- und Reiseziele. Wie gesagt, es waren keine besonders tiefgründigen Gespräche, aber die erwartete ich auch gar nicht, und er schaffte es, mich meinen Ärger schnell vergessen zu lassen. Zu Hause angekommen schob ich frittierte Hähnchenteile und Pommes in den Ofen. Stanley sah sich im Erdgeschoss um.

„*Netter* Flachbildschirm“, rief er mir aus dem Wohnzimmer zu und bewunderte Blairs Spiele-Sammlung. Caleb, Blair und Rodney waren leidenschaftliche Zocker. Sie hingen zwar nicht täglich vor der Playstation rum, aber wenn sie ihren Spielabend machten, konnten sie schon mal vier Stunden oder länger vor der Glotze sitzen.

„Gehört meinem Bruder. Willst du eine Limo?“, rief ich zurück.

„Gern.“

Ich kam ins Wohnzimmer, reichte ihm die eiskalte Flasche und stieß mit ihm an. Dann zeigte ich ihm mein Zimmer, und er bewunderte meine Zeichnungen, von denen ich ihm gestern erzählt hatte. Zwanzig Minuten später kamen wir ins Erdgeschoss zurück, das mittlerweile von einem intensiven Hähnchenduft erfüllt war.

Frittierte Hähnchen konnte ich zu tausenden in mich reinstopfen – eigentlich alles, was frittiert war. Es gab keine Woche, in der ich nicht mindestens zweimal Frittiertes aß. Ich war so süchtig nach knuspriger Panade, dass ich sogar frittierte Blätter essen würde, Hauptsache, es knusperte ordentlich zwischen den Zähnen.

Stanley nahm mit seiner Limo am Küchentresen Platz und ich servierte ihm eine große Portion Hähnchen mit Pommes. Salz und diverse Würzsaucen standen bereits auf dem Tisch. Dann tat ich mir ebenfalls eine große Portion auf, setzte mich zu ihm und wir ließen es uns schmecken. Dabei fiel mir auf, dass ich mich nicht nur ungezwungen mit Stanley unterhalten konnte, sondern es mir auch überhaupt nichts ausmachte, vor ihm zu essen.

Ganz anders als bei Caleb. Da achtete ich auf jeden Bissen und dass mir auch ja keine Essensreste aus den Mundwinkeln hingen. Manchmal fragte ich mich, warum wir Frauen immer solche unnötigen Komplexe hatten. Männer schämten sich doch auch nicht, vor uns zu schlingen und zu schmatzen. Verdammt. Warum verglich ich die beiden eigentlich schon wieder miteinander?

„Gefällt mir, wie du schlingst. Nicht so wie die anderen Mädchen, die jedes Salatblatt einzeln aufpicken“, bemerkte Stanley grinsend. Ich hatte einen vollen Mund, deshalb konnte ich nicht antworten, sondern nur zurück lächeln.

Ich hätte sowieso nicht gewusst, was ich darauf entgegnen sollte. Mich zu bedanken, weil ich offenbar gut *schlingen* konnte, erschien mir merkwürdig. Ich wollte gerade das nächste Hähnchenstück in die Hand nehmen, als ich Stimmen vor der Eingangstür hörte, was mich mitten in der Bewegung erstarren ließ.

„Oh nein!“, flüsterte ich und das Blut gefror in meinen Adern. Stanley hörte auf zu kauen und schluckte eilig seinen Bissen hinunter.

„Was ist?“

„Mein Bruder kommt!“

Und da er sicher keine Selbstgespräche führte, waren entweder Caleb oder Rodney bei ihm!

„Und das ist ein Problem?“, fragte Stanley stirnrunzelnd. Erschrocken sah ich ihn an. Ich klang, als würde ich mich für ihn schämen.

„Äh, nein“, beeilte ich mich zu sagen und machte eine hektische Bewegung, die eine Hähnchenkeule von meinem Teller fegte.

„Ich hab nur nicht mit ihm gerechnet“, sagte ich – was ja auch der Wahrheit entsprach – und hob das Hähnchen auf. Als ich es in den Mülleimer warf, kam Blair gerade zur Tür rein … mit Caleb, wie ich nun an der zweiten Stimme erkannte.

Das Schicksal musste wirklich ein Problem mit mir haben. Oder was sollte ich davon halten, dass, obwohl Blair dienstags *immer* erst spät nach Hause kam, er es ausgerechnet heute nicht tat? Das war doch Absicht! Jemand da oben wollte mich fertigmachen.

„Ach komm, erzähl keinen Scheiß“, hörte ich Blair sagen, als ich wieder zum Tresen ging.
„Mrs. Harper findet niemanden scharf. Ich glaub, die weiß nicht mal, was das ist!“

„Doch, ich schwör‘s“, hörte ich Caleb sagen. „Sie hat mir jetzt zum dritten Mal die volle Punktzahl gegeben, obwohl ich …“
Die beiden waren im Wohnzimmer angelangt und hatten Stanley und mich entdeckt. Mit einem mulmigen Gefühl winkte ich ihnen zu.

„Hey“, sagte ich.

„Hey!“, antworteten sie wie aus einem Mund und starrten Stanley an. Ihre Blicke hatten ziemliche

Ähnlichkeit mit denen eines Leitwolfs, der soeben einen männlichen Rivalen erspäht hatte. Blair fing sich als Erster und war mit wenigen Schritten in der Küche. Er gab mir einen Kuss auf die Stirn, ging zu Stanley und reichte ihm die Hand.

„Ich bin Blair, Arianas Bruder."

Stanley beging sofort einen Fehler, indem er nicht aufstand – so wie man es anstandshalber tat – sondern Blair im Sitzen begrüßte. Ein absolutes No-Go! Wenn Blair eins nicht leiden konnte, dann Typen, die kein Benehmen hatten.

„Weiß ich. Auf der High School bist du eine Legende!", sagte Stanley und schüttelte seine Hand. Blair lächelte, doch es erreichte seine Augen nicht. Ich sah sofort, dass er Stanley gefressen hatte. Scheiße! Ich musste Stanley hier rausschaffen, bevor Caleb und Blair ihn auf ihre Art zerfleischten.

„Hey, ähm, was hältst du davon, wenn wir ein bisschen spazieren gehen?", schlug ich vor, ohne Blair aus den Augen zu lassen. Stumm flehte ich meinen Bruder an, es sein zu lassen, doch in seinen Augen funkelte bereits die Angriffslust.

„Machst du Witze? Ich hab die einmalige Chance, mit einem Profifootballer zu reden. Das lass ich mir doch nicht entgehen!", antwortete Stanley. Blair zog die Brauen hoch und sah mich mit einem spöttischen *Siehst du. Er will es* an. Ohne es zu wollen, sah ich zu Caleb, der mit verschränkten Armen am Kühlschrank lehnte.

Sein schwarzes Shirt spannte an den Armen und seine Frisur war wieder ein einziges gewolltes Durcheinander. Zum Umfallen sexy. Anders konnte man Caleb nicht beschreiben. Er massierte seine Nasenwurzel und machte den Eindruck, als versteckte er hinter der Geste ein Lachen, dann löste er sich vom Kühlschrank, ging zu Stanley und reichte ihm ebenfalls die Hand.

„Du bist Caleb“, kam Stanley ihm zuvor, womit er sich wahrscheinlich weitere Minuspunkte einhandelte. Bei mir übrigens auch, denn der Idiot schielte doch tatsächlich zu mir rüber, was den anderen natürlich nicht entging. Unangenehmes Schweigen folgte.

„Ähm, das ist jetzt etwas peinlich. Ich hoffe, du hast nichts dagegen“, sagte Stanley zu Caleb und deutete auf mich. Ich versuchte, ein neutrales Gesicht zu machen … und Stanley nicht mit meinen restlichen Keulen zu bewerfen! Blair sah etwas verwirrt aus, dann erinnerte er sich wohl daran, dass man Caleb und mir eine Beziehung nachsagte, und er schnaubte.

„Wieso? Seid ihr zusammen?“, fragte Caleb unverhohlen und mit hochgezogenen Brauen. Seine direkte Frage brachte Stanley zum Stottern. Oder vielleicht war es auch Calebs stechender Blick, der stumm vermittelte, die Frage besser zu verneinen. Ich war hin- und hergerissen. Einerseits hatte ich Mitleid mit Stanley, andererseits fühlte ich mich geschmeichelt, weil Caleb sich benahm, als würde er mich für sich beanspruchen.

„Äh, nein, wir … gehen nur zum Maskenball“, antwortete Stanley. Ein bisschen war es schon lustig, wie ein stämmiger Kerl wie er von den beiden eingeschüchtert wurde. Calebs und Blairs

Körper konnten sich zwar sehen lassen, aber wo die beiden sportlich und trainiert waren, wirkte Stanley einfach nur muskulös und aufgepumpt. Andererseits waren die Freunde quasi berühmt, also wäre wohl jeder eingeschüchtert, egal wie breit er war.

„Also, Stanley", sagte Blair und setzte sich zu ihm. „Erzähl mir was über dich. Was machst du so nach der Schule? Was sind deine Hobbys?"

Caleb setzte sich dazu, womit Stanley von den beiden eingekesselt war. Ich hasste es, wenn sie das taten. Sie konnte eine Person so richtig auseinandernehmen, wenn sie wollten.

Und ich konnte nichts tun, außer machtlos danebenzustehen und zu hoffen, dass Stanley nicht noch mehr dummes Zeug anstellte. Caleb sollte schließlich nicht denken, dass ich mit jedem x-beliebigen Idioten zum Ball ging, weil ich keinen besseren abbekam.

Zwanzig Minuten lang wurde mein Begleiter mit Fragen jeglicher Art durchlöchert. Sie buddelten seine ganze Lebensgeschichte aus, während ich am Kühlschrank lehnte und eine Limo nach der anderen trank. Sie sprachen über so ziemlich alles.

Über Football, die Schule, Stanleys Familienverhältnisse, Hobbys, sogar über Exfreundinnen. Das war total peinlich. Blair benahm sich, als wäre er mein Vater, der einen Freund für seine Tochter castete. Irgendwann zog ich mich auf die Toilette zurück, um Platz für weitere Limos zu schaffen, und als ich das Bad wieder verließ, stand Caleb plötzlich davor.

„Ich hoffe, ihr seid bald fertig mit eurem Verhör!", sagte ich leise, aber vorwurfsvoll. Caleb lächelte, doch es hatte etwas Dunkles an sich.

„Angst, dass dein Freund einknickt?"

„Er ist nicht mein Freund", stellte ich richtig.

„Aber er ist deine Ballbegleitung", sagte er in einem Ton, als wäre das nur ein Synonym dafür.

„Und?", fragte ich. Wenn ich es nicht besser wüsste, würde ich sagen, Caleb war … verstimmt. Aber das konnte nicht sein. Wahrscheinlich konnte er Stanley einfach nicht leiden.

„*Und* als dein Ballbegleiter wird er an dem Abend bestimmt was von dir erwarten", warnte er mich. „Wie einen Kuss zum Beispiel."

„Schön, dann könnte ich das auch endlich auf meiner Liste abhaken!", entfuhr es mir. Caleb stutzte und ich fühlte mich, als würde mich ein Zug rammen. Ich hatte ihm jetzt nicht wirklich verklickert, dass ich noch nie geküsst worden war, oder?

„Der … Kerl ist nicht gut für dich", fuhr Caleb verzögert fort, als müsste er die Information erst verarbeiten. Doch ich wäre nicht die Meisterin im Überspielen, wenn ich nicht einfach über mein peinliches Geständnis hinwegsehen könnte.

„Tut mir einen Gefallen und mischt euch *einmal* nicht in mein Privatleben ein. Könntet ihr das für mich tun?", fragte ich genervt.

„Das musst du deinem Bruder sagen, nicht mir. Ich glaube, er mag deinen Freund nicht."

„Er *ist* nicht mein Freund. Außerdem mag Blair niemanden, für den ich mich interessiere. Das scheint ein Gesetz für ihn zu sein."

In Calebs Augen blitzte etwas auf. „Du interessierst dich für den?"

Eigentlich nicht. Das war mir nur so rausgerutscht. Aber interessant, dass sich seine Augen verengten.

„Naja, ich gehe mit ihm zum Ball. Das würde ich nicht tun, wenn er mir gleich wäre, oder?", fragte ich zurück. Ich redete totalen Quatsch. Ich hegte absolut keine Gefühle für Stanley.

Aber es gefiel mir, dass sich Calebs Blick noch etwas mehr verfinsterte. Wenn ich es nicht besser wüsste, würde ich sagen, er war eifersüchtig. Aber das war reines Wunschdenken. Wahrscheinlich übernahm er wieder Mal unbewusst die Rolle des großen Bruders. Caleb schaute zur Küche, wo Blair sein Opfer immer noch mit Fragen bombardierte.

„Ich will dich ja nicht beunruhigen, aber Blair nimmt den Typen gerade auf freundliche Weise auseinander. Er mag Stanley nicht und ich übrigens auch nicht. Irgendwas an dem Kerl ist falsch."

„Okay, das reicht", sagte ich und schob Caleb aus dem Weg. „Nur, weil ihr ihn nicht mögt, heißt das nicht, dass ich es auch nicht mehr darf. Ich werde das jetzt beenden und dann zieht ihr gefälligst Leine!"

Als ich in die Küche kam, war Caleb dicht hinter mir. Scheinbar wollte er sich die Show nicht entgehen lassen.

„Hey Stanley. Hast du Lust, in die Mall zu fahren? Hier wird es langsam öde", platzte ich mitten ins Gespräch rein. Blair kräuselte verärgert den Mund, Stanley wirkte hingegen erleichtert.

„Unbedingt!", sagte er und stand beinahe fluchtartig auf. Erheitert blieb mein Bruder sitzen und drehte den Oberkörper zu mir. Ich funkelte ihn wütend an – das würde noch ein Nachspiel haben! – und nahm mein Handy vom Tresen.

„Also dann. War cool, mit dir zu reden", sagte Stanley alles andere als überzeugend zu Blair. Ich glaube, das war das erste und letzte Mal, dass er zu mir nach Hause gekommen war.

„Ach, Stanley …?", sagte Blair, als der gerade aus der Küche gehen wollte. An Blairs Ton erkannte ich, dass etwas in der Luft lag. Etwas, das weder Stanley noch mir gefallen würde. Der Angesprochene drehte sich zu Blair um.

„Ja?"

„Du kennst nicht zufällig eine Kathy?"

Vielleicht war es Einbildung, aber ich glaube, Stanley zuckte ganz leicht zusammen.

„Äh … kann sein. Ich kenne viele Kathys."

Blair drehte sich jetzt komplett auf dem Hocker um und nickte nachdenklich.

„Und Kathy Hewling? Sagt dir *der* Name was?"

Stanley sah aus, als hätte Blair ihm mit voller Wucht eine Faust in den Magen gerammt. Ich hatte keine Ahnung, was diese Frage sollte.

„Komm", sagte ich und legte Stanley eine Hand auf den Rücken, um ihn zum Ausgang zu schieben. „Du musst nicht darauf antworten."

„Ich finde schon, dass er das muss“, erwiderte Blair jetzt alles andere als freundlich. „Vor allem deinetwegen, Ary.“
Ich ließ Stanley los und drehte mich wie in Zeitlupe zu Blair um. Aus dem Augenwinkel sah ich, dass Caleb immer noch hinter uns stand, als würde er Stanley im Auge behalten wollen. Drehten die beiden jetzt vollkommen durch?

„Okay, und was, wenn er diese Kathy kennt?“, fragte ich genervt und wurde jede Sekunde wütender. Blair stützte den Arm auf die Tischplatte auf und schaute auffordernd zu Stanley.

„Das soll er dir vielleicht besser selbst erklären.“
Eigentlich schaute ich nur zu meinem Schulkameraden, weil ich erwartete, dass er mich ratlos ansehen würde. Doch sein Gesicht war aschfahl geworden und das machte mich stutzig.

„Was soll der Scheiß, Mann?!“, fragte Stanley plötzlich und schien sich zutiefst unwohl in seiner Haut zu fühlen. Okay, jetzt war ich mehr als stutzig.

„Verrätst du mir bitte, was es mit dieser Kathy auf sich hat?“, fragte ich Stanley ungeduldig. Doch anstatt zu antworten, starrte er Blair einfach nur an. Wütend.

„Dein Freund ist dafür bekannt, seine Griffel nicht bei sich behalten zu können. Vorhin war ich mir nicht sicher, ob er es ist – ich hatte nur davon gehört – aber nachdem ich Kathy erwähnt hatte, war alles klar“, sagte Blair.

„*Was* war klar?“, wollte ich wissen.

„Kathy ist seine Exfreundin … und Monicas Cousine. Sie hat Schluss gemacht, weil er während ihrer Beziehung mit anderen Mädchen rumgevögelt hat."

„So ein Schwachsinn!", stieß Stanley wütend aus. Er klang nicht wie jemand, über den man unwahre Gerüchte verbreitete – dafür zitterte seine Stimme zu sehr. Eher wie jemand, der enttarnt wurde und nicht glücklich darüber war.

„Außerdem ist er wegen sexueller Belästigung schon oft aus Clubs rausgeflogen."

„So einen Scheiß hör ich mir nicht länger an!" Ohne mich oder jemand anderen noch eines Blickes zu würdigen, stürmte Stanley aus dem Haus und knallte fest die Tür hinter sich zu. Das Geräusch klingelte in meinen Ohren, als hätte ich direkt danebengestanden. Ich konnte nur wie betäubt die Haustür anstarren. Irgendwann erwachte ich aus meiner Starre, eilte zur Haustür und riss sie auf, doch da war Stanley längst über alle Berge.

„Da haben wir dich noch mal gerettet, was?", sagte Blair und tauschte einen zufriedenen Blick mit Caleb. Der sah allerdings weniger begeistert aus. Angespannt sah Caleb mich an, als sähe er etwas in meinem Blick, das Blair entging. Ich konnte mir vorstellen, was er sah: Fassungslosigkeit. Und die machte mich einen Moment lang völlig sprachlos.

„Ihr … ihr habt meine Ballbegleitung vergrault", brachte ich schließlich hervor. In die ich nicht nur meine letzte Hoffnung, sondern auch drei Tage Arbeit gesteckt hatte. Blair wechselte einen irritierten Blick mit Caleb. Das war scheinbar nicht die Reaktion, die er erwartet hatte.

„Nein, wir haben dich davor bewahrt, mit einem Arschloch auszugehen. Das ist etwas Gutes, Ary."

„Ach ja?", fragte ich wütend. „Was soll gut daran sein, dass ich euretwegen *allein* zum Ball gehen werde?! Wie stehe ich denn jetzt da?"

Sprachlos starrte Blair mich an. Und Blair war nicht oft sprachlos. Wieder schaute er zu Caleb, als erbat er dessen Hilfe.

„Verstehe ich das richtig, dass du sauer auf mich bist, weil ich Stanley hab auffliegen lassen? Der Typ wollte dich wahrscheinlich abfüllen und abschleppen!"

„Du bist so ein Arschloch, weißt du das?", sagte ich leise. Blair machte ein Gesicht, als hätte ich ihn geschlagen. Es kam nicht oft vor, dass ich meinen Bruder beschimpfte. Genau genommen konnte ich mich nicht daran erinnern, wann ich es das letzte Mal getan und auch ernst gemeint hatte.

Es musste Jahre her sein. Wir nahmen uns zwar oft auf die Schippe – hin und wieder fiel auch mal ein Schimpfwort – aber wir meinten es nie ernst. *Diesmal* meinte ich es, und das spürte Blair.

„Jetzt mal langsam", versuchte Caleb, die Situation zu schlichten, doch ich ignorierte ihn.

„Schlimm genug, dass du dich immer noch in mein Privatleben einmischst, aber dass du ernsthaft glaubst, ich würde mich abschleppen lassen, ist dermaßen beleidigend, dass ich gar keine Worte dafür finde. Ich dachte, du hättest mehr Vertrauen in mich", sagte ich leise. Blair öffnete den Mund und klappte ihn dann wieder zu. Erst jetzt begriff er, was er da gesagt hatte.

„Mann, so war das doch gar nicht gemeint“, seufzte er. „Ich wollte damit nicht sagen, dass du eine … eine Schlampe bist, sondern dich nur vor diesem Idioten beschützen. Der Typ ist Abschaum. Glaub mir, mit so einem willst du nicht ausgehen.“

„Woher willst du wissen, was ich will?“, rief ich wütend. „Ich wollte einfach nur mit jemandem zum Ball gehen.“

„Aber mit *dem*?“, erwiderte Blair angewidert. Ich schüttelte den Kopf und war kurz versucht, ihn kommentarlos stehen zu lassen.

„Du verstehst es einfach nicht, oder? Es spielt überhaupt keine Rolle, wer oder was Stanley ist. Wichtig ist, was *ich* bin. Und ich bin jemand, der niemals zugelassen hätte, dass Stanley mich anfasst. Weißt du wieso, Blair? Weil ich durchaus in der Lage bin, Kerle einzuschätzen. Dafür brauche ich weder dich, noch *dich*!“, sagte ich auch an Caleb gewandt.

„Ich bin nicht sauer, weil du mich beschützen wolltest, sondern auf die Art und Weise, *wie* du es getan hast. Als könnte ich nicht für mich selbst sprechen. Wenn ihr das nächste Mal so einen Verdacht habt, dann kommt vorher gefälligst zu mir und lasst mich die Sache mit demjenigen selbst klären!“

Betreten sahen die Jungs mich an. Scheinbar wussten beide nicht, was sie darauf antworten sollte. Ich lächelte kalt.

„Tja, dann gehe ich mal auf mein Zimmer und informiere die Mädels, dass mein Begleiter abgesprungen ist. Ich nehme nicht an, dass Stanley sich noch mal bei mir melden wird. Vielen Dank. Ihr habt mir soeben den Maskenball versaut!"

„Ary", rief Blair mir halbherzig hinterher, doch ich ließ mich nicht aufhalten, sondern ging auf mein Zimmer und schlug kräftig die Tür hinter mir zu.

Ein letztes Mal fuhr ich mit dem Mascara über meine Wimpern und klimperte probeweise mein Spiegelbild an. Keine verklebten Härchen oder Rückstände auf meiner Haut – ein Hoch auf teure Kosmetik. Zufrieden mit meiner Arbeit räumte ich die Schminkutensilien in das Täschchen zurück und verließ das Bad.

Es war immer wieder erstaunlich, was Make-up bewirken konnte, besonders bei Frauen wie mir, die sich nur selten schminkten. Ich war zwar in der Lage, mit einem Beautyblender und Lippenstift umzugehen, aber ich machte keine Wissenschaft daraus oder besaß ein ganzes Schminkarsenal, so wie Hazel beispielsweise. Heute Morgen hatte sie mir eine Auswahl ihrer besten Make-up-Produkte mitgegeben, richtig teure Designermarken, die wahre Wunder bewirkt hatten.

Wahrscheinlich hatte Hazel sichergehen wollen, dass ich mich, wenn ich schon allein aufkreuzte, wenigstens wohl in meiner Haut fühlte. Und ich musste sagen, es war ihr gelungen. Nachdem Stanley vorgestern aus dem Haus geflüchtet und ich in mein Zimmer gegangen war, hatte es kurz so ausgesehen, als würden meine Freundinnen ohne mich gehen.

Ich hatte einen Online-Kriegsrat mit den Mädels einberufen und die ersten zehn Minuten Pläne geschmiedet, wie ich Blair und Caleb möglichst langsam und qualvoll umbringen könnte. Doch keine der elenden Verräterinnen hatte mir helfen wollen.

Also hatte ich mich irgendwann so weit beruhigt, dass ich wieder rationale Entscheidungen hatte treffen können. Und das einzig Rationale war, trotzdem zum Maskenball zu gehen und den Abend zu genießen. Genau das hatte ich jetzt vor. Wer brauchte schon einen bescheuerten Begleiter?

Hazel war bereits seit einer guten Stunde in der Schule und eröffnete mit den Organisatoren den Ball, Piper und Myra würden mich in dreißig Minuten vor dem Haupteingang treffen. Mit Blair hatte ich seit zwei Tagen nicht mehr gesprochen, auch mit Caleb nicht, der mir eine WhatsApp-Nachricht nach der anderen schickte.

Ich antwortete auf keine der Mitteilungen und nahm auch nicht ihre Anrufe entgegen. Ich würdigte meinen Bruder nicht mal eines Blickes, wenn ich nach Hause kam. Ich ließ die beiden so richtig leiden – oder zumindest war das mein anfänglicher Plan gewesen. Leider hatte ich eine große Schwäche und die nannte sich Weichherzigkeit.

Ich konnte nie lange auf jemanden wütend sein, schon gar nicht auf meinen Bruder oder eine andere nahestehende Person. Im Grunde hatte ich Blair schon verziehen, als er gestern Abend eine halbe Stunde lang vor meinem abgeschlossenen Zimmer gestanden und demütig um Einlass gebeten hatte. Zwar war ich standhaft geblieben, damit er seinen Fehler auch ja verinnerlichte, aber es hatte mich sehr gequält. Ich schätzte, dass es nicht mehr lange dauerte, bis ich nachgab. Spätestens wenn er wieder seinen berühmten Hundeblick aufsetzte oder mir einen Eimer *Fried Chicken* vor die Nase stellte.

Vor mich hin summend schaltete ich im Bad das Licht aus und ging in mein Zimmer, wo ich ein letztes Mal mein mintgrünes Petticoat-Kleid betrachtete. Ich drehte mich einmal um mich selbst, dann setzte ich meine Maske auf und zupfte an meinen Haaren herum, die ich m

Das einzig Positive am Maskenball war, dass niemand wissen würde, dass *ich* die einsame Seele war, die ohne Begleitung kam. Dafür sorgte meine Maske – hoffentlich. Im Erdgeschoss schlüpfte ich gerade in die weißen Absatzschuhe, die Hazel mir ausgeborgt hatte, als es unerwartet an der Tür klingelte.

Verwundert humpelte ich mit einem Schuh zum Eingang, während ich den anderen in der Hand behielt. Treffpunkt war doch vor unserer Schule und Blair war mit seinen Jungs feiern – er konnte es auch gar nicht sein, da er einen Schlüssel hatte.

Ohne durch den Spion zu schauen, öffnete ich die Tür … und stutzte. Was machte *er* denn hier? Calebs Augen leuchteten auf, als er mich sah, zumindest bildete ich mir das ein, als sein Blick über mein Kleid und meine Beine wanderte. Er blieb etwas länger als notwendig an meinem Fuß mit dem Absatzschuh hängen. Ich wollte schon mit den Fingern schnipsen und ihm sagen, dass er mir gefälligst in die Augen gucken sollte, doch dann schaute er durch gesenkte Lider auf. Sein Blick war … entwaffnend.

„Was machst du hier?“, fragte ich und betrachtete seine Aufmachung. Calebs Frisur war genauso wild und locker wie ich sie kannte. Doch anders als gewohnt, steckte sein wohlgeformter Körper in einem schicken, anthrazitfarbenen Hemd und einer schwarzen, seidenen Hose.

Mit offenem Mund ließ ich meinen Blick bis zu den schwarzen Smoking-Schuhen und wieder hoch wandern. Er sah aus wie ein Parfümmodel, das sich jeden Moment die Kleider vom Leib reißen und sich einsprühen würde. Ehrlich, hätte ich im Duden nach dem Wort *Model* gesucht, hätte ich darin garantiert ein Foto von Caleb gefunden.

„Suchst du jemanden?“, platzte es aus mir heraus. Eine Frage von hoher Sinnlosigkeit, denn Blair war nicht da, womit ich die Einzige war, nach der er suchen könnte, doch ich konnte sie mir nicht verkneifen. Seine Mundwinkel dehnten sich zu einem Lächeln aus, doch es war unerwarteterweise nicht spöttisch.

„Ich suche tatsächlich jemanden … und ich habe sie gerade gefunden.“

Er holte eine einzelne Rose hinter seinem Rücken hervor und reichte sie mir mit einer leichten Verbeugung. Was tat ich, anstatt sie zu nehmen? Ich rührte mich keinen Zentimeter, sondern starrte die rote Rose an, als hielte er mir ein blutiges Messer hin.

„Ich möchte mich bei dir entschuldigen. Und zwar unabhängig von dem, was Blair getan hat. Ich hab dich schon wieder wie ein Kind behandelt, obwohl ich versprochen hatte, es nicht mehr zu tun. Ich weiß auch nicht, warum ich das immer mache, aber es tut mir leid, und ich gelobe hiermit ein für alle Mal Besserung. Natürlich hast du allen Grund, wütend auf mich zu sein. Ich würde sogar verstehen, wenn du mir einfach die Tür vor der Nase zuknallen würdest …"

Sein Blick wurde eindringlich. „Aber mach es nicht, bitte. Sich mit dir zu streiten, fühlt sich so … falsch an, unnatürlich. Verzeihst du mir?"

„Wow", sagte ich und nahm die Rose entgegen. „Also … das ist doch mal eine Entschuldigung." Jetzt grinste er wieder sein typisches Caleb-Grinsen. Charmant und eine Spur anzüglich.

„Ich hatte auch zwei Tage Zeit, um mich vorzubereiten. Frieden?", fragte er und breitete die Arme aus. Gegen meinen Willen musste ich lachen.

„Frieden. Aber ich werde mich ganz sicher nicht in deine Arme werfen!"

„Warum nicht?" In seinen Augen blitzte es herausfordernd auf. „Machst du doch sonst auch immer."

„Nein, mache ich nicht. Du *nimmst* dir die Umarmungen bloß immer. Das ist ein Unterschied", wies ich ihn belustigt darauf hin.

„Ist das eine Einladung? Ich glaube dir nämlich erst, dass du mir verziehen hast, wenn du dich

drücken lässt."
Lachend wich ich zurück, legte die Rose auf die Kommode und schlüpfte in den zweiten Schuh. Caleb schien jedoch keine Späßchen zu machen.

„Dann hole ich sie mir eben. Manche Leute muss man zu ihrem Glück zwingen."
Mit ausgestrecktem Arm wollte ich ihn zurückhalten, doch damit machte ich es ihm nur noch leichter. An meinem Handgelenk zog er mich an seinen Körper. Der darauffolgende Aufprall raubte mir schon wieder sämtliche Luft.

„Caleb!", sagte ich atemlos und trommelte mit den Händen auf seinen Rücken, damit er mich losließ. „Ich trage Make-up!"

„Hab ich gesehen, und das hast du überhaupt nicht nötig", gab er missbilligend zurück, bevor er mich losließ. Schnaubend glättete ich mein Kleid und ließ mir nicht anmerken, dass seine Worte mein Innerstes kribbeln ließen.

„Du musst nicht mehr schleimen. Ich *habe* dir schon verziehen."

„Ich weiß", sagte er und sah mich geradeheraus an. Mit verschränkten Armen lehnte er sich an den Türrahmen, wobei der enganliegende Stoff seines Hemdes auf wunderbare Weise seine Muskeln betonte.

„Ich tu's trotzdem. Es ist nämlich die Wahrheit."

„Okay, also… danke", winkte ich das Thema ab und hätte mich am liebsten dafür geohrfeigt. Ich konnte einfach nicht mit Komplimenten umgehen – zumindest nicht, wenn sie von Caleb kamen. Das zeugte nicht unbedingt von Reife, oder? Aber was sollte ich denn machen? Jedes Mal, wenn er ein Kompliment aussprach, war es, als würde mein Herz stehen bleiben. Und ich hatte nicht vor, mit meinen bald 18 Jahren an Herzversagen zu sterben! Seine schönen Worte nicht ernst zu nehmen, war reine Selbsterhaltung.

„Ich muss dich jetzt leider wieder rausschmeißen. Du hast dir keinen guten Zeitpunkt für deine Entschuldigung ausgesucht", sagte ich und schlüpfte in meine Jacke. Als er nicht antwortete, sondern mich nur belustigt anschaute, hielt ich inne. Wenn Caleb so guckte, bedeutete das meistens nichts Gutes – nicht für mich jedenfalls.

„Was ist?", fragte ich deshalb argwöhnisch.

„Ehrlich? Ist das nicht offensichtlich?", fragte er und deutete auf seine Aufmachung. „Ich komme natürlich mit. Ich bin deine Begleitung."

Es wurde so still, dass man eine Nadel hätte fallen hören können. Ich glaube, ich atmete nicht einmal mehr.

„Du … tust *was*?"

Erheiterung blitzte in seinen Augen auf. Sicher, weil ich ihn wie ein Auto anstarrte. „Was dachtest du denn, warum ich hier mit Hemd und Rose stehe?"

„Weil … du dich entschuldigen wolltest?"

„*Dafür* ist die Rose, nicht das Hemd, Sweetie."

Er schob die Hände in die Hosentaschen und trat mit einem provozierenden Lächeln ins Haus. Mir fiel auf, dass ich schon wieder mit Caleb allein war. Warum passierte das in letzter Zeit eigentlich so oft?

„Betrachte mich als dein *Versöhnungsgeschenk*.“
Wäre ich nicht so schockiert gewesen, hätte ich seine anzügliche Bemerkung sicher kommentiert. Doch mein Spatzenhirn musste immer noch verarbeiten, dass mein Traummann vor mir stand und mich zum Maskenball begleiten wollte. Ehrlich, das war zu viel für mich. Ich spürte förmlich, wie die Rädchen in meinem Kopf stotterten und qualmten.

„Ich bin heute Nachmittag sogar extra los und hab noch eine Maske besorgt“, sagte er und zog eine schwarze Kostümmaske aus der Hosentasche.

„Viel Auswahl gab es nicht mehr, aber immerhin.“
Ich schluckte, als er sie aufsetzte und mich anlächelte. Caleb sah ja schon im Alltagslook unnormal gut aus, jetzt wirkte er einfach nur geheimnisvoll – verführerisch geheimnisvoll.

„Bereit?“, fragte er und bot mir zwinkernd seinen Arm dar, damit ich mich einhakte. Eigentlich nicht. Ich wusste ja nicht mal, ob sich das hier vielleicht nur in meinem Kopf abspielte und ein Tagtraum war. Womöglich war ich ja wieder die Treppe runtergestürzt und fantasierte. Aber wenn es so wäre, sollte ich besser das Beste aus meinem Traum machen, oder?

„Bereit“, sagte ich grinsend und hakte mich bei ihm ein.

Vor der Schule hatte sich eine riesige Schlange gebildet, die sich über den gesamten Gehweg erstreckte. Grund dafür waren die Fotos, die am Eingang von jedem Pärchen gemacht wurden und das Durchgehen verlangsamten.

Es war das Gleiche wie letztes Jahr: Man kam nur mit Stempel an der Kontrolle vorbei und dafür musste man erst ein Foto machen lassen. Ich hoffte sehr, dass Caleb nichts dagegen hatte, sich mit mir ablichten zu lassen. Andererseits war es seine Idee gewesen, mich zu begleiten. Er hatte bestimmt damit gerechnet, oder?

Von Piper und Myra war noch keine Spur, aber da ich dank Caleb zeitiger als geplant hier war, wartete ich noch, bevor ich sie anrief. Ich war froh, eine Jacke mitgenommen zu haben, in die ich meine Hände graben konnte. Die Nacht hatte doch einiges an Temperaturen geschluckt und eine ziemliche Frische zurückgelassen.

Caleb schien in seinem Hemd nichts davon zu merken. Vielleicht verhinderten seine Muskeln, dass irgendetwas von der Kälte durchdrang, überlegte ich mit einem verstohlenen Blick auf seinen Oberkörper.

Ich wettete, dass mir sofort warm werden würde, wenn er mich jetzt an sich drücken würde. Kopfschüttelnd wandte ich den Blick ab und schaute geradeaus. Ich war nervös, deshalb waren meine Gedanken schon wieder vollkommen unsinnig. Aber wie konnte man mir die Nervosität verübeln? Das war das erste Mal, dass ich mit jemandem, der mir etwas bedeutete, auf den Ball ging. Was redete ich, in den ich *verschossen* war! Für Caleb war die Veranstaltung nur eine Wiedergutmachung, aber für mich war das eine ganz große Sache. Ich würde den ganzen Abend mit meinem Traummann verbringen, vielleicht sogar mit ihm tanzen.

Das war wie ein wahrgewordener Traum, aus dem ich niemals aufwachen wollte. Wind lockerte meine Frisur auf und zwang mich immer wieder dazu, mein Haar glatt zu streichen, was nach einer Weile offenbar nicht nur mich nervte.

„Warum fummelst du die ganze Zeit an dir rum? Bist du nervös?“, fragte Caleb. Erschrocken ließ ich meine Hand sinken und schüttelte viel zu heftig den Kopf. Er lachte.

„Ganz locker, Sweetie. Das ist nur ein Schulball, keine Oscarverleihung.“

„Ich weiß“, seufzte ich und versuchte, mein Haar ein für alle Mal zu bändigen, indem ich es unter die Jacke schob. Es musste etwas in meinem Tonfall mitgeschwungen haben, denn Caleb legte den Kopf schräg und sah mich nachdenklich an. Oh, verdammt!

„*Aber?*“, hakte er nach. Fest biss ich mir auf die Unterlippe und ohrfeigte mich im Geist für den Gefühlsausrutscher.

„Nichts. Gar nichts“, beeilte ich mich zu sagen. Gott, meine Stimme klang total piepsig!

„Ach, komm schon. Sag‘s mir“, bat er mit einem unwiderstehlichen Lächeln und stupste mich mit dem Ellenbogen an.

„Ich denke nicht, dass das eine gute Idee ist“,

murmelte ich und richtete meinen Blick wieder geradeaus.

„Und warum nicht?“ *Weil ich dir dann mein Herz ausschütten würde und dann würdest du dir wünschen, mich niemals begleitet zu haben.* Als ich nur die Schultern zuckte, ließ er das Thema fallen und spähte über die Köpfe der anderen hinweg. Verzweifelt suchte ich nach einem neuen Gesprächsthema, um das peinliche Schweigen zu brechen, doch seine Nähe erschwerte mir das Denken.

Caleb stand so dicht neben mir, dass sein Arm gegen meinen drückte und ich sein wunderbares Parfüm wahrnehmen konnte. Nicht nur einmal erwischte ich mich bei einem tiefen Atemzug und dem Wunsch, mich einfach in seine Arme zu schmiegen. Vielleicht sollte ich ihn wieder necken, überlegte ich nicht ganz ernsthaft, damit er mich in den Schwitzkasten nahm.

„Wolltest du dich nicht mit den anderen treffen?“, fragte er nach einer Weile und sah mich wieder an.

„Ja, vor dem Eingang. Wahrscheinlich sind sie noch nicht da. Wir waren mit dem Auto schneller hier, als ich ursprünglich geplant hatte. Da fällt mir ein: Ist es okay für dich, wenn wir uns nachher kurz trennen? Ich bin um 22 Uhr zum Quatschen mit meinen Mädels verabredet. Es dauert auch nur 10 Minuten.“

„Klar. Ich wollte sowieso schauen, ob ich alte Lehrer wiedersehe. Ist schon ‘ne Weile her, seit ich das letzte Mal hier war.“

Eine Minute später rief Piper an und informierte

mich darüber, dass sie bereits am Anfang der Schlange standen. Sie dirigierte uns tatsächlich bestimmt einhundert Köpfe nach vorn und staunte nicht schlecht, als sie meinen Begleiter erkannte.

„Caleb! Das ist ja eine Überraschung“, sagte sie und schüttelte seine Hand. „Wie kommt’s?“

„Das war ich ihr schuldig, nachdem ich ihr Date vergrault habe “, antwortete er und begrüßte erst die Mädchen und dann deren Begleiter. Piper war mit ihrem *Noch*-Freund gekommen, Myras Partner kannte ich nur vage. Der Blick, den meine Freundinnen auf Calebs Worte hin tauschten, weckte in mir den Wunsch, ihre Köpfe zu nehmen und heftig gegeneinander zu schlagen. Konnten sie sich vielleicht *noch* dämlicher angrinsen?!

Es war ja schön, dass sie sich für mich freuten, aber doch bitte nicht vor Caleb! Ich war froh, als die Schlange vorrückte und die beiden sich abwenden mussten, um die Stufen hinaufzugehen. Piper sah mit ihrem schwarzen, wallenden Ballkleid wie Draculas Braut aus. Myra trug das dunkelgrüne, bodenlange Kleid vom letzten Jahr, das aus einem wunderbar leichten Stoff bestand und mich wegen der Farbe an ihre Echse erinnerte. Ihre Begleiter, die vor uns liefen und sich angeregt unterhielten, trugen beide weiß.

Wir brauchten nochmal einmal zehn Minuten, ehe wir den Eingang erreicht und die Fotos gemacht hatten, dann waren wir im Inneren des Gebäudes und ich war total geflasht. Bäume, die in riesigen Kübeln steckten, säumten die Seitengänge, so dicht stehend, dass man die Wände dahinter nicht mehr sehen konnte.

Ich fühlte mich, als stünde ich mitten in einem Märchenwald. Auf dem Linoleumboden klebten grüne und braune Blätter und an den Ästen bunte Masken. Die Deko war einfach nur abgefahren und das komplette Gegenteil zu der Winterwelt im letzten Jahr.

Ich schaute mich weiter um und sah, dass auch alle anderen Gänge in *Wälder* verwandelt worden waren. Der absolute Wahnsinn! Wenn das Hazels Idee gewesen war – und ich nahm es stark an, auch wenn sie Stillschweigen über das Konzept bewahrt hatte – würde ich sie dafür abknutschen.

„Ich bin beeindruckt“, teilte Caleb meine Bewunderung und sah sich um. Wieder betrachtete ich sein Gesicht, als er über meinen Kopf hinweg schaute, und konnte die Worte nur an ihn zurückgeben. Er sah genauso beeindruckend aus. Ich konnte kaum die Augen von ihm lassen. Dann geschah natürlich das, was geschehen musste: Er senkte viel zu schnell den Blick und begegnete meinem.

„Was ist?“, fragte er halb lächelnd, halb stirnrunzelnd.

„Gar nichts, du … siehst nur sehr gut aus“, entschlüpfte mir ungewollt die Wahrheit. Ups! Das war jetzt *nicht* geplant gewesen. Sein Lächeln breitete sich zu einem Grinsen aus, das seine perfekten Zähne zeigte.

„Wie nett von dir. Aber weißt du was?“, fragte er und beugte sich ein Stück zu mir herunter. Ich erstarrte, als er eine Locke nahm und sie ganz sacht hinter mein Ohr legte.

„Das ist nichts im Vergleich zu dir. Du sieht *perfekt* aus.“

Damit bot er mir seinen Arm dar, und ich hakte mich wie benommen bei ihm ein.

Auf unserem Spaziergang durch die *Wickville* High School gab es viel zu bestaunen. Natürlich musste ich mich von Calebs Kompliment erst erholen und das dämliche Grinsen aus dem Gesicht kriegen, bevor ich mich wieder auf meine Umgebung konzentrieren konnte. Doch als es dann so weit war, war ich einfach nur überwältigt.

Innerhalb weniger Stunden hatten die Organisatoren, das Lehrerkollegium und die etwa einhundert Helfer einen Märchenwald aus der Schule gemacht. Die Flure, Klassenräume und Turnhalle waren ein einziges gewaltiges Kunstwerk, das der Aufmachung des letzten Jahres in nichts nachstand.

Selbst der Campus mit seinen brennenden Fackeln und den künstlich errichteten Bäumen – die einen Wald imitierten – waren ein Hingucker. Von den leuchtenden Fratzen, die mittels Beamer ans Schulgebäude projiziert wurden, ganz zu schweigen. Eins musste man unserer Schule lassen: Obwohl die *Wickville* High School eine staatliche Institution war, sparte sie nie an den Veranstaltungen.

„Ich muss mich kurz setzen. Die Schuhe bringen mich um“, sagte ich, als wir eine Stunde später auf dem Weg zur Getränkebar waren. Ganz Gentleman brachte Caleb mich zur nächsten Bank und vollführte eine Verbeugung, die einem Butler Ehre gemacht hätte und mich zum Lachen brachte.

Er war ein guter Unterhalter – genau das, was ich mir für den Abend gewünscht hatte. Okay, eigentlich war er *alles*, was ich mir gewünscht hatte. Aber da ich Calebs Herz niemals erobern würde, gab ich mich mit seiner Gesellschaft zufrieden. Und die war herrlich.

„Warte hier, ich hol uns was zu trinken“, sagte er und verschwand in der bunten, maskentragenden Menge. Ich war nicht das einzige weibliche Wesen auf der Bank, das sich scheinbar mit seinen Schuhen herumquälte. Das Mädchen neben mir trug ein strahlendweißes Kleid mit aufgedruckten Schmetterlingen und lehnte mit geschlossenen Augen an der Seitenwand der steinernen Treppe. Ob sie betrunken oder einfach nur erschöpft war, konnte ich nicht sagen.

Nur, dass ihre sehr unbequem aussehenden Absatzschuhe vor der Bank standen und sie ununterbrochen mit den Zehen wackelte. Wer war denn auch so lebensmüde und zog High Heels auf einen Ball an? Auf der gegenüberliegenden Seite saßen ebenfalls Mädchen auf den Bänken.

Manche unterhielten sich, andere knutschten mit ihren Partnern oder verschnauften einfach, so wie ich. Auch auf der Treppe hinter mir lungerten Schüler herum. Ich hatte sie schon gesehen, als

Caleb mich hergebracht hatte, und hörte sie über mir kichern. Mein Blick fiel wieder auf das Mädchen neben mir.

Die Versuchung – es ihr nachzumachen und meine Schuhe auszuziehen – war groß. Doch ich wusste, dass der Schmerz doppelt so schlimm sein würde, wenn ich meine geschwollenen Füße sich jetzt dehnen lassen und sie dann wieder in die enge Konstruktion zwängen würde.

Ich ließ es bleiben und machte mir einen Spaß daraus, die Gesichter meiner Mitschüler unter den Masken zu erraten. Das war teilweise unmöglich, denn nicht alle trugen so dezente Maskeraden wie Caleb und ich. Einige verdeckten nur das halbe Gesicht, andere das ganze und wiederum andere hatten sich spitze Nasen oder Schnäbeln aufgesetzt. Das Gesamtbild war bizarr und wunderschön zugleich.

„Euer Drink, Madame", sagte Caleb, als er wieder zurück war. Er reichte mir einen lilafarbenen Becher.

„Bitte nicht den *Pluralis Majestatis*!", lachte ich und nahm den Becher entgegen. „Letztes Jahr hat Piper darauf bestanden, dass wir uns den ganzen Abend über mit *Euch* und *Ihr* ansprechen. Ich hab jetzt noch ein Trauma davon!"

„Dann muss ich mir wohl eine andere Anrede einfallen lassen, die deinem Anblick gerecht wird." Augenzwinkernd stieß er seinen Becher an meinen, dann tranken wir, was mir glücklicherweise eine Antwort ersparte. Vielleicht sah er es als Begleiter als seine Pflicht an, mir heute Komplimente zu machen, überlegte ich. Anders konnte ich mir das nicht erklären.

„Worüber denkst du so angestrengt nach?“, fragte er, nachdem wir eine Weile schweigend unsere Schorle getrunken hatten. Dass Caleb mir aber auch immer alles sofort ansehen musste! Ich schaute zu ihm hoch und hatte das Gefühl, dass irgendetwas anders an seinem Blick war. Caleb hatte heute etwas an sich, dass mir das Gefühl gab, ihm alles beichten zu können.

„Über die Komplimente, die du mir heute machst“, gestand ich und nahm einen weiteren Schluck. „Du nimmst deinen Job als Begleiter wirklich ernst.“

Ich wollte meinen Worten einen lächerlichen Touch verleihen, doch diesmal funktionierte es nicht. Calebs Gesicht blieb ernst.

„Glaubst du wirklich, *deshalb* mache ich dir Komplimente? Weil ich mich bei dir einschleimen will?“

Als ich nur die Schultern zuckte, nahm er mir einfach den Becher aus der Hand und warf ihn in den Mülleimer. Ich war aber noch nicht fertig gewesen.

„Hey!“, protestierte ich, doch da zog er mich auf die Beine und hinter sich her.

„Was hast du vor?“, fragte ich und ließ mich überrascht mitziehen.

„Tanzen gehen … und dann reden wir über deine defekte Selbsteinschätzung!“

Damit hakte er sich wieder bei mir ein und lief mit mir in Richtung Sporthalle.

„Ich habe keine defekte Selbsteinschätzung“, behauptete ich, entlockte ihm damit aber nur ein Schnauben. Er warf mir einen zweifelnden Seitenblick zu und dirigierte uns geschickt durch die Menge.

Dadurch, dass viele Mädchen pompöse Ballkleider trugen, waren die Gänge doppelt vollgestopft und ein schnelles Durchkommen nahezu unmöglich. Scheinbar galt das nicht für Caleb.

Er schien in der Menschenmasse keine Fortbewegungsprobleme zu haben. Mit seinen 21 Jahren war er nicht nur der älteste, sondern auch einer der größten, was dazu führte, dass die Leute ihn schon von Weitem sahen und entsprechend Platz machten. Ich schätze, seine beeindruckende Ausstrahlung trug einen erheblichen Teil dazu bei.

Wie jedes Jahr war die Turnhalle zum Tanzsaal umfunktioniert worden. Diesmal war das Innere wie eine Waldlichtung aufgebaut, mit Blättern- und Blütenstickern auf dem Boden, einem aus Ranken bestehenden DJ-Pult, Schmetterlingsscheinwerfern an den Decken und Leuchtkäfern an den Baumstämmen. Caleb führte mich ohne Umwege zur Tanzfläche, legte seine Arme um meine Mitte und begann, sich im Takt der Musik zu bewegen. Ich konnte nicht anders, ich musste einfach grinsen.

„Was ist?“, fragte er und grinste zurück. Ich schüttelte den Kopf, wollte erst gar nicht antworten, doch dann suchte Caleb so lange meinen Blick, bis ich aufgab und ihn erwiderte. Sofort schmolz meine Fassade dahin. Das war echt gruselig. Entweder wurden mit der Lüftung bewusstseinsverändernde Stoffe ins Gebäude geblasen oder Caleb war plötzlich Mentalist.

„Naja, das ist das erste Mal, dass wir miteinander tanzen. Findest du das nicht komisch?“, fragte ich.

„Wir haben schon oft zusammen getanzt“, erwiderte er. „Bei *Dance Star* zum Beispiel.“

„Okay, aber nicht *so*. Das hier ist was anderes“, sagte ich. Er zuckte die Schultern und wirbelte mich schwungvoll herum, sodass ich mich erschrocken an ihm festklammerte. Seine Muskeln unter dem dünnen Hemd waren fest und definiert. Es war ein wahnsinnig tolles Gefühl, ihn an den Hüften anzufassen.

„Ist es dir etwa unangenehm, mit mir zu tanzen? Ich bin immerhin offiziell dein *Freund*“, scherzte er.

„Na, ich weiß nicht“, ging ich auf das Spiel ein. „Nachdem Stanley mich mit seinem Schlitten vor der ganzen Schule abgeholt hat, bist du wohl Geschichte.“

Er nahm seine Hand von meinem Rücken und fasste sich mit gequältem Gesicht an die Brust.

„Autsch! Das hat jetzt schon ein bisschen wehgetan.“

„Nur ein bisschen?“, fragte ich und grinste ihn breit an. Es verrutschte allerdings, als er seine Hand wieder auf meine Taille legte. Diesmal fühlte es sich so … besitzergreifend an.

„Wir könnten hier und jetzt eine Show abliefern und uns vor der ganzen Schule trennen. Dann wären die Gerüchte garantiert vorbei“, schlug ich vor, um meine heftige Reaktion auf Calebs

Berührung zu überspielen. In seinem Blick veränderte sich etwas. Wenn ich jetzt so darüber nachdachte, war es heute schon den ganzen Abend da gewesen, doch er hatte es geschickt überspielt. Es war Ernsthaftigkeit. Irgendetwas bedrückte oder beschäftigte ihn.

„Vielleicht will ich ja gar nicht, dass das passiert", murmelte er, wie zu sich selbst, und starrte mich an. Erschüttert wollte ich den Tanz unterbrechen, doch sein Griff um meine Taille wurde fester und er führte mich weiter.

„Was … was meinst du damit?"

Eng zog er mich an sich heran und beugte sich dann dicht an mein Ohr. Er sagte jedoch nichts, sondern tanzte eine Weile mit mir. Bis mein Kopf – ausgelöst durch die Reibungen unserer Körper – die Temperatur eines Hochofens angenommen hatte.

„Ich muss dir was sagen, Sweetie", raunte er mir schließlich ins Ohr. Er klang bedrückt. Oder war es Unsicherheit?

„Okay", sagte ich.

„Nein, *nicht* okay."

Er richtete sich wieder auf und sah mir sehr konzentriert in die Augen. Auf seiner Stirn hatten sich Fältchen gebildet. „Es ist nämlich nicht richtig, dir das zu sagen."

„*Was* ist nicht richtig? Wovon redest du, Caleb?" Ich blieb stehen, wodurch er gezwungen war, dasselbe zu tun. Seine Hände blieben jedoch auf meinen Hüften liegen, als wollte er verhindern, dass ich abhaute.

„Von etwas, das ich eigentlich nicht sagen sollte. Du musst mich davon abhalten.“
Ich lachte verunsichert, doch sein Blick machte deutlich, dass er es ernst meinte.

„Also schön, ich soll dich davon abhalten, etwas zu sagen … das du nicht richtig findest, ja?“, fasste ich zusammen. Er nickte, die Brauen dicht zusammengezogen. „Wenn du mir jetzt durch die Blume sagen willst, dass ich in dem Kleid wie eine Pummelfee aussehe …“, scherzte ich, doch sein gequälter Gesichtsausdruck machte mir deutlich, wie fehl am Platz ein Scherz gerade war. Ich verstummte und wartete auf eine Erklärung – vergeblich.

„Caleb, du machst mir langsam Angst“, sagte ich. „Ich verspreche dir, ich halte es aus.“
Das entlockte ihm ein bitteres Schnauben.

„Es geht nicht darum, etwas an dir zu bemängeln, Ary. Du bist perfekt, genau so wie du bist.“
Er ließ mich los, und in seinen Augen funkelte es. „Genau genommen ist *das* das Problem.“

„Ich … ich verstehe nicht“, sagte ich, obwohl ich allmählich ahnte, worauf er hinauswollte. Caleb atmete tief durch, schaute grübelnd über meinen Kopf hinweg und sah mich dann wieder an. Diesmal stand Entschlossenheit in seinen Augen.

„Mir geht nicht mehr aus dem Kopf, was du neulich zu mir gesagt hast. Dass du noch nie geküsst worden bist“, rückte er endlich mit der Sprache heraus. Das verblüffte mich, obwohl ich selbst nicht wusste, was ich erwartet hatte. *Das* ganz sicher nicht.

„Es stimmt aber. Und jetzt?“ fragte ich schulterzuckend.

„Das kann ich irgendwie nicht glauben. Ich meine, ich glaube dir, dass du die Wahrheit sagst. Aber … es ist unbegreiflich für mich.“

„Warum? Ich hatte ja auch noch nie einen Freund.“

„Ich weiß. Ich hätte nur gedacht, dass du … dass du …“

Irritiert starrte ich Caleb an. Stotterte er etwa? Caleb, der Frauenheld?

„Warum reden wir überhaupt darüber?“, unterbrach ich ihn. Plötzlich legte er seine Hand auf meine Wange, und ich zuckte unter der Berührung zusammen.

„Weil …“, antwortete er leise. „Ich das nicht so stehen lassen kann.“

„Dass ich noch nie geküsst wurde?“, wisperte ich und stand stocksteif da, als wäre ich ein Häschen in der Falle.

„Das auch“, murmelte er und klang schon wieder, als wären die Worte gar nicht für mich bestimmt. „Es gibt wirklich keine Entschuldigung für das, was ich jetzt tue … außer dass ich es will.“

Damit beugte er sich zu mir herunter … und küsste mich. Als unsere Lippen sich das erste Mal berührten, jagte ein heftiger Schauer durch meinen Körper, der mich auf wunderbare Weise elektrisierte.

Der Kuss war vorsichtig, fragend. Doch als ich ihn ganz automatisch erwiderte, fühlte Caleb sich eingeladen, ihn zu vertiefen. Er gab einen kehligen

Laut von sich und zog mich näher zu sich heran, dann öffnete er geschickt meine Lippen und drang mit der Zunge ein. So viele Male hatte ich davon geträumt, dass Caleb mich küssen würde, und jetzt, da es soweit war, kam keine meiner Fantasien auch nur annähernd an die Realität heran.

Caleb konnte nicht nur himmlisch küssen, er konnte mich damit offenbar auch in die Bewusstlosigkeit befördern. Zumindest fühlte es sich so an, als würden meine Sinne jeden Moment davonfliegen. Ich konnte nicht sagen, wie lange der Kuss andauerte, nur, dass wir ihn mehrmals unterbrachen und uns dann weiter küssten.

Es war wie ein Rausch, den man nicht kontrollieren konnte. Dann gab Caleb mich irgendwann schwer atmend frei, und die Realität prasselte wie ein kalter Regenschauer auf mich ein. Oh. Mein. Gott! Ich hatte den besten Freund meines Bruders geküsst! Dieser schreckliche Gedanke ließ mich einen Schritt zurückweichen und Caleb anstarren, als hätte er mich geschlagen.

„Wa… warum hast du das gemacht?“, flüsterte ich außer Atem. Mein Herz schlug so heftig, dass ich meinen Puls auf der Zunge spüren konnte … und Caleb. Sein Blick war fiebrig, als wäre er gar nicht anwesend, der Mund leicht geöffnet.

Anstatt zu antworten, benetzte Caleb vorsichtig seine Lippen, als hätte er etwas Leckeres gekostet, von dem er unbedingt mehr brauchte. Ich sah die Bewegung, nahm sie aber nicht wirklich wahr. Dafür vernebelte das Entsetzen mir zu sehr den Verstand.

„Nein, warte, ich will es gar nicht wissen", überlegte ich es mir anders, als er zum Reden ansetzte. Ich wollte seine Erklärung gar nicht hören. Gemessen an seinen vorigen Worten war das wohl gerade ein Mitleidskuss gewesen.

„Ich treffe mich jetzt mit meinen Mädels. Ich ruf dich später an."

Ohne sein Einverständnis abzuwarten, drehte ich mich um und flüchtete aus der Sporthalle.

Während ich mir einen Weg durch die Menge bahnte, hielt ich nach Schülern mit grünen Bechern Ausschau. Oder sollte ich sagen, während ich *stolperte*? Meine Beine waren verständlicherweise butterweich und mein Puls wollte sich auch nicht beruhigen.

Ich spürte und schmeckte Caleb überall. Seine Lippen auf meinen, sein süßer Geschmack in meinem Mund, sein wunderbares Parfüm in meiner Nase und seine Hände auf meinen Hüften. Das war mit Abstand der süßeste Fehler, den ich jemals begangen hatte, und ich würde ihn wahrscheinlich mein Leben lang bereuen.

Da Alkohol für Minderjährige verboten war, mussten wir Schüler uns jedes Jahr neue Tricks einfallen lassen, mit denen wir die Lehrerschaft überlisteten. Letztes Jahr war jemand auf die glorreiche Idee gekommen, bestimmte Becher für die alkoholischen Getränke zu verwenden – dieses

Jahr waren es grüne.

Um das zu verarbeiten, was sich zwischen Caleb und mir gerade zugetragen hatte, brauchte ich Alkohol – am besten literweise! Ich wollte einfach nicht wahrhaben, dass wir das getan hatten. Dieser Kuss würde alles zwischen uns verändern. Wir würden nie wieder locker miteinander umgehen, uns necken oder ohne Hintergedanken zusammen rumhängen.

Zumindest könnte ich das nicht, das wusste ich jetzt schon. Warum um Himmels Willen hatte ich den Kuss nur zugelassen? Okay, die Frage war schnell beantwortet, aber warum Caleb? Warum setzte er unsere Freundschaft aufs Spiel und riskierte es, Blairs Zorn auf sich zu ziehen?

Auf der Haupttreppe fand ich eine Mädchengruppe mit grünen Bechern in den Händen. Sie standen in einem Halbkreis und redeten auf ein bitterlich weinendes Mädchen ein, das nach gefühlt jedem Schluchzer aus dem Becher trank. Es war, als würde ich mein Spiegelbild betrachten. Ich sollte mich direkt dazustellen und mit ihr weinen.

„Hey, könnt ihr mir sagen, wo der Alkohol verteilt wird?“, fragte ich in die Runde.

„In der zweiten Etage, Raum 215“, antwortete ein Mädchen in einem weinroten, pompösen Kleid und deutete die Treppe rauf. Ich bedankte mich und lief die Stufen hinauf in die zweite Etage. Da sich die Dekoration nur auf das Erdgeschoss beschränkte, sah es hier oben trostlos und kahl aus. Es leuchtete auch nur eine Lampe und das war die im

Treppenhaus.

Alle anderen Gänge lagen im Dunkeln. Würde ich nicht schon seit Jahren auf diese Schule gehen und mich auskennen, hätte ich mich jetzt davor gegruselt, den dunklen Flur entlangzulaufen. Doch ich wusste, dass am Ende des Gangs ein Wunderelixier namens Alkohol auf mich wartete. Das hatte ich jetzt dringend nötig!

Ich klopfte fünf Mal an die Tür – gängiger Geheimcode für Schulveranstaltungen aller Art – und wurde von einem großen, breitschultrigen Jungen begrüßt. Footballspieler, ganz klar. Nur die sahen mit ihren 17 Jahren schon wie Ochsen aus.

„Ist dir jemand gefolgt?“, fragte er und hielt mich an der Schulter zurück, als ich eintreten wollte. Huch! Darauf hatte ich gar nicht geachtet.

„Natürlich nicht. Ich weiß, wie das läuft“, behauptete ich und musste husten, weil mir eine dicke Qualmwolke entgegenkam. Hier wurde nicht nur Alkohol ausgeschenkt, wie ich mit einem Panoramablick feststellte. Die Auswahl reichte von Alkohol und Zigaretten bis hin zu Gras.

Eilig schloss der Kerl die Tür hinter mir, damit das Licht nicht zu lange in den dunklen Flur hinaus schien, und schob mich dann in Richtung *Verkaufstresen.* Mit den Tischen hatte man einen kleinen Bereich geschaffen, in dem große Wasserfässer standen.

Die, die sonst für die Footballspieler zur Tribüne geschleppt wurden. Dass dort kein Wasser drin war, musste ich wohl nicht erwähnen. Ich kam mir vor wie ein Junkie, der sich seinen Stoff abholte, und wollte hier so schnell wie möglich wieder raus, bevor sich der Gestank an meine Sachen heftete. Ich brauchte nur etwas, das meine Gedanken wegfegte, dann war ich wieder weg.

Es lungerten bestimmt zwanzig Typen in diesem Raum herum – alle Gesichter mit Masken verdeckt – und eine Handvoll Mädchen. Einige unterhielten sich, andere zogen einen Joint durch oder pafften Zigaretten. Ich machte mir nicht mal die Mühe, jemanden zu erkennen. Mein Blick wanderte nur flüchtig über die Personen und heftete sich dann auf den Kerl hinter dem provisorischen Verkaufstresen.

„Was willst du?", fragte er. Clevererweise war sein komplettes Gesicht von einer Maske verdeckt, sodass ich ihn allenfalls an der Stimme erkannt hätte. Gemessen an seinen breiten Schultern und den Wasserfässern hinter ihm musste er ebenfalls Footballspieler sein – so wie vermutlich die meisten hier Anwesenden.

Ich versteifte mich, als ich mich daran erinnerte, wer außerdem zum Footballteam gehörte. Ob Stanley gerade hier war? Falls ja, gab er jedenfalls kein Lebenzeichen von sich. Ich konnte ihn auch nicht sehen, weil ich mit dem Rücken zu allen stand.

„Alkohol", sagte ich und fummelte meine Geldbörse aus der Tasche.

„Stark oder soft?"

„Stark."

Ich beobachtete, wie er einen großen grünen Becher füllte, als mein Handy vibrierte. Ich zog es zur Hälfte aus meiner Tasche und sah, dass Caleb mir geschrieben hatte.

Wo bist du? Wir müssen reden, schrieb er. Ein Klumpen bildete sich in meinem Magen.

Bei meinen Mädels. Gib mir 20 Minuten, antwortete ich absichtlich ungenau und ließ das Handy in meine Tasche zurückfallen. *Wir müssen reden*, klang wie der Anfang vom Ende und ehrlich gesagt, war ich noch nicht bereit dafür.

Ich musste mir erst Gleichgültigkeit antrinken, dann würde ich mich Calebs Rede stellen – auch wenn ich jetzt schon wusste, wie sie in etwa lauten würde. *Wir haben einen Fehler gemacht und nicht nachgedacht.* Oder *ich will dir nicht wehtun, aber du darfst nichts in den Kuss hineininterpretieren.* Ich wusste doch, wie der Hase lief. Aber dem würde ich mich ganz sicher nicht nüchtern stellen!

„Hier, das macht 10 Dollar“, sagte der Typ und reichte mir einen Becher brauner Flüssigkeit. Zehn Dollar, für einen lächerlichen Becher. Frechheit!

„Was ist das?“, fragte ich und gab ihm das Geld. Er ließ es so schnell in seiner Tasche verschwinden, dass ich zweimal hingucken musste, und lächelte dann verschmitzt.

„Whiskey mit einem Schuss Cola. Das reicht für dich. Wenn du es ext, haut dich die Mischung in wenigen Minuten um.“

Das war doch mal ein Verkaufsargument. Ich nahm den Becher und wandte mich zum Gehen, als er sich über den Tisch beugte. „Noch was: Lass den Becher nicht unbeaufsichtigt stehen, sonst kriegen es die Lehrer spitz. Kipp den Inhalt weg, wenn du nicht mehr willst und schmeiß den Becher in einen Mülleimer."

„Klar", sagte ich, dann wurde ich von dem bulligen Kerl rausgebracht und von der Dunkelheit des Flurs verschluckt. Letztes Jahr war es nicht so aufwendig gewesen, an Alkohol zu kommen. Wahrscheinlich waren deswegen auch so viele Schüler erwischt worden.

Während ich mich wieder auf das beleuchtete Treppenhaus zubewegte, nahm ich mehrere große Schlucke und hatte Mühe, das Gebräu bei mir zu behalten. Es schmeckte abartig und brannte in der Kehle. Zum Glück hatte Mom mir schon früh beigebracht, mich nicht unterkriegen zu lassen und meine Ziele beharrlich zu verfolgen, also trank ich weiter. Da sollte noch mal einer behaupten, Jugendliche wären den Weisheiten der Älteren gegenüber taub.

Der Becher war leer, noch bevor ich die Mädchengruppe an der Treppe erreichte. Vorbildlich warf ich den Pappbehälter in den nächsten Mülleimer und glaubte bereits, die erste Wirkung zu spüren. Das ging schneller als erhofft. Ich stellte mich zu einem telefonierenden Mädchen auf die unterste Treppenstufe und rief Piper an.

Trotz der lauten Geräuschkulisse ging sie beim vierten Klingeln ran und bestätigte mir den Treffpunkt, den wir vor Tagen ausgemacht hatten. Sie und Myra waren bereits in der Cafeteria, Hazel würde auch gleich dazustoßen. Ich setzte mich in Bewegung und merkte bei jedem Schritt, wie sich der Alkohol in meinem Blut verteilte.

Das Kribbeln war wunderbar und ließ mich sehnlichst den Moment herbeiwünschen, an dem meine Gedanken sich auflösen und nur noch aus losen Fäden bestehen würden. Ich hatte nicht mal ein schlechtes Gewissen deswegen. So selten wie ich Alkohol trank, durfte ich mir ruhig auch mal einen Aussetzer erlauben.

Außerdem war das eine Schulparty, da tat man für gewöhnlich nichts anderes. Als ich zehn Minuten später in der Cafeteria war – und ja, man kam tatsächlich nur so langsam voran, ganz unabhängig von meinem Zustand – war ich ordentlich angeheitert und hatte ein dämliches Grinsen im Gesicht. Es wurde breiter, als ich meine Freundinnen entdeckte und ihre argwöhnischen Gesichter sah.

„Was ist denn mit dir los?“, fragte Hazel lachend.

„Ich bin gut drauf“, nuschelte ich. Piper und Hazel kicherten.

„Hauch mich mal an“, verlangte Piper und lehnte sich zu mir herüber. Ich tat es und erntete wildes Händewedeln.

„Puhh, du riechst wie eine Kneipe im Hochbetrieb, Mädchen! Kann Caleb nicht besser auf dich aufpassen?“

„Das nicht, aber er kann *fantastisch* küssen“, seufzte ich. Die drei tauschten irritierte Blicke.

„Was soll das heißen, er kann küssen?“, fragte ausgerechnet Myra, die sonst als Blitzmerkerin galt.

„*Fantastisch* küssen“, korrigierte ich sie mit erhobenem Zeigefinger.

„Oh mein Gott! Ist das wahr?“, kreischte Piper und hakte sich bei mir ein. Sie strahlte, als hätte ich ihr verkündet, im Lotto gewonnen zu haben. „Ich meine, *Caleb Ferguson*? Wie kam es dazu?“

„Ist einfach so passiert“, sagte ich und ließ mich von ihrem Grinsen anstecken.

„War er denn nüchtern oder … eher wie du?“, fragte Hazel skeptisch, obwohl sie sich genauso für mich freute.

„Nüchtern“, antwortete ich.

„Aber ist es nicht das, was du dir immer gewünscht hast? Warum hast du dich dann abgeschossen?“, wollte Myra wissen. Die Frage überlastete mein Gehirn. Ich sah schwarze Pünktchen vor meinen Augen aufblitzen und begann zu wanken.

„Oh Scheiße!“, hörte ich Piper murmeln, dann saß ich plötzlich auf einem Stuhl. Keine Ahnung, wie der so schnell unter meinen Hintern gelandet war, aber ich fand es aus unerfindlichen Gründen lustig.

„Das ist gar nicht gut. Sie verträgt von uns allen am wenigsten Alkohol“, hörte ich Hazel sagen, während ich – die Beine von mir gestreckt – meine weißen Hackenschuhe betrachtete.

„Ich weiß zwar nicht, wie es zu dem Kuss gekommen ist, aber Caleb wird sie doch bestimmt nach Hause fahren. Ich kann mir nicht vorstellen, dass er besonders glücklich sein wird, wenn er sie so sieht!“

„Wir müssen sie aufpäppeln“, meinte Myra und berührte meine Stirn, als würde sie Fieber messen.

„Ich mach das", sagte Piper und zog mich auf die Beine. Das kam unerwartet. Ich musste mich bei ihr anlehnen, weil sich plötzlich alles drehte. „Ich bringe sie zum Büffet und stopfte sie mit Weißbrot und Wasser voll. Das müsste helfen."

Mit besorgten Gesichtern sahen Hazel und Myra uns nach, als wir die Cafeteria verließen. Das hatte ich mir aber irgendwie lustiger vorgestellt. Ich wusste nicht, was für einen Anblick ich abgab, aber gemessen an den mir zugeworfenen Blicken lief ich nicht annähernd so gerade, wie ich glaubte. Zum Glück trug ich eine Maske und Schnapsleichen gab es auf jedem Schulfest – darüber wurde schon gar nicht mehr getuschelt.

„Rein damit", verlangte Piper fünf Minuten später und hielt mir ein Sandwich mit Avocado-Creme vors Gesicht. Das Büffet sah köstlich aus, doch der Alkohol hatte jegliches Hungergefühl in meinem Magen betäubt.

„Ich will aber nicht", weigerte ich mich und drückte ihre Hand runter, als sie das Sandwich an meine Lippen hielt. Ich war doch kein Kleinkind, das gefüttert werden musste.

„Du musst aber. Oder willst du, dass Caleb dich so sieht? Ich finde es ja total niedlich, dass du betrunken bist, aber ich kann mir nicht vorstellen, dass er genauso empfindet. Wenn er dich geküsst hat, muss das etwas bedeuten. Also runter damit, bevor er es bereut und es sich anders überlegt!"

„Er bereut es jetzt schon", seufzte ich und stützte mich am Büffettisch ab. „Das hat er deutlich gemacht."

Mitfühlend sah sie mich an.

„Was hat er denn gesagt, nachdem ihr euch geküsst habt?"

„Nichts, ich bin sofort weggerannt", sagte ich und nahm das Sandwich nur, damit es nicht mehr vor meinen Lippen schwebte.

„Das verstehe ich jetzt nicht. Er hat dich geküsst und du bist weggelaufen, *bevor* er etwas sagen konnte? Wie kommst du dann darauf, dass er es bereut?", fragte sie und forderte mich gleichzeitig mit einer Geste zum Essen auf. Ich biss nur ab, damit sie endlich Ruhe gab.

„Muff iff wirkliff darauf antworten?", nuschelte ich mit vollem Mund. Ich schluckte den Bissen hinunter, dann zwang sie mich dazu, ein ganzes Glas Wasser zu trinken.

„Wir reden hier von *Caleb*. Er kann unmöglich was von mir wollen. Er spielt doch in einer ganz anderen Liga als ich."

Piper starrte mich an, als hätte ich den Verstand verloren.

„Ich schiebe es jetzt einfach auf den Alkohol, dass du so einen Müll redest. Weil ich sonst nämlich versucht bin, deinen Kopf auf die Tischplatte zu knallen! Du kannst den Stuss nicht ernsthaft glauben, den du da von dir gibst!"

Überrascht blinzelte ich sie an. Nicht, dass ihre Worte wirklich zu mir durchdrangen, aber sie machten mich zumindest hellhörig.

„Er hat dich *geküsst* – was nebenbei bemerkt ein Grund zum Feiern für dich sein sollte, weil du nämlich seit dem Kindergartenalter von nichts anderem träumst. Was auch immer Caleb dazu bewogen hat, diesen Schritt zu gehen“, sagte sie und nahm mein Gesicht zwischen ihre Hände, „er hat es sicher nicht getan, weil er nichts für dich empfindet. Überleg doch mal, du kleines, betrunkenes Ding: Glaubst du wirklich, Caleb würde so ein Risiko eingehen, wenn er es nicht ernst meinen würde?

Du bist die Schwester seines *besten* Freundes. Er wäre schon ziemlich blöd, wenn er seine Freundschaft mit Blair riskieren würde, nur um mit dir rumzumachen. Bevor du also voreilige Schlüsse ziehst, solltest du mit ihm reden. Machst du das für mich?“, fragte sie. Ich merkte, wie ich nickte. Dann grinste sie mich an und gab mir einen Kuss auf die Stirn.

„Gott, das ist so aufregend! Ich wünschte, du wärst nüchtern und könntest mir haargenau erzählen, wie es dazu gekommen ist. Aber ich werde mich wohl bis morgen gedulden müssen.“ Damit angelte sie mein Handy aus der Tasche, schickte Caleb unseren Standort und stopfte mir einen nach Kirsche schmeckenden Kaugummi in den Mund.

„Was habt ihr mit ihr gemacht?“, waren Calebs erste Worte, als er fünf Minuten später bei uns war. Er hatte sofort gesehen, dass etwas nicht mit mir stimmte.

„Wir waren das nicht“, sagte Piper. „Sie war schon in dem Zustand, als sie zu uns gekommen ist. Die Frage ist also, was hast *du* mit ihr gemacht? Muss schlimm gewesen sein, wenn sie deinetwegen eine ganze Bar plündert!“
Sich offenbar ertappt fühlend sah Caleb sie an, dann wurde seine Miene ausdrucklos.

„Ich bringe sie nach Hause.“

„Mach das“, sagte Piper mit einem wissenden Lächeln. „Und schreib mir, wenn ihr angekommen seid.“

Caleb nickte, dann hakte er sich bei mir ein und führte mich zur Garderobe, wo wir meine Jacke holten. Beim Laufen versuchte ich, mich so wenig wie möglich bei ihm abzustützen, doch meine linke Körperhälfte fühlte sich scheinbar von ihm angezogen.

Caleb merkte das natürlich, doch er kommentierte meinen schiefen Gang nicht. Mit angespannten Kiefern schaute er geradeaus und bahnte uns einen Weg durch die Menge.

„Wo ist dein Chip?“, fragt er, als wir die Garderobe erreicht hatten. Vor uns warteten noch fünf andere Schüler darauf, ihre Jacken zu bekommen.

„Keine Ahnung“, sagte ich betont desinteressiert, woraufhin er erst die Stirn in Falten legte und dann in meiner Handtasche wühlte. Ich ließ es zu.

„Offenbar bist du sauer auf mich“, schloss er, den Blick auf meine Tasche konzentriert.

„Quatsch, wie kommst du denn darauf? Ich werde gern grundlos geküsst und dann weggeworfen!“

„Weggeworfen?“ Er fand den Chip in der Innentasche, nahm ihn heraus und sah mich an.

„Wie einen angebissenen Apfel“, bestätigte ich.

„Oh Mann!“, murmelte er und schob mich mit der Hand auf dem Rücken zum Tresen, wo er den Chip gegen meine Jacke eintauschte. „Ich hätte dich niemals gehen lassen sollen. Ich hatte schon so eine Ahnung, dass du was anstellen würdest.“

„Du hättest mich nicht *küssen* sollen. So sieht’s aus, Freundchen!“, korrigierte ich ihn und bohrte wütend meinen Zeigefinger in seine Brust. Caleb betrachtete meinen Finger, dann sah er mich wieder an und wirkte, als müsste er sich ein Lachen verkneifen.

Kommentarlos zog er mir die Jacke an – ich wusste nicht mal, warum ich mir überhaupt von ihm helfen ließ – dann gingen wir nach draußen und wurden dort von einem sternenklaren Himmel erwartet.

Ich wusste, dass ein wolkenloser Himmel eine kalte Nacht bedeutete, doch ich fror weder an den Händen noch im Gesicht. Mein Körper war wunderbar taub. Genauso wie ich es hatte haben wollen. Schweigend führte Caleb mich zu seinem Wagen, dann half er mir beim Einsteigen und schnallte mich an.

„Bist du jetzt zufrieden?“, fragte ich, als wir losfuhren.

„Dass ich dich in einem Stück da rausgekriegt habe?“, fragte Caleb, ohne mich anzusehen.

„Nein, dass du mich *geküsst* hast!“
Er grinste so breit, dass sich etwas in mir rührte. So war das aber nicht geplant gewesen. Ich sollte doch nichts mehr empfinden!

„Oh ja, *sehr* zufrieden.“
Ich verfluchte das Kribbeln in meinem Magen, denn es stand in starkem Kontrast zu der Wut, die ich bei seinen Worten empfand.

„Schön, dass du das auch noch lustig findest! Jetzt sag schon, worüber wolltest du vorhin mit mir reden? Laut deiner Nachricht muss es ja dringend sein.“ Besser ich brachte es jetzt hinter mich, da der Alkohol mir noch die Sinne vernebelte.

„Ist es auch. Aber ich denke, wir verschieben das lieber“, antwortete Caleb.

„Warum?“

„Weil du betrunken bist.“

„Und?“, fragte ich.
Er warf mir einen flüchtigen Blick zu.

„*Und* … mit Betrunkenen lässt es sich schwer über ernste Themen reden.“

„Ich weiß sowieso schon, was du mir sagen willst“, meinte ich und schaute jetzt aus dem Fenster. „Du kannst dir die Mitleidsnummer sparen.“

„Was für eine Mitleidsnummer?“, wollte er wissen und hielt an einer roten Ampel. Ich musste zugeben, dass er gut war. Er klang tatsächlich, als wüsste er nicht, wovon ich sprach.

„Du willst mir sagen, dass du mich nur aus Mitleid geküsst hast und dass das zwischen uns niemals klappen würde, weil ich a) nicht dein Typ bin, b) Blairs Schwester und c) viel zu jung für dich. Spar dir die Worte. Dessen bin ich mir längst bewusst."

„Wow", sagte er nach einer Weile des Schweigens. Ich interpretierte es völlig falsch.

„Ich hab's gut auf den Punkt gebracht, oder?", fragte ich zufrieden mit mir, weil ich rein gar nichts dabei empfand. Na gut, tat ich schon, doch der Schmerz in meiner Brust wurde vom Alkohol gehemmt, sodass er mir kaum etwas ausmachte.

„Hast du, und du liegst so dermaßen falsch, dass es schon fast wehtut, das zu hören", antwortete er. Irritiert sah ich ihn an.

„Was soll das heißen?"

Doch Caleb konzentrierte sich schmunzelnd auf die Straße und dachte gar nicht daran, meine Frage zu beantworten.

„Vielleicht kommst du von selbst drauf. Wobei … heute vermutlich nicht mehr."

Er hatte recht. Ich wusste, dass seine Worte eine enorme Bedeutung für mich hatten, aber ich konnte sie nicht greifen. Wie glitschige Fische, die meinen Händen entglitten, entzog sich mir auch dessen Bedeutung.

Doch ich gab nicht auf. Die ganze Fahrt über dachte ich angestrengt über seine Worte nach – ohne Erfolg. Schlüssiges Denken bekam ich heute einfach nicht mehr hin. Caleb parkte den Wagen vor unserem Grundstück, stieg auf seiner Seite aus und kam mir dann beim Aussteigen zur Hilfe.

„Geht's oder soll ich dich tragen?", fragte er, nachdem ich auf beiden Beinen stand. Ich überlegte ihm wohl zu lange, denn bevor ich eine Entscheidung treffen konnte, hatte er mich auch schon auf seine Arme gehoben und die Beifahrertür mit dem Ellenbogen zugeworfen.

„Warum frage ich überhaupt?“, murmelte er zu sich selbst und trug mich zum Haus.

Ich bettete meinen Kopf an sein Schlüsselbein und atmete seinen unverwechselbaren Duft ein. Es war so friedlich in seinen Armen, dass ich sofort schläfrig wurde. Nur die Angst, auch nur eine Sekunde mit Caleb zu verpassen, hielt mich wach.

Im Haus schaltete er mit der Schulter das Licht an, dann kickte er die Tür hinter sich zu und trug mich die Treppe hoch. Er ging direkt in mein Zimmer, setzte mich auf dem Bett ab und schaltete die Nachtlampe daneben ein. Dann hockte er sich vor mich und zog mir die Schuhe aus.

„Du musst das nicht machen“, sagte ich peinlich berührt. Er schaute auf und das warme Licht der Lampe spiegelte sich in seinen wunderschönen Augen.

„Es macht mir nichts aus, und es ist ja nicht das erste Mal, dass ich mich um dich kümmere.“

Ich lächelte und beobachtete ihn bei seinem Tun. Ganz behutsam streifte er meine Schuhe ab, als würden meine Füße aus Glas bestehen. Dann stellte er sie beiseite und sah mich wieder an. Mir kam ein Gedanke, der mich grinsen ließ, noch bevor ich ihn aussprach.

„Ich hab zwar keine Ahnung, was deine Worte im Auto bedeutet haben, aber … würde es dir etwas ausmachen, mich noch mal zu küssen?“, fragte ich unverhohlen. Lachend kam er wieder hoch, stützte die Hände links und rechts von mir auf dem Bett ab und beugte sich ganz langsam über mich.

Ich musste mich ein Stück nach hinten lehnen, um in sein Gesicht sehen zu können und merkte, wie mein Körper von einem starken Kribbeln erfasst wurde. Dem verlangenden Ausdruck in seinen Augen nach zu urteilen, hatte er nur auf diese Einladung gewartet. Mein Herz schlug augenblicklich höher.

„Überhaupt nicht“, sagte er und drückte seine Lippen auf meine. Dieser Kuss war anders als der erste – wild und zügellos. Sofort öffnete Caleb meine Lippen und drang mit der Zunge ein. Stöhnend griff er in meinen Nacken, zog mich fester an sich und intensivierte unseren Kuss damit.

Ich war von einer auf die andere Sekunde auf hundertachtzig und gab ein lautes Stöhnen von mir, für das ich mich im nüchternen Zustand garantiert geschämt hätte. Im nächsten Moment bereute ich es allerdings, denn als hätte ich ihm damit etwas klar gemacht, zog Caleb sich erschrocken zurück.

„Du hast getrunken“, murmelte er atemlos und lehnte seine Stirn gegen meine.

„Schmecke ich eklig?“, fragte ich.

„Nein“, sagte er lächelnd. „Du schmeckst nach Kirsche.“

„Warum hast du dann aufgehört?“ Ich berührte sein Gesicht und genoss das kratzende Gefühl seiner kurzen Bartstoppeln an meiner Handfläche.

„Weil ich über dich herfallen würde, wenn wir weitermachen, Sweetie. Außerdem bist du nicht bei klarem Verstand. Es fühlt sich an, als hätte ich dich mit dem Alkohol gefügig gemacht."

„Glaub mir, ich war schon vorher *gefügig*", kicherte ich. Entgeistert lehnte er sich zurück und starrte mich bestimmt drei Sekunden lang an.

„Das hast du nicht wirklich gesagt", murmelte er und richtete sich auf.

„Und was wenn doch?", fragte ich provozierend. Herrlich, sich nicht für seine Worte zu schämen. Ich konnte alles aussprechen, was mir auf dem Herzen lag, und es machte mir nicht mal was aus.

„Dann müsste ich jetzt ganz schnell von hier verschwinden. Meine Selbstbeherrschung ist nicht endlos."

„Wenn du nichts vorhast, bleib doch hier", schlug ich vor. „Zum Reden", fügte ich hinzu, als sich seine Augen weiten. Ich glaube, er meinte es mit seiner strapazierten Selbstbeherrschung wirklich ernst.

„Das ist keine gute Idee. Außerdem muss ich Blair noch berichten, dass ich dich heil nach Hause gebracht habe. Ach ja", fügte er hinzu und wühlte in meiner Tasche nach meinem Handy.

„Was machst du da?", fragte ich, als er darauf herum tippte. Seufzend ließ ich mich hintenüber fallen, weil ich keine Kraft mehr hatte, mich aufrecht zu halten. Ich wollte einfach nur noch schlafen.

„Piper schreiben, dass du zu Hause bist."

Danach legte er das Handy weg und musterte mich amüsiert.

„Willst du dich nicht umziehen?“

„Keine Kraft mehr“, murmelte ich und wurde immer schläfriger.

„Na gut, dann schlaf schön. Wir reden morgen weiter.“

Er deckte mich zu, gab mir einen Kuss auf die Stirn und verließ das Zimmer.

Herzdame
6

Das würde ein ganz mieser Tag werden. Dessen war ich mir schon bewusst, bevor ich überhaupt die Augen öffnete. Einen Kater wegen *eines* verdammten Bechers Alkohol kriegen? Konnte ich! Zumindest ließ mich das starke Pochen meines Schädels glauben, dass ich einen Kater hatte.

Ächzend stemmte ich mich in die Höhe, schlug die Bettdecke zurück und schwang die Beine aus dem Bett. Ich weiß, das sagte jeder, aber ich würde *nie* wieder harten Alkohol trinken … wenn man das Zeug von gestern überhaupt so nennen durfte! Ich stellte fest, dass ich noch immer mein Kleid anhatte, was mich siedend heiß an die zurückliegenden Geschehnisse erinnerte.

Hatte ich Caleb wirklich gebeten, mich zu küssen? Gott, wie peinlich! Zumindest hatte er mich nicht zurückgewiesen, das wäre viel schlimmer gewesen. Nur, was bedeutete das jetzt genau? Ich erinnerte mich auch daran, dass er heute mit mir reden wollte, doch daraus würde nichts werden. Lieber stürzte ich mich vom Dach, als Caleb heute gegenüberzutreten.

Erst musste ich den Vorabend Revue passieren lassen und mir darüber klar werden, wie ich mich Caleb gegenüber verhalten sollte. Im Bad machte ich mir einen unordentlichen Dutt, dann wusch ich mein Gesicht, putzte mir gründlich die Zähne und spülte mit Mundwasser nach.

Ich wollte sicher gehen, dass ich keine Fahne hatte, wenn ich mit Blair sprach. Danach stieg ich unter die Dusche und brauste mich mit heißem Wasser ab, bis meine Haut so richtig krebsrot war.

Die zeitaufwendige Haarwäsche verschob ich auf heute Abend. Erstens war ich gerade einfach zu faul dafür, zweitens befürchtete ich, dass meine Kopfschmerzen schlimmer werden würden, wenn ich mich jetzt minutenlang kopfüber über die Wanne beugen würde.

Erfrischt ging ich wieder in mein Zimmer, machte das Bett und schlüpfte in meinen Lieblingspyjama. So, und jetzt würde ich den ganzen Tag auf der Wohnzimmercouch verbringen und mich nur bewegen, um Chips und Schokolade in mich reinzustopfen. Mit diesen beschwingten Gedanken ging ich ins Erdgeschoss und steuerte die Küche an … und erstarrte, als ich dort zwei Personen sitzen sah.

„Guten Morgen, Lieblingsschwester", begrüßte mein Bruder mich überfreundlich. „Ich hoffe, Caleb war ein guter Ersatz und hat deinen Abend gerettet. Bist du noch böse auf mich?"

Ich hörte, wie ich Blair antwortete, doch meine

eigentliche Aufmerksamkeit galt Caleb, der direkt neben ihm saß. Frech winkte er mir zu, als wüsste er genau, was jetzt in meinem Kopf vor sich ging, und ich dachte nur: *Nein! Nicht er!*

„Bist du festgewachsen, oder was?", fragte Blair, als ich mich immer noch nicht rührte. Mechanisch setzte ich einen Fuß vor den anderen und zwang mich dazu, ruhig zu atmen. Meine Gliedmaßen fühlten sich an, als wären sie heute noch nicht geölt worden.

Hochkonzentriert öffnete ich den Kühlschrank, nahm die angefangene Milchpackung heraus und stellte sie auf den Tresen. Dann folgte eine Schüssel aus dem Unterschrank, die ich erst mit Cornflakes und dann mit kalter Milch füllte. *Es wäre unreif, dich jetzt nicht zu ihnen zu setzen*, dachte ich und ging zum Besteckschubfach, um einen Löffel rauszunehmen.

Außerdem wäre es auch total auffällig, oder wie sollte ich Blair erklären, warum ich plötzlich Calebs Nähe mied? Ich konnte immer noch nicht glauben, was da gestern zwischen uns passiert war. Es fühlte sich so unwirklich wie ein verblassender Traum an.

Und doch konnte ich Calebs Lippen noch immer auf meinen spüren. Ich schauderte und zwang mich dazu, an etwas anderes zu denken. Mit ihren Laptops saßen die Jungs am runden Küchentisch und recherchierten. An einem Samstagmorgen? Ernsthaft? Hätten sie sich dafür keinen anderen Tag aussuchen können?

„Was macht ihr da?", fragte ich und setzte mich zu ihnen. Blair zog seinen Laptop zu sich heran und schaffte mir damit Platz für meine Schüssel. Er musste wirklich ein *sehr* schlechtes Gewissen haben, wenn er so überzuvorkommend war.

„Unsere Hausarbeiten beenden. Montag ist Abgabe."

„Aha", sagte ich und legte eine Hand auf mein Bein, bevor ich das andere darüber schlug. Ich schob mir einen Löffel Cornflakes in den Mund und schaute unbeabsichtigt zu Caleb. Was tat er? Er zwinkerte mir zu, und ich verschluckte mich prompt.

„Hey, erstick mir hier nicht!", rief Blair, beugte sich über den Tisch und klopfte mir besorgt auf den Rücken. Ich hustete qualvoll und schaute dann mit tränenden, vorwurfsvollen Augen zu Caleb, der möglichst unauffällig in sich hineinlachte.

Blair dachte wahrscheinlich, dass er sich einfach nur über mich lustig machte, denn er beachtete Caleb gar nicht, sondern konzentrierte sich wieder auf seinen Bildschirm. Nachdem ich meine Tränen weggewischt hatte und wieder atmen konnte, nahm ich Calebs Outfit in Augenschein. Das schicke Hemd hatte er gegen ein weißes Shirt und eine grüne Sweatjacke getauscht, was mir sagte, dass er nicht hier übernachtet hatte, sondern heute Morgen scheinbar extra früh hierhergekommen war.

„Was machst du schon so früh hier?", fragte ich ihn und hatte Mühe, Caleb überhaupt in die Augen zu sehen. Ich hatte das beklemmende Gefühl, als würde sich dort alles widerspiegeln, was gestern zwischen uns vorgefallen war, und das machte mich ganz wuschig.

Ich musste an unseren Kuss denken – meinen ersten Kuss überhaupt – der einfach nur perfekt gewesen war, an seine Hände auf meinen Hüften und an den Kuss in meinem Zimmer, der mir so lustvolle Laute entlockt hatte.

Eine Gänsehaut überkam mich, und ich zwang mich dazu, weiter zu essen und nicht mehr daran zu denken. Doch das entpuppte sich als schwierig, vor allem als Caleb entschied, es mir noch ein bisschen schwerer zu machen und sein Bein an meinem zu reiben.

Beim ersten Kontakt wäre ich beinahe wieder an meinem Essen erstickt, dann wiederholte er die Bewegung und weil er so lange Beine hatte und der Tisch nicht besonders groß war, konnte ich ihm nicht entkommen. Immer wieder linste ich ängstlich zu Blair hinüber, doch der schien konzentriert in seine Arbeit vertieft.

Das Klingeln meines Handys, das aus meinem Zimmer tönte, befreite mich aus meiner misslichen Lage und lockte mich nach oben. Das war sicher Piper, die alles haargenau über den Ball erzählt haben wollte. Ich hatte zwar geplant, sie erst heute Nachmittag anzurufen, doch jetzt bot ihr Anruf einen perfekten Vorwand, um Calebs Neckereien zu entgehen.

Ich fand mein Handy auf dem gemachten Bett, entsperrte den Bildschirm … und sah, dass der verpasste Anruf von Caleb war. Was zum Teufel …? Ganz kurz zweifelte ich an meinem Verstand, dann blinkte eine Nachricht bei WhatsApp auf. Sie war ebenfalls von Caleb.

Wir müssen reden, schrieb er. Weiter nichts.

Und wie wollen wir das bitte anstellen, du Scherzkeks? Blair sitzt neben dir, falls es dir entgangen ist.

Dann werde ihn irgendwie los.

Ich wüsste nicht wie!, schrieb ich zurück.

Frag ihn, ob er dir Donuts holt, schlug er vor. Das meinte er ja wohl nicht ernst!

Dann wird er sagen, dass ich selbst gehen soll.

Nicht, wenn du ihn mit deinen Knopfaugen anguckst. Außerdem hat er ein schlechtes Gewissen wegen der Sache mit Stanley. Er wird heute alles machen, was du willst, schrieb er. Ich war schon dabei, etwas zu erwidern, löschte meine Antwort dann aber und warf das Handy aufs Bett zurück. Das war doch Schwachsinn.

Warum ging ich überhaupt darauf ein? Ich lief wieder ins Erdgeschoss, setzte mich auf meinen Platz und aß entschieden meine Cornflakes weiter. Lächelnd starrte Caleb auf seinen Laptop und legte das Handy – mit dem er mir gerade geschrieben hatte – auf den Tisch. Dann lehnte er sich gähnend zurück, streckte sich ausgiebig und verschränkte die Arme hinter dem Kopf.

„Ich hätte jetzt Lust auf Donuts“, warf er in die Runde. „Wer ist dabei?“

Gegen meinen Willen musste ich grinsen und versteckte es, indem ich einen Arm auf den Tisch stützte und die Finger über meinem Mund spreizte. Er wollte es wirklich durchziehen.

„Da sage ich nicht nein“, meinte Blair und schaute dann zu mir.

„Wie sieht's aus, Schwesterherz? Würden ein paar Donuts dein Herz erweichen?"

„Wenn ich hier bleiben kann und du sie mir bringst, ja", antwortete ich.

„Aber gerne doch. Heute bekommst du alles, was du willst", verkündete er übertrieben freundlich und stand auf. Als Blair sich ebenfalls ausgiebig streckte, warf Caleb mir einen *Siehst du, habe ich's doch gesagt*-Blick zu. Dann klopfte Blair auffordernd auf Calebs Schulter.

„Los, düsen wir ab."

„Wieso ich? Du bist hier der Gastgeber!", empörte Caleb sich und nahm die Arme wieder runter. Blair sah ihn verständnislos an.

„Soll ich etwa alleine gehen, oder was? Krieg gefälligst deinen Arsch hoch. Die Donuts waren *deine* Idee!"

„Na und? Dafür habe ich letztens das Bier besorgt. Die zehn Meter wirst du ja wohl noch alleine gehen können. Oder brauchst du einen Babysitter?"

Caleb war gut, das musste ich ihm lassen. Fast schon Hilfe suchend schaute Blair zu mir und als ich nur die Schultern zuckte, murmelte er: „Unfassbar!" und verließ das Haus.

„Nicht schlecht", sagte ich, nachdem die Tür ins Schloss gefallen war, und trug meine Schüssel in den Küchenbereich.

Ich klappte die Spülmaschinentür auf, stellte Schüssel und Löffel hinein und warf sie wieder zu. „Ich hätte ja nicht gedacht, dass du ihn wirklich aus dem Haus kriegst."

Ich hatte Caleb nur wenige Sekunden den Rücken zugekehrt, doch als ich mich wieder umdrehte, stand er wie aus heiterem Himmel vor mir.

„Wie geht's dir?", fragte er und legte schmunzelnd den Kopf schräg, als ich zusammenzuckte.

„Ähm, ganz gut", sagte ich und widerstand dem Verlangen, an seinem Hals zu schnuppern. Er duftete wieder nach diesem tollen Parfüm. Verlegen strich ich mir eine Haarsträhne hinters Ohr, und er vollzog die Bewegungen aufmerksam nach. Seinen zuckenden Mundwinkeln konnte ich entnehmen, dass ihm mein Unwohlsein keinesfalls entging.

„Uns bleiben vielleicht zehn Minuten, bevor Blair zurückkommt", informierte ich Caleb, um das peinliche Schweigen zu brechen. „Also, worüber wolltest du mit mir reden?"

„Über das Gleiche wie gestern. Ich hatte nur keine Gelegenheit mehr gehabt, nachdem du so schnell aus der Sporthalle geflüchtet bist."

„Ach *das*", sagte ich peinlich berührt.

„Genau, *das*", bestätigte er amüsiert. „Ich werde es kurz machen, weil ich nämlich befürchte, dass du wieder alles falsch verstehst, wenn ich es nicht tue", sagte er und hob mein Kinn an. Als sich unsere Blicke trafen, hatte ich das Gefühl, dass unsere Umgebung in den Hintergrund rückte und es nur noch uns beide gab.

Mein Atem beschleunigte sich, als er sich zu mir herunterbeugte und seine Lippen auf meine senkte. Wie bei unserem ersten Kuss jagte ein Schauer durch meinen Körper. Doch diesmal stand ich nicht nur untätig da. Jetzt traute auch ich mich, meine Hände zu benutzen, und das Erste, was ich tat, war, sein Shirt hochzuschieben und meine Handflächen auf seinen harten Bauch zu legen. Das hatte ich schon so lange machen wollen. Caleb erschauderte, was mich nur noch mehr anstachelte.

Plötzlich hob er mich hoch – was mir einen überraschten Laut entlockte – und setzte mich auf den Küchentresen. Dabei unterbrach er nicht eine Sekunde unseren Kuss. Als ich saß, drückte er meine Beine auseinander, damit er sich dazwischen drängen konnte, und ich schlang automatisch meine Beine um seinen Hintern.

Geschickt knabberte Caleb an meiner Unterlippe, bis ich die Lippen öffnete, und neckte mich mit sanften Zungenstößen. Diese Technik stellte vollkommen verrückte Dinge mit meinem Körper an, und ich wünschte mir nichts sehnlicher, mehr als nur ein paar Minuten mit ihm zu haben.

„Verstehst du es jetzt?“, fragte er, nachdem er von mir abgelassen hatte. „Ich bin verrückt nach dir. Mir ist egal, dass du jünger oder Blairs Schwester bist.“

Die Hände links und rechts von mir abgestützt schaute er mir mit einer Ernsthaftigkeit in die Augen, die keinen Zweifel an seinen Worten ließ. Ich glaubte ihm.

„Das geht schon eine ganze Weile so, aber ich wollte es zuerst nicht wahrhaben. Dann hab ich versucht, es zu unterdrücken, weil es mir falsch vorkam, die Schwester meines besten Freundes zu begehren“, fuhr er fort. „Ich wusste ja nicht, dass du genauso empfindest. Also habe ich mir nichts anmerken lassen.“

Erwartungsvoll sah er mich an, doch wenn er nach *dem* Kuss und einem solchen Geständnis eine intelligente Antwort von mir erwartete, musste ich ihn enttäuschen. Mein Hirn war genauso butterweich wie mein Herz. Ach, was redete ich? *Alles* war butterwich. Ich zerfloss förmlich bei seinen Worten und konnte ihn nur mit offenem Mund anstarren.

Ich fühlte mich wie damals, als ich das erste Mal vom Weihnachtsmann gehört hatte und ihn dann unbedingt hatte kennenlernen wollen. Damals hatte ich der Begegnung ein Jahr lang entgegengefiebert und als es soweit war und er vor mir gestanden hatte, hatte ich keinen Ton rausbekommen. So war es auch jetzt für mich, wie Weihnachten, nur tausend Mal überwältigender. Nach einer gefühlten Minute hielt Caleb es nicht mehr aus und zog die Brauen hoch.

„Würdest du bitte was sagen?“, bat er. „Irgendetwas. Das ist grad echte Folter.“

„Ich … ich dachte, du willst im Moment keine Freundin?“, brachte ich schließlich einen vernünftigen Satz zustande. Ein warmes Lächeln folgte.

„Da wusste ich ja auch noch nicht, dass du was für mich empfindest.“

„Wann hast du es gemerkt?“, wisperte ich mit klopfendem Herzen.

„Als du krank warst und so heftig wegen Monica reagiert hast. Ich weiß zwar nicht, warum du es getan hast“, sagte er und küsste meinen Hals, „aber an dem Tag hast du das erste Mal deine Fassade fallen lassen. Und ich bin dir sehr dankbar dafür. Andernfalls würde ich heute noch nicht wissen, wie es in dir aussieht.“

Seine Zähne knabberten an meinem Hals und er wollte wieder zu meinem Gesicht hoch wandern, doch ich drückte seinen Kopf mit einem Seufzen weg. So schwer es auch war, Caleb zurückzuweisen, aber ich konnte nicht zulassen, dass er mich so küsste – es war zu überwältigend. Besser ich hielt unser Gespräch am Laufen, bevor er mich so weit hatte, dass ich vollkommen willenlos war.

„Wie sieht es denn in mir aus?“, fragte ich und legte meine Handflächen auf seine Brust, um ihn auf Abstand zu halten. Nicht, dass ihn das wirklich aufhalten würde, falls er entschied, über mich herzufallen. Und der Gedanke schien ihm – dem dämonischen Lächeln nach zu urteilen – durchaus durch den Kopf zu gehen.

„Du bist verrückt nach mir. Und nach meinen Küssen.“

„Wow.“ *Wie bescheiden*, wollte ich hinzufügen, doch sein leidenschaftlicher, unerwarteter Kuss schnitt mir das Wort ab. So viel zu meinem Plan, Caleb zu widerstehen!

„Du willst also wirklich mit mir zusammen sein? So *richtig*?“, fragte ich, nachdem ich es geschafft hatte, mich von ihm zu lösen. Er leckte über seine Lippen und sah mich belustigt an.

„Das versuche ich dir die ganze Zeit zu sagen, ja.“

„Vielleicht solltest du es weniger mit Küssen,

sondern mit Reden versuchen“, schlug ich grinsend vor. In seinen Augen leuchtete es auf.

„Aber küssen macht viel mehr Spaß.“

Da musste ich ihm allerdings recht geben. Ich wurde wieder ernst.

„Du weißt aber, dass ich überhaupt keine Erfahrung habe, oder? Ich hatte noch nie einen Freund, Caleb.“

Aus unerfindlichen Gründen fühlte ich mich dazu verpflichtet, ihn darauf hinzuweisen. Vielleicht, weil ich wusste, dass er sonst mit viel reiferen Frauen verkehrte, und ich hatte Angst davor, ihn zu enttäuschen. Er runzelte die Stirn und richtete sich auf.

„Du klingst, als wäre das was Schlechtes. Weißt du, wie viel kostbarer dich das macht, Ary? Ich kenne dich, seitdem ich klein bin – womit wir meiner Meinung nach einen großen Vorteil gegenüber anderen Paaren haben – und wenn ich sage, dass ich mit dir zusammen sein will, dann habe ich mir das vorher auch gut überlegt.“

Darauf hatte ich nichts mehr zu erwidern. Als ich die Arme um seinen Hals schlang, standen zwei Dinge für mich fest: Erstens, ich war tatsächlich verrückt nach seinen Küssen, und zweitens, ich war nicht erst seit heute in Caleb verliebt.

„Was ist los?“, fragte er lachend und fing mich auf, als ich drohte, von der Theke zu rutschen.

„Gar nichts. Ich glaube, ich brauche nur eine Weile, bis ich das realisiert habe.“

„Ich könnte dich weiter mit Küssen überzeugen“, schlug er vor.

„Das klingt verlockend, aber lieber nicht“, sagte ich und klammerte mich an seinem Hals fest. „Blair kommt jeden Moment zurück.“
Sanft stellte er mich auf den Boden ab.

„Stimmt, und wir müssen es ihm irgendwie beibringen“, sagte er. Aus unerfindlichen Gründen hatte ich genau davor Angst. Blair war zwar nicht mein Vater und ich brauchte auch nicht seine Erlaubnis, aber ich würde es schrecklich finden, wenn ihre Freundschaft darunter leiden würde. Ich hatte wirklich keine Ahnung, wie Blair reagieren würde. Wenn ich ihn auch sonst gut einschätzen konnte, aber in dieser Hinsicht war ich ahnungslos.

„Glaubst du, er wird etwas dagegen haben?“, fragte ich. Caleb sah mich an.

„Ich weiß nur, dass es eine Regel unter Kumpels gibt und die lautet, niemals was mit den jüngeren Schwestern anzufangen.“

„Wow, das ist jetzt *sehr* aufbauend“, schnaubte ich. „Was machen wir denn jetzt?“

„Hey“, sagte er und berührte mit den Fingern meine Wange. „Ich hab nur gesagt, dass es diese Regel gibt. Nicht, dass ich sie nicht brechen werde.“

„Aber du weißt, was das für dich und Blair bedeuten könnte!“

„Sag bloß, du kriegst jetzt kalte Füße“, sagte er belustigt.

„Nein, natürlich nicht. Ich *möchte* ja mit dir zusammen sein. Aber vielleicht sollten wir auf den richtigen Zeitpunkt warten, um es Blair zu sagen.“

„Dafür gibt es keinen richtigen Zeitpunkt. Entweder gibt er uns seinen Segen oder nicht.“

„Ich weiß“, seufzte ich. Und ich hatte große Angst vor dem *Oder nicht.*

„Ich hab eine Idee. Aber du darfst nicht lachen“, sagte ich nach kurzer Überlegung.

„Mach ich nicht“, versprach er.

„Wie wäre es, wenn wir bis zu meinem 18. Geburtstag warten? Dann ist es für ihn vielleicht nicht mehr so schlimm.“

Caleb hielt sein Versprechen, doch es kostete ihn scheinbar große Mühe.

„Du hast recht, das ist bescheuert“, sah ich ein und winkte ab.

„Nein, es ist … niedlich. So unschuldig.“

Das brachte mich zum Lachen. „Willst du mich deswegen? Weil ich *unschuldig* bin?“

Lächelnd schüttelte er den Kopf und zog mich an den Hüften zu sich heran. „Ich will dich, weil du *du* bist, Ary. Und wenn du warten willst, dann machen wir das. Die zwei Wochen halte ich auch noch aus. Außerdem ist es irgendwie aufregend, sich heimlich zu treffen. So *verboten*“, sagte er und biss sanft in mein Ohr.

Noch nie war es mir so deutlich aufgefallen wie in den folgenden zwei Wochen, aber Caleb und Blair waren *wirklich* unzertrennlich. Die beiden hingen wie Kletten aneinander, was es nahezu unmöglich machte, Zeit mit Caleb allein zu verbringen. Wenn sie nicht gerade in der Uni saßen, hingen sie bei uns zu Hause rum, und wenn das nicht der Fall war, dann gingen sie abends feiern oder trieben sich auf den Sportplätzen rum.

Nur abends fanden Caleb und ich Zeit füreinander und die verbrachten wir entweder telefonierend oder chattend. Dennoch vergingen die zwei Wochen wie im Flug, und Caleb hatte recht, es war tatsächlich aufregend, ein Geheimnis wie unseres zu haben. Es machte die kurzen, unbeobachteten Momente, die wir hatten, nur noch kostbarer.

Jedes Mal, wenn wir in der Schule oder bei mir zu Hause aufeinandertrafen oder wenn wir uns vor Blair und den anderen unterhielten, herrschte eine Spannung zwischen uns, die fast greifbar war. Unsere *zufälligen* Berührungen wie harmlose, freundschaftliche Gesten aussehen zu lassen oder uns neckische Blicke zuzuwerfen, war wie ein Kick.

Außerdem war es meiner Meinung nach sehr praktisch, dass wir keine typische Kennenlernphase durchlebten, sondern einfach nahtlos zu dem übergingen, was wir auf dem Maskenball begonnen hatten. Wir sprachen einfach über das, was uns in den Sinn kam, vollkommen ungezwungen und mit viel Neckerei natürlich. Dahingehend hatte Caleb sich nicht verändert.

Er zog mich genauso auf, wie er es schon mein ganzes Leben lang tat – mit dem feinen Unterschied, dass er mir jetzt auch Komplimente machte. Ganz *fantastische* Komplimente, die mich meinen Geburtstag immer sehnlichster herbeiwünschen ließen. Mit der Vorfreude wuchs aber auch die Besorgnis.

Ich konnte es kaum erwarten, unsere Beziehung – von der bisher nur meine Mädels wussten – öffentlich bekannt zu machen. Genauso hatte ich aber auch Angst vor Blairs Reaktion. Ständig sagte ich mir, dass ich mir wahrscheinlich grundlos Gedanken machte.

Blair war ein verständnisvoller Mensch und er sprach von Caleb immer in den höchsten Tönen, was dessen Ansichten und Charakter betraf. Leider konnte ich mir diese Fakten noch so oft vorhalten, Gewissheit würde ich erst an meinem Geburtstag haben.

Heute kamen Mom und Dad zurück, deshalb brachten Blair und ich schon den ganzen Morgen das Haus auf Vordermann. Wenn man Eltern hatte, die bereits um die halbe Welt gereist waren, gab es nicht mehr viel, womit man sie begeistern konnte. Eine blitzblanke Wohnung und ein leckeres Mittagessen beeindruckten allerdings alle Eltern. Lange würden sie jedoch nicht bleiben.

In zwei Tagen mussten Mom und Dad schon wieder in *Wyoming* sein, deshalb kamen sie heute, um meinen Ehrentag quasi vorzufeiern. Mom hatte sich dafür bereits ein Dutzend Mal am Telefon entschuldigt und ich hatte ihr immer wieder versichert, dass es kein Problem für mich wäre.

Wenn man schon die letzten zwei Geburtstage ohne Eltern verbracht hatte, lernte man, damit umzugehen. Mir war nur wichtig, dass sie überhaupt kamen und ein bisschen Zeit mit uns verbrachten.

„Alles klar?“, fragte Blair mich, nachdem wir den Tisch gedeckt hatten. Wie jedes Jahr um diese Zeit, wenn unsere Eltern anreisten, gab es *Shrimp Boil*, einen Eintopf aus Kartoffeln, Artischocken, Merguez, Shrimps und Mais. Grandma hatte das früher immer gekocht und uns so damit begeistert, dass es zu einer Tradition geworden war, zu besonderen Anlässen *Shrimp Boil* zu essen.

Es erinnerte mich an die Zeiten, in denen wir noch gemeinsam in der Küche gestanden, die Zutaten geschnitten und uns köstlich dabei amüsiert hatten. Mit Koriander-Knoblauchbrot angerichtet war der Eintopf eins der wenigen gesunden Gerichte, von denen ich größere Portionen essen konnte. Und das Beste: Er war super schnell und einfach zubereitet.

„Du wirkst so unruhig in den letzten Tagen.“

„Wirklich?“, fragte ich und fühlte mich ertappt. Zu Ehren des heutigen Tages trug ich ein dunkelblaues Kleid und eine weiße, offene Spitzenbluse. Mom hatte mir das Outfit letztes Jahr geschenkt, aber es war viel zu mädchenhaft, um es auf der Straße zu tragen. In Verbindung mit meinen *Knopfaugen* – wie Caleb sie gern nannte – sah ich darin wie eine Porzellanpuppe aus. Aber ich wusste, dass Mom dieses Kleid liebte, also zog ich es für sie an.

„Als wärst du wegen irgendetwas aufgeregt. Du planst doch nicht, an deinem 18. Geburtstag durchzubrennen, oder?“, fragte er.

„Verdammt, jetzt hast du mich erwischt. Dabei sollte das doch eine Überraschung werden!“, scherzte ich. Lachend ging er zum Herd und rührte vorsichtig in dem Topf. „Solange du nicht mit einem Idioten wie Stanley durchbrennst, ist mir alles recht."

„Lustig, dass du das sagst. Da du mir doch hoch und heilig versprochen hast, aus deinen Fehlern gelernt zu haben und dich nie wieder in mein Liebesleben einzumischen!", sagte ich mit gespielter Strenge. Er legte den Kochlöffel beiseite, drehte sich zu mir um und stützte seine Hände auf den Tresen.

„Stimmt, habe ich. Aber bei Typen wie Stanley werde ich mich nie zusammenreißen können, das garantiere ich dir jetzt schon."

„Dann schlag du mir doch einen deiner Freunde vor. Es gibt doch bestimmt jemanden in deinem Freundeskreis, den du mir empfehlen kannst", sagte ich augenzwinkernd. Wie cool wäre das denn bitte, wenn er jetzt Caleb vorschlagen würde? Blair dachte einen Moment ernsthaft darüber nach.

„Ich hätte da schon ein paar, aber die sind alle zu alt für dich."

„Ich werde in zwei Tagen 18", rief ich ihm ins Gedächtnis.

„Erinnere mich bloß nicht daran!", brummte er und drehte sich wieder zum Kochtopf um. „Ich höre jetzt schon, wie du bei jeder Diskussion *Ich bin 18. Ich kann machen, was ich will* antworten wirst!"

„Ich freue mich schon drauf", sagte ich grinsend, worauf er etwas Unverständliches murmelte. Eine halbe Stunde später kamen unsere Eltern durch die Tür und das Erste, was mir neben seiner tiefen

Bräune auffiel, war Dads geschrumpfter Bauch.

Mit seinem Gewicht war es wie mit einer Achterbahnfahrt: ein ständiges Auf und Ab. Die kahle Stelle auf seinem blonden Kopf – die sich mir zeigte, als er sich bückte und die Koffer abstellte – schien auch mit jedem Mal zu wachsen, aber das tat seinem sympathischen Äußeren keinen Abbruch.

Mit seinen himmelblauen Augen, den Lachfältchen um Augen und Mund und den markanten Gesichtszügen sah er für sein Alter richtig gut aus. Das Gleiche galt für Mom. Eiserne gesunde Ernährung, ein straffer Fitnessplan und viel frische Luft ließen sie knackig und mindestens zehn Jahre jünger aussehen.

Äußerlich gesehen hatte ich kaum etwas von Mom geerbt. Weder ihre braunen Augen, noch das hellbraune Haar oder ihre Größe. Aber wir hatten das gleiche Lächeln und den gleichen schrägen Humor.

„Lass dich drücken, mein Schatz“, sagte sie und nahm mich fest in die Arme. Ich nahm einen schwachen Kokosduft und ihr Lieblingsparfüm an ihr wahr, als sie sich zu mir herunterbeugte. Wie alle in der Familie – außer mir natürlich – war sie groß, sodass ich ihr gerade mal bis zur Brust reichte, wenn sie aufrecht vor mir stand.

„Wie war euer Flug?“, fragte ich und nahm auch Dad in die Arme.

„Die Hölle. Die Klimaanlage ist ausgefallen und vom Essen will ich gar nicht erst anfangen“, antwortete Mom für ihn. Und dann brach sie in ihren gewohnten Redeschwall aus. Einmal angefangen gab es wenig, das Mom stoppen konnte. Sie berichtete von fernen Ländern und Städten, von lustigen und anstrengenden Kunden, einem neuen Ernährungsplan, der wahre Wunder bewirkte und den ich unbedingt ausprobieren musste, von ihrer Arbeit und ihrer neuen besten Freundin.

Selbst als wir am Tisch saßen und das Essen auftischten, redete sie weiter. Sie unterbrach sich nur, um sich gelegentlich einen Happen in den Mund zu schieben und unser Essen zu loben. Der ganz normale Wahnsinn also.

„Liebling", unterbrach Dad sie irgendwann, als hätte er meine Gedanken gelesen. Wir waren längst mit dem Essen fertig, aber das hatte Mom natürlich nicht davon abgehalten, uns das hundertste Bild aus ihrem jüngsten Urlaub zu zeigen. Sie blinzelte, als hätte er sie aus dem Schlaf gerissen, und sah erst mich und dann Blair an.

„Oh, entschuldigt bitte. Ich rede ja nur von mir. Wie läuft es in der Schule?", fragte sie und damit waren die Familiengespräche – auf die ich mich immer am meisten freute – eröffnet. Wir verbrachten einen ereignisreichen, unterhaltsamen Tag miteinander, wie eine ganz normale Familie.

Dann hauten meine Eltern mich um, indem sie mir am nächsten Morgen ein nagelneues Auto vor der Tür präsentierten. Ich wiederhole: ein Auto! Wie abgefahren war das denn bitte?

Ich hatte schon länger geplant, einen Führerschein zu machen, es aber nie ernsthaft in Angriff genommen. Bis jetzt, da der weiße *Chevrolet* vor dem Grundstück parkte. Und als wäre das Geschenk nicht schon grandios genug, bekam ich auch noch das Führerschein-Geld überreicht, an dem sich auch Blair beteiligt hatte. Damit ließen meine Eltern zwei wundervolle Tage – die wie immer viel zu schnell vorbei waren – und ein mega abgefahrenes Geburtstagsgeschenk zurück.

Ab heute war ich offiziell erwachsen und wenn alles gut ging – wofür ich inständig betete –, würde dieser Tag doppelte Freiheit bedeuten. Noch mehr als auf meinen Erwachsenenstatus freute ich mich allerdings auf die Befehlsgewalt, die mir an diesem besonderen Tag zuteilwurde. Seit Kindertagen gab es zwischen Blair und mir eine ungebrochene Regel und die besagte, dass das Geburtstagskind einen Tag lang das Sagen hatte.

Was war demnach meine erste logische Amtshandlung? Genau, ich verdonnerte meinen Bruder zum Staubsaugen. Blair hasste das wie die Pest, er erfand ständig Ausreden, mit denen er sich erfolgreich vor dieser Arbeit drückte.

Es war mir also ein außerordentliches Vergnügen, ihn – obwohl ich das vor zwei Tagen schon erledigt hatte – das komplette Haus saugen zu lassen. Herrlich, wenn man seinem großen Bruder Befehle erteilen durfte. Während Blair mit dem Staubsauger kämpfte und vor sich hin fluchte, bereitete ich das Büffet vor. Dazu holte ich die

Fingerfood-Platten aus dem Kühlschrank, die vor einer guten Stunde geliefert worden waren, und dekorierte den angerichteten Tisch mit zusätzlichen Knabbereien.

Myra würde später einen selbst gebackenen Kuchen mitbringen und Hazel und Piper hatten sich freiwillig zum Süßigkeiten holen verpflichtet. Dass Rodney für den Alkohol zuständig war, musste ich an dieser Stelle wohl nicht anmerken.

Alle anderen Gäste brachten das mit, was ihnen noch für eine Party einfiel. Das würde eine richtig kitschige Fete werden, mit Luftballons, Luftschlangen und kindischen Partyspielen. Darauf freute ich mich schon seit Monaten, besonders weil Blair solche Spiele hasste und sich heute nicht davor drücken konnte.

Eine halbe Stunde bevor die Gäste kamen, zog ich mich in meinem Zimmer um. Ich wählte eine schwarze Skinny Jeans und eine weiße Bluse. Dazu eine schlichte, goldene Halskette, ein bisschen Rouge und Wimperntusche und fertig war mein Geburtstags-Outfit.

Dann klingelte auch schon der erste Gast und ich lief ins Erdgeschoss, um den Besucher traditionsgemäß zu empfangen. Ich war etwas überrascht, als Rodney vor mir stand. Mit ihm hatte ich erst viel später gerechnet.

„Herzlichen Glückwunsch zum Geburtstag“, sagte er und reichte mir einen – sagen wir – unglücklich verpackten Geschenkgutschein. Für die eine Ecke hatte wohl das Papier nicht mehr gereicht, deshalb sah ich sofort, um was für ein

Geschäft es sich handelte. Ich fand es total putzig, dass er sich Mühe gegeben hatte, auch wenn vermutlich jedes Kindergartenkind den Gutschein besser eingepackt hätte als er.

„Ein Shoppinggutschein, vielen Dank", sagte ich und bat ihn herein. „Und ich dachte schon, du schenkst mir einen Gartenzwerg, um mich daran zu erinnern, wie winzig ich bin."

Grinsend trat der breit gebaute Rodney ein, und ich machte ihm Platz.

„Das war meine erste Wahl, aber Blair hat gesagt, ich solle mich heute benehmen."

Zehn Minuten später kamen Hazel und Piper, und dann klingelte es im 5-Minuten-Takt, bis etwa zwanzig Gäste die Bude füllten.

Fairnesshalber musste ich sagen, dass die meisten davon Blairs Leute waren, aber je voller desto besser und mir waren ohnehin nur meine Mädels wichtig. Und Caleb natürlich, aber der hatte sich bis jetzt noch nicht blicken lassen.

„Entspann dich", raunte Piper mir zu, weil ich immer nervöser wurde. Mittlerweile war Caleb seit einer halben Stunde überfällig und er hatte sich auch noch nicht bei mir gemeldet. Ich wüsste ehrlich nicht, was ich schlimmer finden würde: wenn ihm etwas zugestoßen wäre oder wenn er kalte Füße bekommen hätte.

Dann klingelte es endlich und ich stand so eilig auf, dass ich etwas von meinem Getränk verschüttete. Zum Glück auf Rodneys Hose und nicht auf meine. Entschuldigend grinste ich ihn an – wohl wissend, dass er mich heute nicht anmotzen durfte – und eilte zur Haustür. Es war tatsächlich Caleb, in der einen Hand einen großen Blumenstrauß, in der anderen ein kleines, verpacktes Geschenk.

Für das zauberhafte Lächeln, das er mir schenkte, hätte ich ihn am liebsten direkt abgeknutscht. Heute hatte er sich in Schwarz geworfen, eine Farbe, die ihn außerordentlich gut kleidete und nur noch geheimnisvoller wirken ließ. Es war den anderen gegenüber vielleicht unfair, aber auf Calebs Geschenk freute ich mich am meisten. Immerhin war es das erste Geschenk, das er mir als *Freund* überreichen würde. Gott, ich war so aufgeregt!

„Happy Birthday, Sweetie", sagte er und umarmte mich. Daran war zunächst nichts Ungewöhnliches. Allerdings ließ er mich nicht sofort wieder los, sondern brachte seinen Mund dicht an mein Ohr.

„Du siehst zum Anbeißen aus", raunte er mir zu und gab mich dann frei. Grinsend biss ich mir auf die Unterlippe und nahm das Geschenk und den Blumenstrauß entgegen.

„Danke, das Kompliment kann ich nur zurückgeben."

Ich wich zurück, damit er eintreten konnte, und stellte die Blumen in die letzte leere Vase. Ich war heute mit Blumensträußen überhäuft worden, dabei hatte ich immer ein schlechtes Gewissen, weil sie bei mir nie lange überlebten.

„Tut mir leid, dass ich zu spät bin", sagte er und zog seine Jacke aus. „Ich musste heute den ganzen Tag meine Mutter rumkutschieren, weil ihr Auto in der Reparatur ist."

„Macht doch nichts. Jetzt bist du ja hier", sagte ich und machte Anstalten, das Päckchen zu öffnen. Caleb sah es und hielt mich zurück.

„Das solltest du besser erst nachher aufmachen … oder wenn du allein bist."

„Warum?", fragte ich verwundert. „Sind da Kondome drin?"

Lachend warf er den Kopf in den Nacken und lenkte damit Blairs Aufmerksamkeit auf sich.

„Caleb, altes Haus. Da bist du ja! Wir haben dich schon vermisst", rief er ihm zu. Immer noch grinsend zwinkerte Caleb mir zu, dann ging er ins Wohnzimmer – nicht jedoch, ohne ganz *zufällig* meinen Arm zu berühren.

Obwohl ich unendlich neugierig war, stellte ich sein Geschenk zu den anderen noch verpackten und kam dann ins Wohnzimmer. Ich mochte es, die Geschenke am nächsten Tag in aller Ruhe aufzumachen, ohne schaulustiges Publikum.

„Siehst du, alles gut", sagte Piper und reichte mir ein volles Weinglas. „Und jetzt ein Hoch auf das Geburtstagskind", rief sie laut, woraufhin meine Gäste ihre Gläser und Becher in die Luft hoben. Als die versammelte Mannschaft mir ein Ständchen darbrachte, wäre ich am liebsten im Erdboden versunken. Überspitzte Aufmerksamkeit? Konnte ich gar nicht leiden.

Dennoch ließ ich das Loblied über mich ergehen und mich anschließend von jedem Einzelnen umarmen und beglückwünschen. Als Caleb an der Reihe war und mit einem herausfordernden Lächeln auf mich zukam, hielt ich einen Moment den Atem an. Ich befürchtete schon, dass er mich vor versammelter Mannschaft küssen oder sonst etwas anstellen würde. Doch er gratulierte mir brav und grinste dann Piper an, die uns wissend beobachtete.

Es war eine Geburtstagsparty genau nach meinem Geschmack. Wir alberten herum, bedienten uns an Myras köstlichem Kuchen und dem Fingerfood, tranken Wein und Bier, hörten so laute Musik, dass uns längst das Trommelfell hätte platzen müssen, veranstalteten peinliche Spiele –denen sich die Jungs erst verweigerten und dann begeistert mitmachten – und tanzten.

Wahrscheinlich sagte ich das jedes Jahr, aber das war mit Abstand der beste Geburtstag, den ich jemals gehabt hatte. Caleb trug dazu natürlich nicht unwesentlich bei. Auch wenn er mich nicht anfassen konnte, hinderte ihn nichts daran, mir nicht den ganzen Abend über anzügliche Blicke zuzuwerfen oder mir zuzuzwinkern.

Hin und wieder setzte er sich auch neben mich und redete mit mir oder legte den Arm um meine Schultern – ganz harmlose Dinge, die niemandem auffielen. Dafür fiel *mir* etwas auf. Während die Stimmung mit zunehmendem Alkoholkonsum immer ausgelassener wurde, blieb Caleb nüchtern.

Scheinbar wollte er bei klarem Verstand sein, wenn er Blair gegenübertrat. Gestern Abend hatten wir noch darüber gesprochen, aber keinen Plan oder so ausgetüftelt. Er würde einfach den passenden Moment abwarten und Blair zur Seite ziehen. Blair, der heute ebenfalls erstaunlich nüchtern war.

Ich hatte ja nicht ganz ernsthaft vorgeschlagen, meinen Bruder bis zur Besinnungslosigkeit abzufüllen und ihm die Neuigkeit dann zu verklickern, doch Caleb war dagegen gewesen. Wie es aussah, würde Blair bei klarem Verstand sein, wenn die Bombe platzte.

Ich lenkte mich indessen mit Weinschorle und Herumblödeln ab, was so gut funktionierte, dass ich Calebs Vorhaben mit der Zeit sogar vergaß. Irgendwann tippte Hazel mir auf die Schulter und wies mich darauf hin, dass Caleb und mein Bruder schon vor einer Weile gegangen und seitdem nicht mehr wiedergekommen waren. Erschrocken sondierte ich meine Umgebung und stellte fest, dass von den beiden weit und breit keine Spur war.

„Oh Scheiße!“, murmelte ich und ließ mich neben Piper aufs Sofa fallen.

„Was ist los?“, fragte sie und musterte mich von der Seite.

„Caleb und Blair. Ich glaube, es ist soweit“, sagte ich, griff nach der halbvollen Weinflasche auf dem Tisch und trank einen Schluck.

„Oh Mann, ich bin echt gespannt“, sagte sie.

„Wohin sind die beiden denn verschwunden?“, wollte Myra wissen und setzte sich mit einem Stück Kuchen zu uns.

„Ich glaube, ins Schlafzimmer“, antwortete Hazel. Und dann warteten wir, wie nervöse Hühner auf der Couch sitzend, während alle um uns herum weiterfeierten. Das sah fast schon wieder komisch aus. Ich fand es rührend, dass meine Freundinnen so mit mir mitfieberten und meine Aufregung ein Stück weit mit mir teilten. Eine gefühlte Ewigkeit später, kamen die beiden dann endlich aus dem Schlafzimmer, ihre Mienen schwer zu deuten.

Sie wirkten weder besonders angespannt noch glücklich, was es schwer machte, den Gesprächsverlauf einzuschätzen. Das war kein gutes Zeichen, oder? Aufmerksam beobachtete ich, wie Blair zum Sofa kam und vor mir stehen blieb.

Ich rechnete wirklich mit allem – sein Gesicht war völlig regungslos – doch dann beugte er sich lächelnd zu mir herunter und umarmte mich. Mir fiel ein ganzer Steinbrocken vom Herzen.

„Ich freue mich für euch, Schwesterherz. Caleb passt sowieso schon sein ganzes Leben lang auf dich auf."

Er gab mir einen Kuss auf die Stirn, dann richtete er sich mit den Worten auf: „Aber jetzt brauche ich ein Bier."

„Ich bin dabei", sagte Piper und folgte ihm in die Küche. Taktvoll wie sie waren, zogen sich auch Myra und Hazel zurück, sodass Caleb und ich die Couch für uns hatten.

„Was hast du zu ihm gesagt?", fragte ich, kaum dass Caleb sich zu mir gesetzt hatte. Er legte einen Arm um meine Schultern und küsste mich auf die Schläfe. Zufrieden schloss ich die Augen.

„Dass ich mich anfangs gegen meine Gefühle gewehrt habe, ich es aber irgendwann aufgegeben habe. Weißt du noch, als du im Krankenhaus zu mir gesagt hast, ich solle aufhören, mich wegen etwas fertigzumachen, gegen das ich machtlos bin? Mit meinen Gefühlen für dich war es das Gleiche. Ich habe in dem Moment aufgehört zu kämpfen, als ich erkannt habe, dass du genauso fühlst."

„Und Blair nimmt es wirklich so locker?", fragte ich mit einem Blick zur Küche. Blair nahm gerade zwei Bierflaschen aus dem Kühlschrank, reichte eine an Piper weiter und lachte über etwas, das sie sagte. Er wirkte tatsächlich locker. Scheinbar hatte ich mich in den letzten beiden Wochen umsonst verrückt gemacht.

„Ich denke, er muss sich erst noch an den Gedanken gewöhnen, aber er kennt mich. Er hat keine Sekunde daran gezweifelt, dass ich es ernst mit dir meine."

„Das ist toll", seufzte ich und bettete meinen Kopf an seine Schulter. Mit einem Mal fühlte ich mich schläfrig, als hätte mich nur die Aufregung wachgehalten.

„Ähm, was ist denn hier los?", fragte Rodney plötzlich, der aus heiterem Himmel wie ein Berg über uns aufragte. Ein *fassungsloser* Berg, der vor Überraschung sein Bier verschüttete. Caleb und ich grinsten ihn an.

„Bin ich schon so dicht oder kuschelt ihr wirklich?", leierte er.

„Komm mit, ich erklär's dir", ersparte Piper uns eine Antwort und zog den verdutzten Rodney mit. „Und ja, du bist wirklich dicht!"

Caleb lachte und drückte meine Schulter, als wollte

er mir damit mitteilen, wie glücklich er war. „Ich finde, das hat was, an einem Geburtstag zusammenzukommen, oder?"

„Sind wir nicht schon ein bisschen länger zusammen?", fragte ich amüsiert und schaute zu ihm hoch.

„Nicht offiziell", meinte er und spielte mit meinem Haar.

„Also, für mich waren wir das schon am Tag nach dem Maskenball", erwiderte ich und genoss das kitzelnde Gefühl an meinem Hinterkopf. Plötzlich lachte Caleb und lehnte sich ein Stück zurück, um mein Gesicht besser sehen zu können.

„Machen wir das jetzt wirklich?", fragte er.

„Was meinst du?"

„Wir diskutieren darüber, wann wir zusammengekommen sind?"

Jetzt musste ich auch lachen. „Das ist ein wichtiges Thema. Stell dir mal vor, wir feiern unseren Jahrestag an meinem Geburtstag. Das wäre furchtbar! Wir könnten nie schick essen oder ins Kino gehen, so wie alle anderen Pärchen. Es würde immer eine Geburtstagsfeier mit Freunden und Familie geben."

„Okay, wann willst du denn, dass wir *zusammengekommen* sind?", fragte er belustigt.

„Am Tag nach dem Maskenball", antwortete ich sofort.

„Na gut, dann sind wir morgen schon zwei Wochen zusammen. Aber du hast 'nen Knall, nur damit du es weißt", sagte er und bettete meinen Kopf an seine Schulter.

„Erzähl mir was Neues“, sagte ich und verschränkte meine Hand mit seiner. So blieben wir eine Weile sitzen und lauschten Rodneys fassungslosem Genuschel darüber, dass sein bester Freund jetzt mit einem Gartenzwerg zusammen war. Jetzt könnte er ja gar keine Dummheit mehr mit Caleb und Blair anstellen, weil ich ihnen ab sofort dazwischenfunken würde und Ähnliches.

„Du kannst jetzt übrigens dein Geschenk aufmachen, wenn du willst“, raunte Caleb mir irgendwann ins Ohr. Das ließ ich mir nicht zweimal sagen. Ich sprang vom Sofa auf, nahm es vom Geschenketisch und packte es aus, noch während ich mich wieder setzte. Als Caleb wieder einen Arm um mich legte, hatte ich die Verpackung bereits abgestreift und hielt ein unbeschriftetes Schächtelchen in der Hand.

„Du schenkst mir jetzt aber keinen Schmuck, oder?“, scherzte ich, obwohl der Behälter viel zu leicht dafür war.

„Etwas *viel* Besseres.“ Gespannt beobachtete er, wie ich die Schachtel öffnete. Ein rosa Zettel lag darin, auf der Rückseite zwei Worte: *Samy's Colors*. Ich öffnete den Mund, ohne dass ein Ton herauskam, und starrte Caleb fassungslos an. *Samy's Colors*, das war das berühmte Pastellkreidegeschäft in *New York*!

„Oh mein Gott!“, murmelte ich fassungslos und starrte den Zettel an, als könnten sich die Buchstaben jederzeit wieder auflösen. So viele Jahre träumte ich schon davon, einmal mit der berühmten Pastellkreide zu malen, doch ich hatte sie mir nie leisten können.

„Das ist übrigens ein Gutschein in unbegrenzter Höhe. Sag Bescheid und wir fahren gleich morgen hin“, raunte er mir ins Ohr. Immer noch überwältigt starrte ich ihn an.

„Woher … wusstest du das?“

Mit einem breiten Grinsen deutete er auf meine Freundinnen, die dicht zusammengedrängt in der Küche standen und uns scheinbar schon die ganze Zeit beobachteten. Natürlich, meine Mädels. Zufrieden mit ihrer Arbeit strahlten sie mich an und prosteten mir mit ihren Gläsern und Flaschen zu. *Danke*, formte ich mit den Lippen und schaute wieder zu Caleb.

Bei ihm wollte ich mich natürlich auch bedanken, doch als ich das Leuchten in seinen Augen sah, blieben mir die Worte im Hals stecken. Ich erkannte so viel Tiefe und Gefühl darin, dass mir ein einfaches Dankeschön viel zu spärlich erschien. Also legte ich die Schachtel beiseite, nahm sein Gesicht in meine Hände und küsste ihn.

Ende

Zuckersüßes Chaos - Trilogie

Studienzeit ist die schönste Zeit des Lebens. Davon ist auch Claire überzeugt, als sie in die Nachbarstadt zu ihrer Cousine zieht. Bis sie zwei Männern begegnet, die unterschiedlicher nicht sein können und ihr Leben ziemlich auf den Kopf stellen.

Da ist zum einen der Uni-Liebling Taylor, der sich als absoluter Traummann entpuppt und auf der anderen Seite der unnahbare Frauenheld Jason, der sie mit seinen anzüglichen Sprüchen in den Wahnsinn treibt. Und in dem ganzen Durcheinander muss sich Claire auch noch mit ihrer chaotischen Cousine, dem Studium, einem Job und jeder Menge anderer Probleme herumschlagen

Eine unüberlegte Tat zwingt Alison Harvey, in einem Ghetto Unterschlupf zu suchen. So unauffällig wie möglich versucht sie, in den gefährlichen Straßen L.A's zu leben, bis die 24-jährige in einen Bandenkrieg gerät, aus dem nur einer sie wieder herausholen kann: Mike Blanket – auch der Henker genannt – ein Mann, der so dunkel und undurchdringlich ist wie die Nacht. Schon bei ihrer ersten Begegnung weiß Ally, dass sie sich von ihm fernhalten sollte, doch die Nacht kann so schrecklich faszinierend sein.

In einem Ghetto zu leben ist nicht einfach, besonders dann nicht, wenn man für einen Clanführer arbeitet, der für seine Skrupellosigkeit und Rachsucht bekannt ist. Als die 26-jährige Daria nach Malibu geschickt wird, um den Sohn ihres Chefs in Gewahrsam zu nehmen, ahnt sie nicht, dass Jeremy eine entscheidende Gemeinsamkeit mit ihr teilt. Doch dem Sohn eines Mafiabosses kann man nicht trauen und schon gar nicht sollte man ihn bei sich übernachten lassen …

Als die 17-Jährige Elena ein halbes Jahr nach ihrem Unfall an die Schule zurückkehrt, hat sich nicht nur ihr Leben verändert, sie hat auch einen neuen Klassenkameraden bekommen. Lucan. Ein Schüler, der nicht nur unheimlich attraktiv ist, sondern auch reifer und düsterer scheint als die anderen. Was Elena jedoch nicht ahnt: Lucan ist kein gewöhnlicher Junge und eh er sich versieht, hat er ihr schon zweimal das Leben gerettet. Dabei gibt es eine Regel: Misch dich niemals ein …

Ein Unwetter, und das ausgerechnet an dem Tag, an dem Liv mit ihrem bejahrten Volvo durch die einsamen Wälder Kanadas fährt, um einen neuen Lebensabschnitt zu wagen. Als sie einen Abhang hinunterrutscht, wird sie in letzter Sekunde von einem Bergwanderer gerettet, dem sie sich dankerfüllt anschließt. Bald muss Liv jedoch begreifen, dass ihr charmanter Begleiter nicht irgendein Pilger ist, sondern DER Wanderer, ein Mann, der in ganz Kanada bekannt ist, weil er aus einem ganz bestimmten Grund wandert …

Eigentlich will die städtische Reporterin Liz nur ein Interview in der berühmten Kleinstadt Edlyn Hill führen, doch um dorthin zu gelangen, muss sie die Einöde von Kansas durchqueren und stolpert prompt über einen verwahrlosten Mann am Straßenrand. Noch ahnt sie nicht, welch wichtige Persönlichkeit sie da aufgelesen hat, und als sie wegen eines Unwetters in einem mehr als fragwürdigen Motel übernachten müssen, ist der Schlamassel perfekt. Doch auch wenn sich der attraktive Unbekannte an nichts zu erinnern scheint, küssen kann er verdammt gut …

Große Klappe, weite Klamotten, ständiger Heißhunger auf Schokolade und ein notorisches Desinteresse an Männern. Das ist Rebecca Lark, die eigentlich ganz zufrieden mit ihrem Leben war. Bis ihr der selbstverliebte Wanderpokal und Ex-Knacki Shane Rowboldt über den Weg läuft und ihr Selbstbewusstsein mit einer einzigen gemeinen Bemerkung zerschlägt. Fest entschlossen, diesen Unruhestifter zu ignorieren, lebt Rebecca ihr Leben weiter. Oder versucht es zumindest, denn Shane stellt sich nicht nur als ihr persönlicher Schutzengel heraus, er wird auch immer häufiger Objekt ihrer Träume ...

Die 21-jährige Studentin Maggy braucht vorübergehend eine Festanstellung, um sich und ihre alkoholkranke Mutter über Wasser zu halten. Da trifft es sich gut, dass im Hause Hawkey ein Hausmädchen ausgefallen ist. Womit Maggy allerdings nicht gerechnet hat, ist die Wirkung ihres reservierten Bosses Chris, der nicht müde wird, sie auf emotionalen Abstand zu halten. Aber wenn er ihr wirklich so abgeneigt ist, warum führt das Schicksal sie dann immer wieder zusammen?

Um endlich von ihrer störrischen Mutter wegzukommen, zieht die 25-jährige Sophia nach Berlin und möchte dort ein neues Leben beginnen. Leider wird die Fahrt dorthin zur absoluten Katastrophe, denn sie muss sich die Kabine mit einem unverschämt arroganten, aber leider auch gut aussehenden Geschäftsmann teilen, der sie fortwährend provoziert. Während der Fahrt lassen die beiden ordentlich die Fetzen fliegen, und als Sophia Berlin endlich erreicht und den Albtraum hinter sich glaubt, sieht sie den Mann an ihrem ersten Arbeitstag wieder … als ihren neuen Chef.

Die 21-Jährige Emily befindet sich in den letzten Monaten ihres Abiturs, als sie auf einem Weihnachtsmarkt eine Wette verliert und den verkleideten Santa blamieren muss. Was sie viel zu spät erkennt: Es handelt sich um den gut aussehenden Schulschwarm Tobias und der lässt keine Gelegenheit aus, um sich bei ihr zu rächen. Mit aller Kraft versucht sie sich seinem Charme zu entziehen, doch seine eisblauen Augen lassen sie einfach nicht los ..

Laura hat endgültig genug von Männern und gerade als sie es am wenigsten erwartet, tritt Mike in ihr Leben, der nicht nur einfühlsam sondern auch verdammt attraktiv ist. Er strahlt all das aus, wonach sie bei anderen vergeblich gesucht hat und als er ihr aus scheinbarem Mitgefühl seine Freundschaft anbietet, nimmt Laura nur allzu gerne an. Doch man sollte sich möglichst nicht in seinen Kumpel verlieben und schon gar nicht, wenn er bereits vergeben ist …

Als Emma von ihrem Freund betrogen und kurz darauf verlassen wird, beschließt sie mit ihrer Freundin ins Haus der Versuchung zu gehen, einer Mischung aus Diskothek und Swingerclub, um ihr Selbstwertgefühl aufzubauen. Emma hat nur grobe Vorstellungen von dem, was sie erwartet, doch sicher rechnet sie nicht damit, dem begehrtesten Junggesellen der Stadt über den Weg zu laufen. Mit seiner anziehenden geheimnisvollen Art gelingt es ihm, Emma zu verführen, und alles könnte perfekt sein. Würde nicht plötzlich sein ebenso attraktiver Bruder auftauchen und James dunkle Vergangenheit aufdecken.

Die neunzehnjährige Mary ist auf dem Weg zu ihrer großen Schwester Emma, als ihr Zug auf halber Strecke stehen bleibt und sie notgedrungen in einem Gasthaus übernachten muss. Dort angefallen, wird sie in letzter Sekunde von dem unverschämten aber gutaussehenden Eric gerettet, doch dieser nutzt die Gelegenheit prompt für eine Erpressung aus. Während sie sich also gezwungenermaßen mit ihm zusammentun muss, entwickelt sie widersprüchliche Gefühle für ihn, doch Eric scheint etwas zu verbergen. Was beide nicht ahnen, sie kennen sich im Grunde schon, ohne es zu wissen.

Für Fantasy-Fans

Seit dem Tod ihrer Mutter wird die 21-Jährige Sheylah von sonderbaren Träumen heimgesucht. Noch ahnt sie nicht, dass deren Tod und die Erbschaft ihres Schlüssels miteinander zusammenhängen. Und erst, als sie eines Morgens in einer anderen Welt erwacht, gesteht sie sich ein, dass die Magie und Gefahren realer sind, als ihr lieb ist. Als letzte Überlebende der königlichen Familie und Trägerin des magischen Schlüssels muss sie sich dem Dunkelsten aller Herrscher stellen, wobei ihr neue und treue Freunde zur Seite stehen. Nur ihr geheimnisvoller und unnahbar wirkender Beschützer verschließt sich ihr, denn er birgt ein dunkles und unglaubliches Geheimnis.

Die dreiundzwanzigjährige Gestaltwandlerin Cherry lebt in Berlin und arbeitet in einer Immobilienfirma, die Vampiren geeignete Wohnungen vermittelt. Als Cherry eines Nachts von einem Auftragskiller angegriffen wird, bittet sie den Vampir William Drake um Hilfe. Zu spät wird ihr klar, dass sie mitten in eine Jahrhunderte alte Fehde zwischen dem gut aussehenden Will und einem skrupellosen Vampir geraten ist.

"City of Death - Blutfehde" ist der Auftakt einer mitreißenden Vampir-Reihe, spielend in Berlin.

Kaum konnte sich Cherry aus den Fängen ihres Feindes befreien, erschüttert eine Reihe grausamer Morde die Stadt und stellt Berlins Vampire vor ein Rätsel. Doch die mysteriösen Überfälle sind erst der Anfang, denn während die Vampire in den Fokus der Öffentlichkeit geraten, laufen die Angriffe auf ein blutiges Finale hinaus: den Kampf um Berlin.

„City of Death - Blutiges Erbe" ist der zweite Band einer rasanten Vampir-Reihe, spielend in Berlin.